PAUL ET VIRGINIE

BERNARDIN DE SAINT-PIERRE

PAUL
ET VIRGINIE

Édition établie
par
Robert Mauzi
professeur à la Faculté des Lettres
et Sciences humaines de Lyon

GF
FLAMMARION

PRÉFACE

Paul et Virginie fut, après *La Nouvelle Héloïse* et *Les Liaisons dangereuses*, le dernier triomphe de la littérature romanesque du xviiie siècle. Parmi les Romantiques, Lamartine, Sainte-Beuve, Balzac et George Sand l'admirèrent. De nos jours, la fortune de ce petit livre est doublement étrange : d'un côté, l'attachement un peu superstitieux que l'on voue aux contes pour enfants ; de l'autre, le dédain presque unanime des historiens, des éditeurs et des critiques, qui ne semblent guère sensibles qu'à la fadeur et à la pompe d'une œuvre dont leur échappent l'émotion et la beauté.

Quel nom donner à cette œuvre ? N'est-ce qu'un « conte moral » destiné à illustrer, parmi tant d'autres, les charmes de la vertu et les périls de la civilisation ? Ou plutôt un vrai roman, où s'entrecroisent les thèmes éternels de l'amour, de la nature et de la mort ? Ou encore, comme le suggère M. Jean Fabre dans une remarquable étude[1], une pastorale moins factice que celles de Florian ?

Dans l'histoire du roman au xviiie siècle, *Paul et Virginie* se place entre *Les Liaisons dangereuses* et le marquis de Sade. Ce voisinage est plein de sens. Depuis Marivaux et Crébillon, le roman semblait avoir trouvé son vrai visage. Délesté du poids des vieux poncifs,

1. Voir *Note bibliographique*, p. 215.

tourné vers le réel et non plus happé par l'imaginaire,
privilégiant l'observation aux dépens de l'évasion, il
était devenu comme une chronique des mœurs du
temps, et s'il mettait souvent de l'humour à les décrire,
aucune illusion ne venait corriger une prise de conscience assez cruelle, ou en tout cas désabusée. Le plus
grand roman du siècle, *La Nouvelle Héloïse*, enfermait
bien en son cœur une limpide et stricte utopie de la vie
familiale, de l'économie patriarcale et de l'amour puri-
fié, mais il n'en exposait pas moins gravement tous les
renoncements imposés par l'ordre du monde aux rêveries humaines, et il offrait l'image d'une destinée où les
choix du cœur et les aspirations de la nature avaient à
pactiser, dans la souffrance, avec les commandements
de la société et les exigences de la vertu. Dans cette
tradition du roman vrai, *Paul et Virginie* peut sur-
prendre, même s'il renoue avec une tradition plus
ancienne, où le roman tenait lieu d'une thématique de
l'imaginaire. Les mœurs légères ou abominables du
siècle, il ne les nie pas, bien au contraire, mais, afin de
les exorciser, il les exile en un lointain inaccessible, ou
qui plutôt ne cesse d'être tel que pour consommer le
malheur des deux héros. Restaient les impératifs de cet
ordre lié à l'existence d'une société dont Rousseau, tout
en dénonçant la dégradation historique, avait montré la
valeur absolue, sur laquelle doit s'édifier toute morale.
Mais, par une simplification euphorique, Bernardin
avait rompu tout lien dialectique entre l'ordre social et
la morale, pour identifier naïvement la vertu à la
nature, qui, en toute rigueur, serait plutôt son
contraire. Libéré à la fois des vérités morales de la
chronique et des vérités philosophiques inséparables
des problèmes que pose à l'homme le fait inéluctable de
vivre dans le monde, il devenait tout à fait disponible
pour la seule vérité du mythe ou de l'utopie, celle-là
même où il est d'usage de ne voir que mensonge ou
convention.

Dans la production de Bernardin, *Paul et Virginie* fut
longtemps une œuvre errante, une œuvre sans emploi,
rattachée successivement à plusieurs ensembles, beau-

coup plus ambitieux et plus vastes. C'est en 1768 que
Bernardin s'embarque, avec un brevet de « capitaine
ingénieur du roi », pour l'île de France, actuellement
île Maurice, située dans l'océan Indien, à l'est de
Madagascar. Il en revient en 1771, et peut-être, à ce
moment-là, *Paul et Virginie* a-t-il un commencement
d'existence. En 1773, Bernardin publie son *Voyage à
l'île de France*, en tenant en réserve son « petit
ouvrage » pour le joindre à une édition ultérieure du
Voyage. Mais l'échec de la première édition devait
détruire ce projet. Puis Bernardin entreprend d'écrire
une œuvre chaotique et démesurée, *L'Arcadie*, où
devaient se mêler une foule disparate de souvenirs, de
récits et de rêves. *Paul et Virginie* y eût trouvé sa place,
mais sous un travestissement à l'antique. De la simple
illustration d'un voyage, l'œuvre se haussait alors d'un
niveau et conquérait cette dignité littéraire, un peu
hiératique, dont elle demeurera marquée. Il lui restait
un dernier échelon à gravir : accéder à la dignité
« philosophique ». Les *Études de la Nature*, dont la
première édition est de 1784, avaient réussi avec éclat.
Bernardin eut alors l'idée d'annexer le mince ouvrage,
dont il ne savait que faire, au quatrième volume de la
troisième édition, parue en 1788. Pendant près de vingt
ans, *Paul et Virginie* avait ainsi cherché sa juste place et
son vrai sens. Pendant près de vingt ans, Bernardin
avait corrigé et remanié son texte. Les manuscrits qui
nous restent ont été étudiés par Gustave Lanson, qui a
abouti à une double conclusion. Tout d'abord, Bernardin n'a pas l'écriture facile. Son style ne se trouve
lui-même qu'au prix de tâtonnements et d'efforts infinis. La seconde conclusion confirme l'histoire de
l'œuvre embarrassante, longtemps à la recherche de sa
destination, mais se chargeant toujours de plus d'ambition. En se corrigeant, Bernardin surcharge et aggrave
sans cesse la signification morale, emporté par cette
passion de prouver qui fut sans doute la plus grande
faiblesse d'un homme dont la tête n'était guère philosophique et dont l'unique méthode de raisonnement
consiste à étendre en un verbalisme diffus quelques
intuitions sommaires, nées du seul sentiment.

Telle est bien l'ambiguïté qui gâte un peu, pour nous, *Paul et Virginie*. Rêve d'amour et de beauté, rêve d'une nature originelle et d'une humanité sans péché, rêve surtout d'une pleine harmonie entre la nature et l'homme, l'œuvre risque d'être compromise dans la mesure où Bernardin entrelace à un mythe, dont l'imagination s'enchante, mais qui n'offre aucune prise à la raison, des démonstrations laborieuses tendant à établir que le bonheur n'est possible que très loin des villes et de la civilisation. Mais le plus grave est que, pour étoffer le mythe et lui donner une dimension morale, Bernardin veut à tout prix y introduire l'idée de vertu, qui n'est nullement un fruit de la nature, mais, tout au contraire, une conquête de l'homme civilisé. Protester contre les perversions de la vie parisienne est fort légitime. Mais c'est tout autre chose, de prétendre, par réaction abusive, que la vertu n'existe qu'au sein de la nature. Car la nature n'est pas morale, mais bien l'homme, tel que la société l'a fait, même si certains hommes et certaines sociétés s'illustrent plus par des vices que par des vertus. Comment juger, par exemple, le mouvement de pudeur qui cause la mort de Virginie ? L'instinct de conservation, qui lui eût fait consentir à se dévêtir, n'était-il pas plus naturel que cette attitude drapée, digne d'un marbre antique, ou bien d'une éducation mondaine, celle-là même justement que Virginie venait de recevoir dans la pension parisienne où sa tante l'avait fait instruire ? Et lorsque Bernardin écrit qu'il veut enseigner à être heureux selon la nature *et* la vertu, l'équivalence qu'il établit entre ces deux mots ne résiste pas à la moindre réflexion. Si, de ce peu de réflexion, il était incapable, que n'a-t-il mieux lu les œuvres de son maître Rousseau, où se trouvent rigoureusement définis les rapports entre les deux termes !

La morale et la rhétorique ne suffisent pourtant pas à ruiner une œuvre préservée, en tout état de cause, par la charge de réalité qu'elle recèle. *Paul et Virginie* est né de la convergence d'un rêve et de souvenirs. Deux épaisseurs de temps s'y superposent. Une première zone de souvenirs est celle du séjour de Bernardin à l'île de

France. Le décor du roman (M. Pierre Trahard l'a montré dans son édition[1]) est obtenu par une simplification et une stylisation de cet admirable répertoire géographique qu'est le *Voyage à l'île de France*, où les sites, la flore et la faune de l'île se trouvent catalogués et décrits. C'est de là que viennent les noms des montagnes, des mornes et des rivières. C'est là que fleurissent, un peu pêle-mêle, toutes les plantes dont certaines seulement s'épanouiront encore dans *Paul et Virginie* : les poincillades, les tatamaques, l'agathis, le lilas de Perse, le papayer, les badamiers, les manguiers, les avocats, les goyaviers, les « étoiles vertes et roses » des capillaires, les scolopendres déployés « en longs rubans d'un vert pourpré », la « giroflée rouge », les piments « aux gousses couleur de sang », l'herbe de baume « dont les feuilles sont en cœur », les basilics « à odeur de girofle » et les lianes « semblables à des draperies flottantes ». A cet univers d'impressions collaborent, outre le charme des noms exotiques, les couleurs, les parfums et les symboles plastiques qui semblent quelquefois orner cette nature comme un temple somptueux. Mais au monde végétal s'ajoutent les animaux ; les oiseaux surtout, dont on entend le chant et qui sont riches, eux aussi, de couleurs, parfois traduites par des métaphores minérales : le corbigau et l'alouette marine, la noire frégate, l'oiseau blanc du tropique, les merles siffleurs, les bengalis « dont le ramage est si doux », les cardinaux « dont le plumage est couleur de feu », les perruches « vertes comme des émeraudes ». Comme dans les tableaux de Gauguin, le rouge et le vert sont les couleurs dominantes. Mais où Bernardin excelle, c'est dans l'évocation des jeux d'ombre et de lumière, de l'aurore et du couchant, qui épurent et cristallisent la profusion de ce monde vierge en un hiératisme architectural : « Quand le soleil était descendu à l'horizon, ses rayons, brisés par les troncs des arbres, divergeaient dans les ombres de la forêt en larges gerbes lumineuses qui produisaient le plus

1. Voir *Note bibliographique*, p. 215.

majestueux effet. Quelquefois son disque paraissait à l'extrémité d'une avenue et la rendait tout étincelante de lumière. Le feuillage des arbres, éclairés en dessous de ses rayons safranés, brillait des feux de la topaze et de l'émeraude ; leurs troncs moussus et bruns paraissaient changés en colonne de bronze antique. » Sans doute Bernardin a-t-il passablement idéalisé ses souvenirs. Les lettres écrites de l'île de France nous révèlent qu'il avait souffert de la sécheresse et du soleil. « Ici le paysage est sans verdure, les promenades sans arbres », lit-on dans un manuscrit du Havre, que cite M. Pierre Trahard. Mais il fallait bien reconstruire un univers de fraîcheur et de lumière qui soit, pour les héros de l'idylle, à la fois comme un refuge et comme un enchantement.

Le séjour de Bernardin à l'île de France donne à *Paul et Virginie* une première profondeur temporelle, celle des souvenirs, de leur lente incubation, de leur idéalisation et de leur stylisation esthétique. Mais ce passé vécu est lui-même hanté par un autre, à la fois chronique et légende. Pendant son séjour, Bernardin avait entendu évoquer le naufrage du *Saint-Géran*, qui avait sombré dans un ouragan, à quelque distance de l'île, le 17 août 1744. C'est de cet événement que son imagination s'empare pour en faire le dénouement tragique de l'idylle des deux enfants. Dans la genèse du livre, l'idée de mettre en rapport la pastorale rêvée et l'authentique naufrage fut sans doute le point de cristallisation décisif. D'autant que le naufrage, non seulement fournissait à l'œuvre une conclusion violente et funèbre, mais constituait le châtiment symbolique d'une faute rendue inéluctable par « les invitations d'une parente riche et âgée, les conseils d'un sage gouverneur, les applaudissements d'une colonie, les exhortations et l'autorité d'un prêtre » : conjuration déplorable, qui s'était acharnée à briser l'idylle pure des deux adolescents, avait arraché Virginie à la nature, et l'avait envoyée dans une cité maudite pour qu'elle devienne une jeune fille selon le monde. A vrai dire, Bernardin a un peu modifié les circonstances du naufrage. Il en a déplacé la

date : du 17 août à la nuit de Noël ; sans doute, comme
le pense M. Jean Fabre, parce qu'il avait lui-même
assisté, du rivage, à un ouragan, dans la nuit du 23 au
24 décembre 1768. D'autre part, il rend la scène plus
pathétique en y faisant participer la population de l'île :
en réalité, le *Saint-Géran* s'était abîmé sans témoin
derrière des récifs, et la colonie n'avait appris le
désastre que trois jours plus tard. En revanche, l'idée
d'amalgamer le naufrage au destin de Virginie fut
peut-être inspirée par le sort véritable d'une jeune
créole de l'île de France, Mlle Caillou, que sa mère
avait envoyée en France pour y achever son éducation
chez une tante religieuse. Rappelée en 1744, Mlle Caillou s'était embarquée sur le *Saint-Géran*, avait plu à
M. Longchamps de Montendre, premier enseigne du
navire, et les jeunes gens avaient noué une idylle de
croisière avant de disparaître tous deux dans la catastrophe. Un autre fait authentique a été curieusement
transposé par Bernardin : l'ultime pudeur de Virginie
ne consentant pas à se dévêtir et préférant se laisser
engloutir après avoir posé « une main sur ses habits » et
« l'autre sur son cœur » est copiée sur un modèle assez
inattendu. C'est en réalité le capitaine du *Saint-Géran*,
M. de La Mart ou Delamare, qui avait refusé de quitter
sa veste et sa culotte, estimant qu'il convenait peu à sa
dignité de débarquer nu, et jugeant d'autre part impossible d'abandonner de précieux papiers qu'il portait
dans sa poche. Cela confirme ce que l'on insinuait : la
pudeur de Virginie, donnée pour naturelle, prend sa
source dans une pudeur bien différente, non moins
respectable sans doute, mais tout entière inspirée par
des conventions ou des préoccupations sociales.

Tous les éléments empruntés à la réalité ont été
fortement stylisés, et cela de plusieurs manières. Il faut
d'abord faire la part du style Louis XVI et néoclas-
sique, qui tient à la fois du drapé et du marbre, et qui
enveloppe ou fige les corps, comme il pétrifie les
tableaux de la nature. Les troncs des arbres, glacés par

la lumière du couchant, deviennent des colonnes de marbre ou de bronze. Quant aux attitudes humaines, leur métamorphose sculpturale n'est pas incompatible avec leur animation, ni même avec leur spiritualisation. Voici, par exemple, comment Bernardin évoque, grâce à deux métaphores opposées mais complémentaires, le couple des enfants : « A leur silence, à la naïveté de leurs attitudes, à la beauté de leurs pieds nus, on eût cru voir un groupe antique de marbre blanc représentant quelques-uns des enfants de Niobé ; mais à leurs regards qui cherchaient à se rencontrer, à leurs sourires rendus par de plus doux sourires, on les eût pris pour ces enfants du ciel, pour ces esprits bienheureux dont la nature est de s'aimer, et qui n'ont pas besoin de rendre le sentiment par des pensées, et l'amitié par des paroles. » Dans les dernières pages du roman, le thème de l'angélisme est seul à se déployer. Mais, dès le début, il interfère avec le thème sculptural. Les jeunes héros de Bernardin apparaissent tantôt comme des statues de marbre, tantôt comme des êtres désincarnés. Mais cette ambiguïté est heureuse, non seulement par son équilibre, mais parce que, dans les deux cas, Paul et Virginie, métamorphosés, échappent au prosaïsme de la figure et de la chair humaines.

Autre stylisation : celle de l'idylle. Bernardin retrouve un très vieux thème de l'idylle traditionnelle, celui des amours enfantines. L'amour de Paul et de Virginie est prédestiné dès leur naissance : « Déjà leurs mères parlaient de leur mariage sur leurs berceaux. » C'est un amour qui jaillit du cœur même de l'enfance, un amour absolu parce qu'originel, un amour qui n'est le fruit d'aucune histoire, mais qui se trouve inclus dans un destin antérieur à la conscience même des amants. En outre, cet amour, peu différencié au début, doit progressivement émerger de la complexité et de l'indécision des sentiments. Pendant longtemps, Paul et Virginie n'ont pas d'autres noms, l'un pour l'autre, que ceux de « frère » et de « sœur ». Et le progrès de leur amour est le progrès même de leur langage. Rien n'est plus émouvant que ce langage de l'amour qui se

cherche : « Quelque chose de toi que je ne puis dire
reste pour moi dans l'air où tu passes, sur l'herbe où tu
t'assieds. » Telle est la double et tâtonnante conquête
du langage idyllique : extraire l'amour de l'enfance et
de la relation fraternelle ; distinguer le corps de l'aimée
de la nature avec laquelle il se confond tout d'abord.

Mais à l'idylle éternelle, idéale, s'entrelace une autre
forme d'idylle, marquée des signes d'une époque. Ces
enfants qui s'aiment sont des « enfants de la nature »,
au sens que le XVIIIᵉ siècle donnait à ces mots. C'est
dire que la nature se charge seule de leur éducation (à la
différence de Daphnis et Chloé, qui reçoivent les leçons
de l'expérience), qu'elle en fait des êtres préservés,
instruits seulement de ce qu'il importe à leur bonheur
de connaître. Autre idée du siècle, et de Rousseau en
particulier : celle de la « petite société », réunissant
quelques êtres entre lesquels se tissent des liens affectifs
multiples (amour, tendresse maternelle, paternelle ou
filiale, sentiment fraternel, amitié), si bien que le
groupe semble n'avoir qu'une âme épuisant à elle seule
tous les sentiments possibles. Le miracle de la petite
société consiste à changer une existence collective en
une essence individuelle.

Enfin s'ajoute à tout cela la vision propre à Bernardin : celle des harmonies de la nature, de la symbiose
entre l'homme et le monde, de l'égalité et de la bienveillance naturelle entre les hommes, et d'un univers
providentiel. Entre la nature et l'homme l'accord peut
être si exact que, dans certaines œuvres communes, la
part de chacun demeure indiscernable. Paul a construit
son jardin comme « un amphithéâtre de verdure, de
fruits et de fleurs ». Mais il ne leur a pas fait violence :
« ... En assujettissant ces végétaux à son plan, il ne
s'était pas écarté de celui de la nature. » D'ailleurs la
nature elle-même, sans être sollicitée, semble s'organi-
ser et s'offrir pour protéger, réjouir et enchanter ceux
qui l'aiment : « Les ravins bordés de vieux arbres
inclinés sur les bords formaient des souterrains voûtés
inaccessibles à la chaleur, où l'on allait prendre le frais
pendant le jour... C'était sur ce rocher que ces familles

se rassemblaient le soir, et jouissaient en silence de la
fraîcheur de l'air, du parfum des fleurs, du murmure
des fontaines, et des dernières harmonies de la lumière
et des ombres. » Réciproquement, la petite société
projette ses sentiments sur tout ce qui l'entoure, si bien
que la nature participe, elle aussi, de l'âme du groupe.
Ce sont les noms qui symbolisent cet envahissement,
cet investissement des choses par l'âme : « Ces familles
heureuses étendaient leurs âmes sensibles à tout ce qui
les environnait. Elles avaient donné les noms les plus
tendres aux objets en apparence les plus indifférents...
J'ai vu s'animer de mille appellations charmantes les
arbres, les fontaines, les rochers... » Ainsi l'harmonie
est parfaite entre la nature et le groupe idyllique. Le
temps humain et le rythme de la nature se confondent :
« Les périodes de leur vie se réglaient sur celles de la
nature. Ils connaissaient les heures du jour par l'ombre
des arbres ; les saisons, par le temps où ils donnent leurs
fleurs ou leurs fruits ; et les années, par le nombre de
leurs récoltes. » C'est par les sensations, donc par les
choses de la nature, que les sentiments viennent à
l'âme : « Dans nos souhaits innocents nous désirions
être tout vue, pour jouir des riches couleurs de l'aurore ;
tout odorat, pour sentir le parfum de nos plantes ; tout
ouïe, pour entendre le concert de nos oiseaux ; tout
cœur, pour reconnaître ces bienfaits. » Nous débou-
chons ainsi sur une idylle cosmique et providentielle,
qui est à la fois poème et théologie, et qui comprend
trois personnages : l'homme, la nature et Dieu. Paul et
Virginie vivent dans un monde qui les protège, où tout
leur fait signe, et où Dieu, chaque fois qu'ils sont en
péril, intervient pour les sauver. Lorsqu'ils sont égarés
dans la forêt, sur le point de mourir de faim et de soif,
Virginie ne perd pas confiance : « Dieu aura pitié de
nous... A peine avait-elle dit ces mots qu'ils entendirent
le bruit d'une source qui tombait d'un rocher voisin. »
Lorsqu'ils ont perdu leur route, Virginie dit à Paul :
« Prions Dieu, mon frère, et il aura pitié de nous. » A
peine avaient-ils achevé leur prière qu'ils entendirent
un chien aboyer. L'idylle est proche, ici, du conte

féerique. Mais l'important est que, dans cet univers de connivence, le miracle soit toujours possible : les enfants de la nature sont aussi les enfants de Dieu.

Le monde idyllique de *Paul et Virginie* apparaît d'abord comme un refuge : Mme de la Tour a choisi le lieu de sa retraite « comme si des rochers étaient des remparts contre l'infortune, et comme si le calme de la nature pouvait apaiser les troubles malheureux de l'âme ». Bernardin retrouve ici le vieux thème lyrique du *Suave mari magno* en lui donnant des résonances morales et religieuses : « Quelquefois elles [les deux familles] s'endormaient au bruit de la pluie qui tombait par torrents sur la couverture de leurs cases, ou à celui des vents qui leur apportaient le murmure lointain des flots qui se brisaient sur le rivage. Elles bénissaient Dieu de leur sécurité personnelle, dont le sentiment redoublait par celui du danger éloigné. » Mais le refuge n'est pas seulement *protection*. Il est aussi *clôture*. Nécessairement borné, il interdit toute échappée, même imaginaire, en dehors de ses limites : « Leur curiosité ne s'étendait pas au-delà de cette montagne. Ils croyaient que le monde finissait où finissait leur île ; et ils n'imaginaient rien d'aimable où ils n'étaient pas. » Bernardin rejoint bien cette fois la pensée de Rousseau : le vrai bonheur consiste à demeurer en soi, à se rapprocher de soi, à ne pas déborder la zone étroite du rayonnement naturel d'une âme. Si l'imagination est l'ennemie du bonheur, c'est qu'elle nous incite à nous évader dans ces lointains où nous ne retrouvons plus rien de nous-même, où tout nous devient étranger, et par conséquent nous menace. La sagesse du refuge est, presque toujours, une sagesse née de l'expérience. Elle suppose le retrait hors d'un monde où l'on a souffert. C'est le cas de Mme de la Tour et de Marguerite. Mais, pour Paul et pour Virginie, l'île est un pur commencement, une sorte de monde auroral. C'est l'autre valeur du séjour idyllique, et l'ambivalence est riche, qui en fait à la fois un aboutissement et une origine. Bernardin a coloré ce monde auroral de reflets bibliques. C'est le Paradis terrestre, séjour du premier homme : « Au

matin de la vie, ils en avaient encore la fraîcheur : tels
dans le jardin d'Eden parurent nos premiers parents. »
Ou bien c'est la terre au temps de Noé, régénérée et
nouvelle après le Déluge. Ou encore l'Orient des
patriarches. Dans les pantomimes jouées par Paul,
Virginie, Domingue et Marie, le jeune garçon « imite la
gravité d'un patriarche » : « Ces drames étaient rendus
avec tant de vérité qu'on se croyait transporté dans les
champs de la Syrie ou de la Palestine. » Telle est
l'abondance, la richesse de sens d'une œuvre où s'amal-
gament les thèmes traditionnels de l'idylle, certaines
rêveries du XVIIIe siècle, l'influence de Rousseau, et la
vision du monde propre à Bernardin, qui est naïve sans
doute et peu philosophique, mais où semble poindre
déjà la poésie future des « harmonies » et des « corres-
pondances ».

L'idylle se prolonge jusqu'à l'irruption du drame. Le
rythme du récit est aussi significatif que les thèmes qui
le composent. C'est le Vieillard qui raconte, à la fois
récitant et conscience morale, mais aussi personnage
témoin du paradis perdu et seul survivant du passé avec
les tombeaux sans épigraphe et les cabanes abandonnées. Toute une première partie du récit est consacrée à
l'évocation du monde détruit, monde immobile où le
temps ne coule pas, où il ne se passe rien. Les anecdotes, les épisodes n'introduisent aucune action. Ils ont
simplement pour rôle d'ajouter au sens. Le temps et
l'action interviennent dans une seconde partie, qui est
celle des péripéties et des crises. La crise débute par le
« mal inconnu » dont souffre Virginie. C'est la première faille dans le paradis, et il faut reconnaître qu'elle
n'est pas due à une initiative humaine, mais à la nature
elle-même. Cela tendrait à prouver que le monde rêvé
relève plus de l'idéal que de la nature. Une nouvelle
péripétie est fournie par la lettre venue d'Europe et
l'ensemble des interventions qu'elle entraîne à sa suite
et qui aboutissent au départ de Virginie. Entre les deux
événements il existe un rapport : « Mme de la Tour

n'était pas fâchée de trouver une occasion de séparer pour quelque temps Virginie et Paul. » C'est dire que les préjugés sociaux dont les héros vont être victimes sont déjà présents dans la conscience de Mme de la Tour. Cette mère faussement prudente s'oppose au mariage, que la nature rend pourtant nécessaire (les symptômes en sont assez clairs), pour des raisons de bon sens et de convenance, qui nous conduisent déjà hors de l'idylle : « Ils sont trop jeunes et trop pauvres... » La crise atteint son point culminant avec le départ, à la fois précipité et clandestin, de Virginie. Et cette seconde partie, dramatique, se termine sur le désespoir de Paul, son fragile apaisement, et de nouveau ses tourments, lorsqu'il craint que Virginie ne l'ait abandonné.

Alors commence une troisième partie, qui est plutôt une sorte d'interlude. Il faut remplir le temps, en attendant le retour de Virginie. Bernardin se sert du Vieillard, qui cesse d'être récitant, pour devenir personnage de l'histoire. L'interlude commence par une longue méditation sur la solitude. Ce n'est pas un hors-d'œuvre. La solitude parachève le contrepoint de l'idylle et du drame : elle est la contrepartie désabusée de l'une, mais le correctif apaisant de l'autre. Puis l'interlude se poursuit sous la forme d'un dialogue entre Paul et le Vieillard, qui condamne la vie sociale en sévère moraliste. Ce long dialogue est-il un corps étranger ? Dans une certaine mesure, oui. Et pourtant il sert à faire comprendre qu'entre le paradis naturel et la vie selon le monde aucune conciliation n'est possible. Il explicite en somme le sens tragique de l'œuvre. Et il laisse prévoir la catastrophe finale. Peut-être même la rend-il inutile. Car, si le Vieillard a raison, Virginie sera-t-elle toujours la même à son retour ? Ne sera-t-elle pas « devenue plus délicate » ? Et Paul, lui, ne pourra jamais prendre les manières du monde. Avant même le naufrage, la rupture est consommée : la société a déjà fait tout le mal qu'elle pouvait faire.

L'interlude, tout en morale et en discours, succédait à une partie dramatique, qui faisait elle-même suite à

l'idylle. Par un nouveau changement de rythme, la
dernière partie, qui s'enchaîne avec l'interlude, est le
récit de la catastrophe. C'est la plus pathétique de
toutes. Le pathétique compte même plus, peut-être,
que la signification : point n'était besoin d'un événement accidentel pour que le séjour de Virginie en
Europe eût été funeste. Tel sera le sens de l'ultime
consolation du Vieillard. L'émotion du naufrage et de la
mort tend ainsi à se dénouer dans ses derniers propos,
assurément verbeux et qui comportent plus d'un lieu
commun. Mais il y a, dans *Paul et Virginie*, tout un
hiératisme et toute une harmonie de la parole, qui se
manifestent alternativement dans l'enchantement
immobile du conte et dans le rythme pompeux du
discours.

Le récit s'achève en tout cas sur des images de
désolation et de mort. Tout a péri à la fois : non
seulement le bonheur de l'idylle, mais aussi les projets
et les calculs selon l'esprit du monde. Si tous les
membres de la petite société s'éteignent l'un après
l'autre, la tante de Virginie sombre dans la démence en
croyant voir « des campagnes de feu », des « montagnes ardentes » et des « spectres hideux ». A la mort
harmonieuse s'oppose la mort grinçante. Seule survit la
sagesse du Vieillard : celle de la solitude. On retrouve,
dans les dernières pages, le thème mélancolique de
l'interlude. La solitude du Vieillard se fond dans le
paysage qui est à la fois le décor initial et la vision ultime
de l'œuvre : le bassin rocheux « où règne un grand
silence », les cabanes recouvertes de poussière, les
« vergers détruits », les « oiseaux enfuis », sans oublier
cette saisissante notation qu'a relevée M. Jean Fabre,
celle des éperviers qui tournent dans un ciel vide.

Si l'amour auroral éclaire de sa lumière tout un
versant de l'œuvre, l'ombre de la mort obscurcit l'autre
versant. La mort est présente très tôt. Elle est annoncée
par un réseau de pressentiments et de signes. Elle est
même contenue dans les imprécations de Paul : « Mère
barbare ! femme sans pitié ! puisse cet océan où vous
l'exposez ne jamais vous la rendre ! puissent ses flots

vous rapporter mon corps et, le roulant avec le sien parmi les cailloux de ces rivages, vous donner, par la perte de vos deux enfants, un sujet éternel de douleur. » Paul dit encore : « Nous n'avons eu qu'un toit, qu'un berceau ; nous n'aurons qu'une tombe. » L'idylle, dont l'âme demeure la même, change de coloration : à l'idylle nuptiale (« Déjà leurs mères parlaient de mariage sur leurs berceaux ») se substitue l'idylle funèbre. Mais la mort, comme l'amour, reste liée à l'enfance. Son ombre succède à l'aurore, mais elle ne l'obscurcit pas.

Le thème de la mort est ainsi ambivalent. La mort apparaît d'abord comme une fatalité, et même comme un châtiment. Mais elle est en même temps une forme de salut. Elle seule pouvait préserver à jamais l'amour de Paul et de Virginie. Tel est bien le sens de la consolation prononcée par le Vieillard. Si les deux enfants avaient vécu, leur amour se fût peut-être dégradé et flétri. La mort, au contraire, en fait un absolu. Elle embaume les jeunes amants, conservant à la fois leur amour et leur jeunesse.

La mort revêt une dernière signification. Elle est une métamorphose. Le thème de l'angélisme apparaît, on l'a dit, dès le début de l'œuvre : les deux enfants sont tantôt figures de marbre, tantôt esprits bienheureux. Lorsque Virginie se noie, son attitude est un mélange de drapé Louis XVI et de symbolisme mystique : « Virginie, voyant la mort inévitable, posa une main sur ses habits, l'autre sur son cœur et, levant en haut ses yeux sereins, parut un ange qui prend son vol vers les cieux ». Comme Julie dans *La Nouvelle Héloïse*, Virginie a son apothéose : « Ah ! si du séjour des anges elle pouvait se communiquer à vous, elle dirait :... « Je suis pure et inaltérable comme une particule de lumière. » Comme dans certaines poésies de Chénier, le Vieillard imagine que Virginie, morte, continue à parler à Paul : « Ah ! quelle langue pourrait décrire ces rivages d'un orient éternel que j'habite pour toujours ! » Et Marguerite reçoit en rêve sa visite lumineuse : « Il m'a semblé cette nuit voir Virginie vêtue de blanc, au milieu de bocages et de jardins délicieux. » Y a-t-il contradiction entre le goût de Bernardin pour l'angélisme et sa philosophie de la nature ? Non sans doute, puisque, selon un vieux mythe qui a fait rêver tout le XVIIIᵉ siècle, les anges occupent le plus haut degré de la chaîne des êtres. Et pour Bernardin, qui est assez païen en cela, l'éternité est imaginable. Elle n'est rien d'autre qu'un allégement et une pérennisation de ce monde. L'angélisme, aussi bien, fait partie de cette frange d'irrationnel qui entoure l'œuvre et où les esprits célestes voisinent avec les miracles, les pressentiments, les songes et les hallucinations.

S'ouvrant sur un paradis, ce n'est donc pas seulement sur la mort que *Paul et Virginie* se referme, mais sur un autre paradis, dont le premier n'était que la figure périssable et trop matérielle. Toutes les discordances, tous les antagonismes sont désormais effacés. La fraîche idylle enfantine, brisée par les tentations et les menaces du monde, s'était tristement changée en une idylle funèbre. Mais celle-ci, à son tour, se mue et s'illumine en une transfiguration.

ROBERT MAUZI

N.B. — Le texte que nous reproduisons est celui de l'édition Didot, Paris, 1806.

PAUL ET VIRGINIE

PRÉAMBULE

Voici l'édition *in*-4° de *Paul et Virginie* que j'ai proposée par souscription. Elle a été imprimée chez P. Didot l'aîné, sur papier vélin d'Essone. Je l'ai enrichie de six planches dessinées et gravées par les plus grands maîtres, et j'y ai mis en tête mon portrait, que mes amis me demandaient depuis longtemps.

Il y a au moins deux ans que j'ai annoncé cette souscription. Si plusieurs raisons m'avaient décidé à l'entreprendre, un plus grand nombre m'aurait obligé à y renoncer. Mais j'ai regardé comme le premier de mes devoirs de remplir mes engagements avec mes souscripteurs. Sous ce rapport, l'histoire de mon édition ne pourrait intéresser qu'un petit nombre de personnes : cependant, comme elle me donnera lieu de faire quelques réflexions utiles aux gens de lettres sans expérience, en les éclairant de celle que j'ai acquise, sur les contrefaçons, les souscriptions, les journaux, et les artistes, j'ai lieu de croire qu'elle ne sera indifférente à aucun lecteur. On verra au moins comme, avec l'aide de la Providence, je suis venu à bout de tirer cette rose d'un buisson d'épines.

Le premier motif qui m'engagea à faire une édition recherchée de *Paul et Virginie* fut le grand succès de ce petit ouvrage.

Il n'est au fond qu'un délassement de mes *Etudes de la Nature*, et l'application que j'ai faite de ses lois au

bonheur de deux familles malheureuses. Il ne fut publié
que deux ans après les premières, c'est-à-dire en 1786 :
mais l'accueil qu'il reçut à sa naissance surpassa mon
attente. On en fit des romans, des idylles, et plusieurs
pièces de théâtre. On en imprima les divers sujets sur
des ceintures, des bracelets, et d'autres ajustements de
femme. Un grand nombre de pères et surtout de mères
firent porter à leurs enfants venant au monde les
surnoms de Paul et Virginie. La réputation de cette
pastorale s'étendit dans toute l'Europe. J'en ai deux
traductions anglaises, une italienne, une allemande,
une hollandaise, et une polonaise ; on m'a promis de
m'en envoyer une russe et une espagnole. Elle est
devenue classique en Angleterre. Sans doute j'ai obliga-
tion de ce succès, unanime chez des nations d'opinions
si différentes, aux femmes, qui par tout pays ramènent
de tous leurs moyens les hommes aux lois de la nature.
Elles m'en ont donné une preuve évidente en ce que la
plupart de ces traductions ont été faites par des dames
ou des demoiselles. J'ai été enchanté, je l'avoue, de voir
mes enfants adoptifs revêtus de costumes étrangers par
leurs mains maternelles ou virginales. Je me suis donc
cru obligé à mon tour de les orner de tous les charmes
de la typographie et de la gravure françaises, afin de les
rendre plus dignes du sexe sensible qui les avait si bien
accueillis.

    Sans doute ils lui sont redevables d'une réputation
qui s'étend, dès à présent, vers la postérité. Déjà les
Muses décorent de fables leur berceau et leur tombeau,
comme si c'étaient des monuments antiques. Non seulement plusieurs familles considérables se font honneur
d'être leurs alliées, mais un bon créole de l'île de
Bourbon m'a assuré qu'il était parent du S. Géran. Un
jeune homme nouvellement arrivé des Indes orientales
m'a fait voir depuis peu une relation manuscrite de son
voyage. Il y raconte qu'il s'est reposé sur la vieille racine
du cocotier planté à la naissance de Paul ; qu'il s'est
promené dans l'Embrasure où l'ami de Virginie aimait
tant à grimper, et qu'enfin il a vu le noir Domingue âgé
de plus de cent vingt ans, et pleurant sans cesse la mort

de ces deux aimables jeunes gens; il ajouta que, quoiqu'il eût vérifié les principaux événements de leur histoire, il avait pris la liberté de s'écarter de mes récits dans quelques circonstances légères, persuadé que je voudrais bien lui permettre de les publier avec leurs variantes. J'y consentis, en lui faisant observer que, de mon temps, cette ouverture du sommet de la montagne qu'on appelle l'Embrasure m'avait paru à plus de cent pieds de hauteur perpendiculaire. Au reste, je lui recommandai fort d'être toujours exact à dire la vérité, et d'imiter dans ses récits ce héros protégé de Minerve, qui avait beaucoup moins voyagé que lui, mais qui avait vu des choses bien plus extraordinaires[1].

En vérité, s'il m'est permis de le dire, je crois que mon humble pastorale pourrait fort bien m'acquérir un jour autant de célébrité que les poèmes sublimes de l'*Iliade* et de l'*Odyssée* en ont valu à Homère. L'éloignement des lieux comme celui des temps en met les personnages à la même distance, et les couvre du même respect. J'ai déjà un Nestor dans le vieux Domingue, et un Ulysse dans mon jeune voyageur. Les commentaires commencent à naître; il est possible qu'à la faveur de mes amis, et surtout de mes ennemis, qui se piquent d'une grande sensibilité à mon égard, elle me prépare autant d'éloges après ma mort que mes autres écrits, où je n'ai cherché que la vérité, m'ont attiré de persécutions pendant ma vie.

Cependant, je l'avoue, un autre motif plus touchant que celui de la gloire m'a engagé à faire une belle édition de *Paul et Virginie* : c'est le désir paternel de laisser à mes enfants, qui portent les mêmes noms, une édition exécutée par les plus habiles artistes en tout genre, afin qu'elle ne pût être imitée par les contrefacteurs. Ce sont eux qui ont dépouillé mes enfants de la meilleure partie du patrimoine qui était en ma disposition. Les gens de lettres se sont assez plaints de leurs

1. « L'existence actuelle de Domingue m'avait déjà été confirmée par plusieurs autres voyageurs. Ils m'ont assuré même qu'un habitant de l'île de France le faisait voir sur un théâtre pour de l'argent. » (*Note de B. de Saint-Pierre.*)

brigandages; mais ils ne savent pas que ceux qui se
présentent aujourd'hui pour s'y opposer sont souvent
plus dangereux que les contrefacteurs eux-mêmes. Ils
en jugeront par deux traits encore tout récents à ma
mémoire.

Il y a environ deux ans et demi qu'un homme, moitié
libraire, moitié homme de loi, vint m'offrir ses services
pour Lyon. Il allait, me dit-il, dans cette ville qui
remplit de ses contrefaçons les départements du midi,
et même la capitale. Il était revêtu des pouvoirs de
plusieurs imprimeurs et libraires pour saisir les contrefaçons de leurs ouvrages, et s'était obligé de faire tous
les frais de voyage et de saisie, à la charge de leur tenir
compte du tiers des amendes et des confiscations. Il
m'offrit de se charger de mes intérêts aux mêmes
conditions. Nous en signâmes l'acte mutuellement. Il
partit. A peine était-il arrivé à Lyon que je reçus de
cette ville quantité de réclamations des libraires qui se
plaignaient de ses procédures, attestaient leur innocence, leur qualité de père de famille, etc. De son côté
mon fondé de procuration me mandait qu'il faisait de
fort bonnes affaires ; qu'il me suppliait de ne m'en point
mêler, et de le laisser le maître de disposer de tout,
suivant nos conventions. Je me gardai donc bien de
l'arrêter dans sa marche, et je me félicitai de recevoir
incessamment de lui des fonds considérables, que je
devais verser dans l'édition que je me proposais de
faire. Mais deux ans et demi se sont écoulés sans que
j'aie entendu parler de lui, quelques recherches que j'en
aie faites.

Il y a environ dix-huit mois qu'un imprimeur-libraire
me fit la même proposition pour Bruxelles : j'y consentis. Il traita de fripon et de vagabond celui que j'avais
chargé à Lyon de mes intérêts. A peine arrivé à
Bruxelles, il me manda qu'il avait saisi plusieurs de
mes ouvrages contrefaits ; et après m'avoir engagé à
employer mon crédit pour lui faire obtenir des jugements de condamnation, je n'en ai pas plus entendu
parler que de l'autre.

J'avais sans doute compté sur des fonds moins

casuels pour entreprendre une édition de *Paul et Virgi-nie*. Engagé depuis huit ans dans des procès à l'occasion de la succession du père de ma première femme; et voyant que les créanciers de cette succession, non contents de la dévorer en frais, quoique déclarée par la justice plus que suffisante pour en acquitter les dettes, avaient jeté leurs hypothèques sur mes biens propres, quelque peu considérables qu'ils fussent, j'avais craint que l'incendie ne se portât vers l'avenir, et ne consumât jusqu'aux espérances patrimoniales de mes enfants. J'avais donc rassemblé tout ce que j'avais d'argent comptant, et je l'avais placé dans la caisse d'escompte du commerce, pour leur servir après moi de dernière ressource, ainsi qu'à ma seconde femme, qui leur tenait lieu de mère. C'était là que je portais toutes mes économies; c'était sur ce capital que je fondais l'espoir de mon édition. La somme était déjà si considérable que je l'aurais employée à acheter une bonne métairie, si je n'avais craint de livrer à des créanciers inconnus le berceau de mes enfants et l'asile de ma vieillesse, en l'exposant au soleil.

Mais une révolution de finance, à laquelle je ne m'attendais pas, renversa à la fois mes projets de fortune passés, présents et futurs. La caisse d'escompte fut supprimée. Je n'imaginai rien de mieux que de transporter mes fonds dans celle d'un de ses action-naires, ami de mes amis, et jouissant d'une si bonne réputation, que ses commettants venaient de le nommer un de leurs derniers administrateurs. Je lui confiai mon argent à un très modique intérêt, et le priai, sous le secret, d'en disposer après moi en faveur de mes deux enfants en bas âge, et de ma femme, par portions égales. Il me le jura, et trois mois et demi après il me fit banqueroute.

J'avais éprouvé de grandes pertes dans la Révolution pour un homme né avec bien peu de fortune. On m'avait ôté la place d'intendant du Jardin des plantes : mais je ne l'avais pas demandée. Louis XVI m'y avait nommé de son propre mouvement. J'avais perdu deux pensions, mais je ne les avais pas sollicitées. Les contrefaçons m'avaient fait un tort considérable ; mais c'était plutôt un manque de bénéfice qu'une perte réelle. Ici c'était les fruits de mes longs travaux qui s'évanouissaient dans ma vieillesse, emportant avec eux l'espoir de ma famille. Cependant Dieu me donna plus de force pour en supporter la perte que je ne l'avais espéré. Ce qui m'en sembla de plus rude, ce fut de l'annoncer à ma femme. Je ne pouvais cacher cet énorme déficit à ma compagne et à la tutrice de mes enfants. Je le lui annonçai donc avec beaucoup de ménagement. Quelle fut ma surprise, lorsqu'elle me dit d'un grand sang-froid : « Nous nous sommes bien passés de cet argent jusqu'à présent, nous nous en passerons bien encore. Je me sens assez de courage pour supporter avec toi la mauvaise fortune comme la bonne. Mais, crois-moi, Dieu ne nous abandonnera pas. »

Je rendis grâce au ciel de mon malheur. En perdant à peu près tout ce que j'avais, je découvrais un trésor plus précieux que tous ceux que la fortune peut donner. Quelle dot, quelles dignités, quels honneurs, peuvent égaler pour un père de famille les vertus d'une épouse ?

Environ dans le même temps, on diminua d'un cinquième un bienfait annuel que je recevais du gouvernement. J'y fus d'autant plus sensible que j'en attribuai alors la cause à une dispute dans laquelle je m'étais engagé au sujet de ma nouvelle théorie des courants et des marées de l'océan.

Cependant, malgré ces contretemps réunis, je ne perdis point courage. Je levai les yeux au ciel. Je me dis : « Puisque je suis né dans un monde où on repousse la vérité et où on accueille les fictions, tirons parti de celle de mes enfants adoptifs, en faveur de mes propres enfants. Les fonds me manquent pour mon édition de *Paul et Virginie*, mais je peux la proposer par souscriptions. Il y a quantité de gens riches qui se feront un plaisir de les remplir. Plusieurs m'y invitent depuis longtemps. »

Je m'arrêtai donc à ce projet, et je me hâtai d'en imprimer les prospectus. Je crus en augmenter l'intérêt en y parlant d'une partie de mes pertes. Enfin, j'étais si persuadé qu'elles produiraient un grand effet, que je traitai sur-le-champ avec des artistes pour commencer les dessins qui m'étaient nécessaires. Je fixai même à un terme assez prochain la clôture des souscriptions, pour n'en être pas accablé. En effet, pour en avoir tout de suite un bon nombre, je les avais mises à un tiers au-dessous de la vente de l'ouvrage et je n'en demandais d'avance que la moitié. Une foule de gens officieux se chargea de répandre ces prospectus dans la capitale, les départements, et même dans toute l'Europe. Au bout de quelque temps, quelques-uns d'entre eux m'apportèrent des listes assez nombreuses de personnages riches, grands amateurs des arts, et surtout fort sensibles, qui me priaient d'inscrire leurs noms, mais ils ne m'envoyaient point d'argent.

Je leur fis dire que je regardais une souscription comme un traité de commerce entre un entrepreneur sans argent et des amateurs qui en ont de superflu, par lequel il leur demandait des avances pour l'exécution d'un ouvrage qu'il s'engageait à leur livrer à une époque fixe, en diminuant pour eux seuls une partie du prix de la vente ; que ces avances m'étaient nécessaires pour en faire moi-même à des artistes ; ce qui m'était impossible si je n'en recevais de mes souscripteurs ; et qu'enfin je ne pouvais regarder comme tels que ceux qui concouraient aux frais de mon édition.

Des raisons si justes et si simples ne firent aucune impression sur eux. Je ne pus même les faire goûter à un ministre d'une cour étrangère, chargé spécialement par sa souveraine de me remettre une lettre où elle me témoignait le plus grand désir d'être sur la liste de mes souscripteurs. Il avait accompagné cette lettre d'un billet plein de compliments. Il me rencontra deux ou trois fois dans le monde, où il me dit, après bien des révérences, qu'il se faisait un véritable reproche d'avoir différé si longtemps de remplir les désirs de sa souveraine ; qu'il se ferait honneur de m'apporter lui-même l'argent de sa souscription. En vain je passai chez lui pour lui en épargner la peine, il ne s'y trouva point. Comme ces scènes eurent lieu plusieurs fois, je cessai de

m'y prêter. Je ne connais point de *primatum* et d'*ultima-
tum* dans les affaires. Ma première parole est aussi ma
dernière. La liste de mes souscripteurs n'a donc point
été honorée du nom de cette souveraine, parce que son
ministre n'a pas jugé à propos de remplir ses intentions.
Mais si jamais j'en trouve une occasion sûre, je prendrai
la liberté de lui en faire parvenir un des exemplaires,
comme un hommage que j'aime à rendre à ses désirs, à
son rang, et à ses vertus.

Au reste je ne fus pas surpris qu'un ministre livré à la
politique fît peu de cas de la souscription d'une pastorale; mais je le fus beaucoup, je l'avoue, de n'en
recevoir aucune de l'Angleterre. Quoique je n'aie
jamais été dans cette île, j'ai lieu de croire que mes
ouvrages m'y ont fait beaucoup d'amis. Ma Théorie des
mers y a un grand nombre de partisans. Des familles
des plus illustres m'y ont offert un asile avant cette
guerre, et plusieurs Anglais de toutes conditions me
sont venus voir alors à Paris. Des savants célèbres y ont
traduit mes *Etudes de la Nature*; mais on y a fait surtout
un si grand nombre de traductions de *Paul et Virginie*,
que l'original français y est devenu un livre classique.
C'est ce que m'apprit il y a environ trois ans un de nos
émigrés ci-devant fort riche. Il s'était réfugié à Londres,
où il ne trouva d'autre ressource que de se faire libraire.
A son retour en France, il vint me remercier d'avoir
vécu fort à son aise de la seule vente de *Paul et Virginie*.
Je fus sensiblement touché du bonheur que j'avais eu de
lui être utile par mon ouvrage, et surtout du témoignage
de sa reconnaissance. Je me rappelai, si on peut compa-
rer les petites choses aux grandes, que les Athéniens,
prisonniers de guerre et errants en Sicile, ne subsis-
tèrent qu'en récitant des vers des tragédies d'Euripide,
et qu'à leur retour à Athènes ils vinrent en foule
remercier ce grand poète d'avoir été si bien accueillis à
la faveur de ses ouvrages.

Encore une fois, je ne veux établir ici aucun objet de
comparaison entre Euripide et moi; mais je cite ce trait
à l'honneur immortel des muses françaises, qui, comme
celles d'Athènes, peuvent apporter par tout pays des

consolations aux victimes de la guerre et de la politique. Comment se faisait-il donc que les Anglais vissent avec tant d'indifférence le prospectus de la magnifique édition d'une pastorale si fort de leur goût, et dans des circonstances semblables à celles où se trouvait le père de famille qui en était l'auteur ? est-ce l'amour de la patrie, qui, leur faisant regarder l'argent comme le nerf des intérêts publics, ne leur permet pas d'en laisser passer la plus petite partie de chez eux chez les nations avec lesquelles ils sont en guerre ? préfèrent-ils l'intérêt de leur commerce à celui de l'humanité ? Mais je leur offrais un monument des arts commerçable et d'un plus grand prix que les avances que j'en attendais. Se méfient-ils des souscriptions françaises ? Quoi qu'il en soit, il ne m'en est venu qu'une seule de ce riche pays, où se rend, dit-on, tout l'or de l'Europe, et où tant d'offres généreuses m'avaient été faites ; encore m'a-t elle été envoyée par le fils d'une dame anglaise de mes amies domiciliée depuis longtemps en France. Quelle est donc la cause de cette indifférence ? Je l'ignore ; mais elle a été presque générale dans le reste de l'Europe, malgré le grand nombre de prospectus que j'y ai répandus.

À la vérité, je m'étais fait une loi, surtout dans ma patrie, de ne faire aucune démarche directe ou indirecte pour solliciter des souscriptions, de quelque homme que ce pût être. C'était, comme je l'ai dit, un monument de littérature, illustré par le concours de nos plus célèbres artistes, dont je proposais l'exécution aux riches amateurs. À la vérité j'y avais parlé de l'intérêt de mes enfants ruinés. Il est possible qu'en exprimant ce sentiment il me soit échappé quelques expressions paternelles trop tendres, qui sont bien goûtées par les gens du monde sur nos théâtres et dans nos romans, mais qui sont rejetées par eux dans l'usage ordinaire de la vie à cause de leur sensibilité extrême. Ils voient avec intérêt un infortuné sur la scène, mais ils en détournent la vue dans la société. Je pense donc avoir éprouvé, sans m'en douter, la vérité de cet adage confirmé par les imprudents qui s'adressent confidentiellement à eux dans leurs peines : « Plus on se découvre, plus on a froid. »

Cependant les trompettes et les cloches de notre renommée n'avaient pas encore sonné ; mon prospectus n'avait point encore été annoncé par les journalistes : ils attendaient, suivant leur usage, le jugement que le monde en porterait pour y confirmer leurs opinions ; mais voyant que sur ce point comme sur bien d'autres il n'en avait aucune, ils se décidèrent à lui en donner.

Le premier qui emboucha sa trompette en ma faveur fut le *Journal de Paris*. Son rédacteur me trouva d'abord fort à plaindre d'en être réduit à parler si souvent au public de mes affaires particulières. Il remarqua qu'il était fort au-dessous de ma grande réputation d'écrivain d'être obligé de recourir aux souscriptions. Je crois même qu'il me renouvela à ce sujet le conseil d'ami qu'il m'avait plusieurs fois donné dans son journal, de ne me plus mêler d'écrire sur les marées, où je n'entendais rien, et d'en laisser le soin à nos astronomes. Je crus d'abord que c'était une pierre qui me tombait de la lune ; mais ce n'était pas lui qui me la jetait : au contraire il se pénétra si bien de mes malheurs et de leurs causes, qu'il oublia de parler des beautés de mon édition future. Qui n'aurait pas connu sa franchise aurait cru entendre le maître d'école qui tance l'enfant tombé dans la Seine en jouant imprudemment sur ses bords. Il me regardait sans doute comme tombé dans la mer en me jouant avec mon système des marées.

Si, en effet, je ne m'étais pas senti couler à fond, j'aurais pu lui dire que, m'étant occupé toute ma vie des intérêts du public, j'avais cru qu'il m'était permis de l'intéresser quelquefois aux miens, sans prétendre devenir chef de parti ; qu'il ne dédaignait pas lui-même de captiver sa bienveillance en lui annonçant chaque jour les événements heureux et malheureux, et jusqu'à la vente des plus petits meubles de la capitale ; que la banqueroute presque totale que j'avais éprouvée était un événement public, et que j'étais aussi fondé à m'en plaindre que lui des différents cabinets de l'Europe, dont il révélait avec tant de sagacité les projets de malveillance. J'aurais pu lui rappeler que le revenu de son journal n'était fondé que sur des souscriptions ; que Voltaire s'était honoré d'une semblable ressource en faisant imprimer les œuvres de Pierre Corneille au profit de la petite-nièce de ce grand poète ; qu'en ma qualité de père de famille, j'avais pu faire imprimer une pastorale au profit de mes enfants ruinés, avec d'autant plus de raison que par des lois modernes, qui ne lui étaient pas inconnues, sur les propriétés littéraires des gens de lettres, mes enfants devaient être privés des miennes dix ans après ma mort.

J'aurais pu lui alléguer d'autres raisons pour justifier mon droit naturel et acquis de raisonner sur la cause des marées ; mais un homme submergé ne peut plus parler. Je me noyais en effet ; les souscriptions me venaient de loin à loin et en très petit nombre. Des artistes, qu'il fallait payer comptant, travaillaient avec activité : j'allais manquer de fonds et engager mes dernières ressources, lorsque après Dieu une branche me sauva du naufrage. Un libraire, homme de bien, M. Déterville, vint me demander la permission d'imprimer une édition in-8º de mes *Etudes de la Nature*, sous mon nom, et semblable à mon édition originale in-12, à quelques transpositions près, avec le privilège de la vendre à son profit pendant cinq ans, moyennant six mille six cents livres, dont il me paierait le tiers d'avance, et les deux autres tiers dans le cours de l'année. Je remerciai la Providence, qui m'envoyait à point nommé une partie des fonds qui m'étaient nécessaires. Nous signâmes mutuellement, le libraire et moi, l'acte de nos conventions, qui toutes ont été remplies jusqu'à présent. Cette édition a paru en l'an XII (1804). Il y avait environ trois mois qu'elle était en vente quand un jeune homme de mes amis, qui se destine aux lettres, entra chez moi tenant à sa main un journal. Quoique naturellement gai, il avait l'air sombre.

— Que m'apportez-vous là ? lui dis-je.

Mon ami. — Une nouvelle méchanceté du *Journal des Débats* : vous en êtes l'objet.

Moi. — Vous me surprenez. J'ai toujours cru son rédacteur bien disposé pour mes ouvrages.

Mon ami. — Avez-vous été le voir à l'occasion de votre nouvelle édition?

Moi. — Non, je ne l'ai même jamais vu. Il est journaliste; et j'ai pour maxime que quand on donne à un particulier le pouvoir de nous honorer, on lui donne en même temps celui de nous déshonorer.

Mon ami. — Lisez, lisez; vous verrez comme il parle de vous. Il dit que vous n'êtes propre qu'à faire des romans; que votre Théorie des marées n'est qu'un roman; que vous avez la manie d'en parler sans cesse; que vos principes de morale sont exagérés; que vous n'avez aucune connaissance en politique. Pardonnez-moi si je répète ses injures, mais j'en suis indigné. Ce sont des personnalités dont vous devez vous faire justice.

Moi. — Je lis rarement ce journal, parce que je trouve sa critique amère et souvent injuste. Son rédacteur est d'ailleurs un homme d'esprit; mais ses satires répugnent à mes principes de morale; voilà peut-être pourquoi il les trouve exagérés. Quant à mon ignorance en politique, il n'est guère question de cette science moderne dans mes *Etudes de la Nature*. Mais pourquoi en a-t-il parlé?

Mon ami. — C'est peut-être que vos ennemis lui auront dit que vous ambitionniez quelque place.

Moi. — Voyons donc ce redoutable feuilleton. Et après l'avoir lu tout entier :

Je ne trouve point, lui dis-je, que j'aie tant à m'en plaindre. D'abord il commence par me blâmer, et finit par me louer. Celui qui veut nuire fait précisément le contraire : il loue au commencement, et blâme à la fin. Le premier paraît un ennemi impartial qui est forcé enfin de reconnaître vos bonnes qualités; le second semble être un ami équitable qui ne demande qu'à vous louer, mais qui est contraint ensuite d'avouer vos défauts, par le sentiment de la justice. L'un et l'autre savent bien que la dernière impression est la seule qui reste dans la tête du lecteur. C'est le dernier coup de la cloche qui la fait longtemps vibrer.

Mon ami. — Permettez-moi de vous dire que tout

journaliste qui condamne une opinion ou même qui la loue est tenu de motiver sa critique ou son éloge. Bayle est là-dessus un vrai modèle. Lorsqu'il réfute une erreur, il y supplée la vérité. Tout critique qui se conduit autrement est ou ignorant ou de mauvaise foi. Le vôtre est à la fois l'un et l'autre.

Moi. — Oh! cela est trop fort : il ne me blâme que sur le fond des choses qu'il n'entend pas, et peut-être qu'on le charge de blâmer; mais il me loue de bonne foi sur le style. Il dit positivement que je suis un des plus grands écrivains du siècle.

Mon ami. — Voilà un bel éloge!

Moi. — Sans doute, et l'un des plus beaux qu'on puisse donner aujourd'hui. Quel est l'homme de loi, par exemple, qui ne serait plus flatté de passer dans les affaires pour un fameux orateur que pour un bon juge? La forme est tout, le fond est peu de chose. Celui-ci n'intéresse que les particuliers mis en cause; celle-là regarde le public, qui donne les réputations. Sachez donc que le rédacteur du feuilleton m'a donné la plus grande des louanges, et qu'il la préférerait pour lui-même à toutes celles dont on voudrait l'honorer, comme d'être juste, bon logicien, penseur profond, observateur éclairé. Les anciens pensaient à peu près là-dessus comme les modernes. Beaucoup de Romains en faisaient le principal mérite de Cicéron. J'ai ouï dire que ce père de l'éloquence latine, passant un jour sur la place aux harangues, quelques citoyens oisifs qui s'y promenaient l'entourèrent et le prièrent de monter à la tribune. « Que voulez-vous que j'y fasse? leur dit-il, je n'ai rien à vous dire. » « N'importe, s'écrièrent-ils, parlez-nous toujours. Que nous ayons le plaisir d'entendre vos périodes, si belles, si harmonieuses, qui flattent si délicieusement les oreilles. » Je crois que M. de La Harpe nous a conservé ce beau trait dans son *Cours de littérature française.* Il le trouvait admirable, et le citait comme une preuve du grand goût que les Romains avaient pour l'éloquence.

Mon ami. — C'est nous les représenter comme des imbéciles. Quel goût pouvaient-ils trouver à entendre

parler à vide? Je sais qu'il est commun à beaucoup de
nos lecteurs de journaux, mais le journaliste des *Débats*,
qui ne sait point faire de belles périodes, remplit tant
qu'il peut son feuilleton de malignité : voilà pourquoi il
a tant de vogue. Il sait bien que le nombre des méchants
est encore plus grand que celui des imbéciles.

Moi. — Ne comptez-vous pour rien l'éloge si pur
que le critique a fait de *Paul et Virginie*?

Mon ami. — Quoi? ne voyez-vous pas que c'est
pour se donner à lui-même un air de sensibilité qui le
rende recommandable à une multitude de ses lecteurs
qui se plaignent sans cesse d'en avoir trop, tandis qu'ils
se repaissent tous les jours de ses sarcasmes? Vos
ennemis louent la moindre partie de vos travaux, pour
se donner le droit, comme vos amis, de blâmer les plus
importantes. Oui, je vous le dis avec franchise, les
journalistes sont des pirates qui infestent toute la littérature, ainsi que les contrefacteurs. Ceux-ci, moins cou-
pables, n'en veulent qu'à l'argent ; les autres, soudoyés
par divers partis, attaquent les réputations de ceux qui
ne tiennent à aucun. Ils se coalisent entre eux, quoique
sous divers pavillons ; ils font la guerre aux morts et aux
vivants. Quel sera désormais le sort des gens de lettres
qui, sous les auspices des Muses, se dirigent vers la
fortune et la gloire? A peine un jeune homme riche de
ses seules études s'embarque sur la mer des opinions
humaines, qu'il est coulé à fond en sortant du port : il
ne lui reste d'autre ressource que de prendre parti avec
les brigands. C'est alors que, presque sans peine et sans
travail, il sera payé, redouté, honoré, et pourra parvenir
à tout.

Moi. — Vous tombez vous-même dans le défaut
que vous leur reprochez. La passion vous rend injuste.
Nos journalistes ne sont point des pirates : ce sont,
pour l'ordinaire, de paisibles paquebots qui passent et
repassent sur le fleuve de l'oubli, qu'ils appellent fleuve
de mémoire, nos fugitives réputations. Amis et ennemis, tous leur sont indifférents. Ils n'ont d'autre but, au
fond, que de remplir leur barque, afin de gagner
honnêtement leur vie.

Ce n'est pas une petite affaire de mettre tous les jours à la voile avec une nouvelle cargaison. Un journaliste à vide serait capable de remplir ses feuilles de leur propre critique. J'en ai eu un jour une preuve assez singulière. Un d'entre eux, voulant plaire à un parti puissant qui le protégeait, s'avisa d'attaquer ma Théorie du mouvement des mers. Comme il n'entendait pas plus celle des astronomes que la mienne, il me fut aisé de le réfuter. Je lui répondis par un autre journal, et j'insérai dans ma réponse quelques légères épigrammes sur sa double ignorance. Je crus qu'il en serait piqué. Point du tout. Il m'écrivit tendrement pour se plaindre de ce que je n'avais pas eu assez de confiance en lui pour lui adresser ma réponse, en m'assurant que, quoiqu'il y fût maltraité, il l'aurait imprimée avec la fidélité la plus exacte et qu'elle aurait fait le plus grand honneur à ses feuilles. Il est clair qu'il n'avait eu, en me provoquant, d'autre but que l'innocent désir de gagner de l'argent en remplissant son journal. Peu de temps après, il fut obligé d'y renoncer. Cependant les mathématiciens qui l'avaient armé d'arguments contre moi et poussé en avant comme leur champion vinrent à son secours. Ils lui firent avoir une place à la fois lucrative et honorable. Il y a apparence que, s'il eût imprimé ma réponse, il serait resté journaliste. Mais comme les objections qu'il m'avait faites paraissaient toutes seules sur son champ de bataille, elles avaient un certain air victorieux dont son parti pouvait fort bien se féliciter comme d'un triomphe.

Mon ami. — Celui dont vous vous moquez était un de ces oiseaux innocents qui voltigent autour des greniers pour y ramasser quelques grains. Mais le *Journal des Débats* est un oiseau de proie : son plaisir est de s'acharner aux réputations d'écrivains célèbres, surtout après leur mort. Comment ne traite-t-il pas ce pauvre Jean-Jacques ! A-t-il besoin de quelque philosophe d'une grande autorité en morale ? c'est Jean-Jacques qu'il loue. Ses lecteurs accoutumés à se repaître de sa malignité viennent-ils à s'ennuyer de ses éloges ? c'est Jean-Jacques qu'il déchire ; il le dénonce comme la source de toute corruption.

Moi. — Il en agit donc avec lui comme les matelots portugais avec S. Antoine de Pade ou de Padoue. Ces bonnes gens ont une petite statue de ce saint au pied de leur grand mât. Dans le beau temps ils lui allument des cierges ; dans le mauvais ils l'invoquent ; mais dans le calme ils lui disent des injures et le jettent à la mer au bout d'une corde, jusqu'à ce que le bon vent revienne.

Mon ami. — Vous en riez ; mais cela n'est pas plaisant pour la réputation des gens de lettres. Voyez comme les journaux de parti en ont agi avec Voltaire pendant sa vie. Ils l'ont fait passer pour un fripon qui vendait ses manuscrits à plusieurs libraires à la fois, et pour un lâche superstitieux sans cesse effrayé de la crainte de la mort. Enfin sa correspondance secrète et intime pendant trente ans a été publiée ; elle a prouvé qu'il était l'homme de lettres le plus généreux ; qu'il donnait le produit de la plupart de ses ouvrages à ses libraires, à des acteurs, et à des gens de lettres malheureux ; que, presque toujours malade, il s'était si bien familiarisé avec l'idée de la mort, qu'il se jouait perpétuellement des fantômes que la superstition a placés au-delà des tombeaux, pour gouverner les âmes faibles pendant leur vie. Aujourd'hui le *Journal des Débats* poursuit sa mémoire, et, ce qui est le comble de l'absurdité, il veut faire passer pour un imbécile l'écrivain de son siècle qui avait le plus d'esprit. Oui, quand je vois dans un feuilleton un grand homme, utile au genre humain par ses talents et ses travaux, mis en pièces par des gens de lettres éclairés de ses lumières, qui n'ont imité de lui que les arts faciles et germains de médire et de flatter ; et quand je lis ensuite à la fin de ce même feuilleton l'éloge d'un misérable charlatan, je crois voir un taureau déchiré dans une arène par une meute de chiens qu'il a nourris des fruits de ses labeurs, ainsi que les spectateurs barbares de son supplice, tandis que ces mêmes animaux, dressés à lécher les jarrets d'un âne, terminent cette scène féroce par une course ridicule.

Moi. — Le calomniateur est un serpent qui se cache à l'ombre des lauriers pour piquer ceux qui s'y reposent. Homère a eu son Zoïle ; Virgile, Bavius et Mævius ;

Corneille, un abbé d'Aubignac, etc. La fleur la plus belle a son insecte rongeur.

Mon ami. — J'en conviens ; mais il n'y a jamais eu chez les anciens d'établissements littéraires uniquement destinés à déchirer les gens de lettres tous les jours de la vie. Le nombre s'en augmente sans cesse. Il y a déjà plus de journalistes que d'auteurs. Ceux-ci abandonnent même leurs laborieux et stériles travaux pour le lucratif métier de raisonner, à tort et à travers, sur ceux d'autrui.

Moi. — Vous avez raison. Mais ce genre de littérature a aussi son utilité. Combien de citoyens occupés de leurs affaires ne sont pas à portée de savoir ce qui se passe en politique, dans les lettres, et dans les arts ? Ils trouvent dans les journaux des connaissances tout acquises, qui n'exigent de leur part aucune réflexion. L'âme a besoin de nourriture comme le corps ; et il est remarquable que le nombre des journaux s'est accru chez nous, à mesure que celui des sermons y a diminué.

Mon ami. — Et c'est par cela même que je les trouve dangereux. En donnant des raisonnements tout faits, ils ôtent la faculté de raisonner et celle d'être juste, par des jugements dictés souvent par l'esprit de parti. Ils paralysent à la fois les esprits et les consciences. Ceux qui les lisent habituellement s'accoutument à les regarder comme des oracles. Entrez dans nos cafés, et voyez la quantité de gens qui oublient leurs amis, leur commerce, et leur famille, pour se livrer à cette oisive occupation. Qu'en rapportent-ils chez eux ? quelque maxime de morale ? quelque principe de conduite ? non, mais un sarcasme bien mordant, ou une calomnie impudente contre des gens de lettres estimables.

Moi. — Au moins, vous en excepterez quelques journalistes sensés, tels que *le Moniteur, le Publiciste,* etc. ; quant aux autres, je n'ai point trop à m'en plaindre.

Mon ami. — Comment ! pas même de ceux qui traitent de romans vos *Etudes,* où vous avez employé trente ans d'observations ?

Moi. — Plût à Dieu qu'ils fussent persuadés que mes

Etudes sont des romans comme *Paul et Virginie*! Les
romans sont les livres les plus agréables, les plus
universellement lus, et les plus utiles. Ils gouvernent le
monde. Voyez l'*Iliade* et l'*Odyssée*, dont les héros, les
dieux, et les événements sont presque tous de l'invention d'Homère; voyez combien de souverains, de
peuples, de religions, en ont tiré leur origine, leurs lois,
et leur culte. De nos jours même, quel empire ce poète
exerce encore sur nos académies, nos arts libéraux, nos
théâtres! C'est le dieu de la littérature de l'Europe.

Mon ami. — Je vous avoue que je suis fort dégoûté de
la nôtre. Je ne veux plus courir dans une carrière où des
études pénibles vous attendent à l'entrée, l'envie et la
calomnie au milieu, des persécutions et l'infortune à
la fin.

Moi. — Quoi! n'auriez-vous cultivé les lettres que
dans la vaine espérance d'être honoré des hommes
pendant votre vie? Rappelez-vous Homère.

Mon ami. — Qui voudrait cultiver les Muses sans
cette perspective de gloire qu'elles prolongent au loin
sur notre horizon? Elle consola sans doute Homère
pendant sa vie. Voyez comme elle s'est étendue après
sa mort.

Moi. — Sans doute la gloire acquise par les lettres est
la plus durable. Ce n'est même qu'à sa faveur que les
autres genres de gloire parviennent à la postérité. Mais
les monuments qui l'y transmettent n'ont pas l'esprit de
vie comme ceux de la nature. Ils sont de l'invention des
hommes, et par conséquent caducs et misérables
comme eux. Qu'est-ce qu'un livre, après tout? il est
pour l'ordinaire conçu par la vanité; ensuite il est écrit
avec une plume d'oie, au moyen d'une liqueur noire
extraite de la gale d'un insecte, sur du papier de chiffon
ramassé au coin des rues. On l'imprime ensuite avec du
noir de fumée. Voilà les matériaux dont l'homme,
parvenu à la civilisation, fabrique ses titres à l'immortalité. Il en compose ses archives, il y renferme l'histoire
des nations, leurs traités, leurs lois, et tout ce qu'il
conçoit de plus sacré et de plus digne de foi. Mais
qu'arrive-t-il? A peine l'ouvrage paraît au jour que des

journalistes se hâtent d'en rendre compte. S'ils en disent du mal, le public le tourne en ridicule; s'ils le louent, des contrefacteurs s'en emparent. Il ne reste bientôt à l'auteur que le droit frivole de propriété, que les lois ne lui peuvent assurer pendant sa vie, et dont elles dépouillent ses enfants peu d'années après sa mort. Que se proposait-il donc dans sa pénible carrière? de plaire aux hommes, à des êtres qui, comme le dit Marc-Aurèle, se déplaisent à eux-mêmes dix fois le jour. Oh! mon ami, un homme de lettres doit se proposer un but plus sublime dans le cours de sa vie. C'est d'y chercher la vérité. Comme la lumière est la vie des corps, dont elle développe avec le temps toutes les facultés, la vérité est la vie de l'âme, qui lui doit pareillement les siennes. Quel plus noble emploi que de la répandre dans un monde encore plus rempli d'erreurs et de préjugés que la terre n'est couverte au nord de sombres forêts?

Le philosophe doit extirper les erreurs du sein des esprits, pour y faire germer la vérité, comme un laboureur extirpe les ronces de la terre pour y planter des chênes. Si de noires épines en ont épuisé tous les sucs, si le sol en est plein de roches, son rude travail n'est pas perdu : ses nerfs en acquièrent de nouvelles forces.

Mon ami. — Je travaillerai aussi pour la vérité sans tant de fatigues. Je me ferai journaliste. Je m'assoirai au rang de mes juges.

Moi. — Pourriez-vous vous abaisser à servir les haines d'autrui? N'en doutez pas, il y a des hommes qui n'aspirent qu'au retour de la barbarie. Ils se réjouissent de voir les gens de lettres en guerre. Ils excitent entre eux des querelles pour les livrer au mépris public. S'ils le pouvaient, ils crèveraient les yeux au genre humain : ils le priveraient de la lumière comme de la vérité, pour le mieux asservir.

Mon ami. — Dieu me préserve d'être jamais de leur nombre! Je ferai le journal des journaux. Les auteurs fournissent aux journalistes la plupart des idées et des tirades dont ils remplissent leurs feuilles; les journalistes me fourniront à leur tour la malignité dont j'aurai besoin. Je tournerai contre eux leurs propres flèches, et je m'attirerai bientôt tous leurs lecteurs.

Moi. — Si jamais vous entreprenez des feuilles périodiques, faites-les dignes d'une âme généreuse et des hautes destinées où s'élève la France. Encouragez, à leur naissance, les talents timides, en vous rappelant les faibles débuts de Corneille, de Racine, et de Fontenelle. Préparez au siècle nouveau des artistes, des poètes, des historiens. Ce n'est point de héros dont il manque, c'est d'écrivains capables de les célébrer. N'insérez dans vos feuilles que ce qui méritera les souvenirs de la postérité. Mettez-y les découvertes du génie et les actes de vertu en tout genre. Ne craignez pas que vos jeunes talents fléchissent sous de si nobles fardeaux ; ils n'en prendront qu'un vol plus assuré ; et la reconnaissance des races futures suffira pour les rendre illustres. Vos feuilles deviendront pour la France ce que sont depuis tant de siècles pour la Chine les annales de son empire.

En parcourant cette carrière, que vous indique l'amour de la patrie, étendez de temps en temps vos regards sur les autres parties du monde ; votre journal renfermera un jour les archives du genre humain.

Mon jeune ami se leva, me serra la main, et se retira plein d'émotion.

Pour moi je redoublai de zèle pour mon édition de *Paul et Virginie*. Les plus célèbres artistes s'en occupaient. J'éprouvai d'abord plusieurs mois de retard à l'occasion de quelques-uns d'entre eux appelés à composer et à dessiner les magnifiques costumes du couronnement de l'empereur. Mais je fus bien plus retardé par les graveurs. Je suis fâché de le dire, quoique nous eussions signé mutuellement les époques auxquelles ils m'en devaient livrer les planches, aucun d'eux n'a rempli ses engagements. Ils m'ont donné pour excuse que la beauté des dessins les avait menés bien plus loin qu'ils ne croyaient ; qu'ils étaient jaloux de rendre leur burin rival du crayon et du pinceau des grands maîtres. Cependant ils devaient considérer, avant tout, qu'ils étaient artistes, c'est-à-dire des professeurs de morale chargés, ainsi que les gens de lettres, de transmettre à la postérité des traits de vertu, et par conséquent d'en donner eux-mêmes l'exemple ; que la première base de la vertu est la probité, et celle de la probité de tenir scrupuleusement ses engagements ; qu'enfin en manquant de parole à ceux qui ont traité avec eux, ils les obligent à leur tour d'en manquer à d'autres, et les exposent de plus à des pertes considérables.

D'un autre côté, comme ces longs retardements ont contribué en effet à la perfection de mon ouvrage, je me sens obligé d'en témoigner ma reconnaissance. Je ne me tiens pas quitte envers eux du seul emploi de leur temps et de leurs talents, quand je les ai payés. Je me sens encore plus redevable au zèle qu'ils y ont mis dans l'espèce de concours où ils ont employé à l'envi leurs crayons et leur burin, autant par affection pour ma pastorale que, j'ose dire, pour son auteur. Plusieurs même de ceux qui m'ont fourni des dessins ont voulu que je les tinsse de leur seule amitié. Je les nommerai donc tour à tour dans l'explication que je vais donner des figures. Je tâcherai de les faire connaître, quoique la plupart n'aient pas besoin de mes annonces pour être avantageusement connus du public.

Les figures de cette édition sont au nombre de sept. J'en ai donné les programmes. La première, qui est au frontispice, est mon portrait. Les six autres sont tirées de *Paul et Virginie*, et représentent les principales époques de leur vie, depuis leur naissance jusqu'à leur mort.

Mon portrait est tiré d'après moi, à mon âge actuel de soixante-sept ans. Je l'ai fait dessiner et graver sur les demandes réitérées de mes amis. On y lit mon nom au bas en caractères romains, avec les simples initiales de mes deux premiers noms : Jacques-Henri-Bernardin DE SAINT-PIERRE. J'observerai que dans l'ordre naturel de mes prénoms, Bernardin était le second, et Henri le troisième. Mais cet ordre ayant été changé, par hasard, au titre de la première édition de mes *Etudes*, Henri s'y est trouvé le second, et Bernardin le troisième. J'ai eu beau réclamer leur ancien ordre, le public n'a plus voulu s'y conformer. Il en est résulté que beaucoup de personnes croient que Bernardin de Saint-Pierre est mon nom propre. J'ai cru devoir moi-même obéir à la volonté générale, en les signant quelquefois tous deux ensemble. Cette observation peut paraître frivole ; mais j'y attache de l'importance, parce qu'il me semble que le public, en ajoutant un nouveau nom à mon nom de famille, m'a en quelque sorte adopté.

Au-dessous du portrait on voit dans des nuages le globe de la terre en équilibre sur ses pôles couverts de deux océans rayonnants de glaces. Il a le soleil à son équateur ; et en lui présentant tour à tour les sommets glacés de ses deux hémisphères, il en varie deux fois par an les pondérations, les courants, et les saisons. Cette devise, que j'ai fait graver sur mon cachet, a une légende qui peut aussi bien s'appliquer aux lois morales de la nature qu'à ses lois physiques : *Stat in medio virtus, librata contrariis*. « La vertu est stable au milieu, balancée par les contraires. » Ce portrait, avec ses accessoires, a été dessiné au crayon noir par M. Lafitte, qui a remporté à l'Académie de peinture de Paris le grand prix de Rome, au commencement de notre révolution. On a de lui plusieurs ouvrages très estimés, entre autres un gladiateur expirant. Personne ne dessine avec plus de promptitude et d'exactitude. M. Ribault, élève de M. Ingouf, a gravé ce dessin, tout au burin, avec une fidélité qui rivalise celle *(sic)* du crayon de l'original. Il ne manque à ce jeune homme qu'une célébrité dont ses talents me paraissent bien dignes.

Le premier sujet de la pastorale a pour titre, *Enfance de Paul et Virginie*. On lit au-dessous ces paroles du texte, *Déjà leurs mères parlaient de leur mariage sur leurs berceaux*.

Madame de la Tour et Marguerite les tiennent sur leurs genoux, où ils se caressent mutuellement. Fidèle, leur chien, est endormi sous leur berceau. Près de lui est une poule entourée de ses poussins. La négresse Marie est en avant, sur un côté de la scène, occupée à

tisser des paniers. On voit au loin Domingue, qui
ensemence un champ; et plus loin l'Habitant, leur
voisin, qui arrive à la barrière. A droite et à gauche de
ce tableau plein de vie sont les deux cases des deux
amies. Près de l'une est un bananier, la plante du tabac,
un cocotier qui sort de terre près d'une flaque d'eau, et
d'autres accessoires rendus avec beaucoup de vérité. Au
loin on découvre les montagnes pyramidales de l'Ile de
France, des Palmiers, et la mer.

Ce paysage, ainsi que ses personages remplis de
suavité, est de M. Lafitte, qui a dessiné mon portrait. Il
a été d'abord gravé à l'eau forte par M. Dussault, qui
excelle en ce genre de préparation, et gravé ensuite au
burin relevé de pointillé par M. Bourgeois de la Richar-
dière, jeune artiste qui, après avoir quitté ses premières
études pour obéir à la voix de la patrie qui l'appelait aux
armées, les a reprises avec une nouvelle vigueur. Il a
gravé un grand portrait de l'empereur Napoléon Bonaparte, et plusieurs autres ouvrages goûtés du public.
J'ai dit que trois artistes, en comptant le dessinateur,
avaient concouru à exécuter le sujet de cette première
planche; il y en a dans la suite où quatre et même plus
ont mis la main. C'est un usage assez généralement
adopté aujourd'hui par les graveurs les plus distingués.
Ils prétendent qu'un sujet en est mieux traité lorsque
ses diverses parties sont exécutées par divers artistes
dont chacun excelle dans son genre. Ainsi l'entrepreneur en donne d'abord le sujet, et en fait faire le dessin;
il le livre ensuite à un graveur, qui en fait exécuter tour
à tour l'eau-forte, le paysage, les figures, et met le tout
en harmonie. Après quoi un graveur en lettres y met
l'inscription. C'est aux connaisseurs à juger si ces
procédés, de mains différentes, perfectionnent l'art. Ils
ont été employés souvent par les grands maîtres en
peinture, qui, à la vérité, entreprenaient d'immenses
travaux, comme des galeries et des plafonds. Les graveurs disent, de leur côté, que les longs travaux du
burin, dans un petit espace, ne demandent pas moins
de temps que ceux du pinceau sur de larges voûtes et de
vastes pans de mur. Les amateurs semblent de leur avis,

car plusieurs recherchent les simples eaux-fortes, et les préfèrent quelquefois aux estampes finies. C'est par cette raison que j'en ai fait tirer un certain nombre d'exemplaires, comme je l'ai dit dans la feuille d'avertissement insérée dans cette édition. J'y ai même parlé de quatre autres sujets in-8° de *Paul et Virginie*, tirés sur in-4° , dessinés et gravés par M. Moreau le jeune, qu'on peut réunir dans le même exemplaire, attendu qu'ils représentent des événements différents.

La seconde planche a pour sujet Paul traversant un torrent, en portant Virginie sur ses épaules. Il a pour titre, *Passage du torrent*, et pour inscription ces paroles du texte, *N'aie pas peur, je me sens bien fort avec toi.*

Le fond représente les sites bouleversés des montagnes de l'Ile de France où les rivièrcs qui descendent de leurs sommets se précipitent en cascades. Ce fond âpre, rude et rocailleux, relève l'élégance, la grâce et la beauté des deux jeunes personnages qui sont sur le devant, dans la fleur d'une vigoureuse adolescence. Paul, au milieu des roches glissantes et des eaux tumultueuses, porte sur son dos Virginie tremblante. Il semble devenu plus léger de sa belle charge, et plus fort du danger qu'elle court. Il la rassure d'un sourire, contre la peur si bien exprimée dans l'attitude craintive de son amie, et dans ses yeux orbiculaires. La confiance de son amante, qui le presse de ses bras, semble naître ici, pour la première fois, du courage de l'amant; et l'amour de l'amant, si bien rendu par ses tendres regards et son sourire, semble naître à son tour de la confiance de son amante.

On trouvera peut-être que ces deux charmantes figures sont un peu fortes, comparées avec quelques-unes de celles qui les suivent; mais on doit considérer qu'elles sont plus rapprochées de l'œil du spectateur. Qui ne voudrait voir la beauté de leurs proportions encore plus développées? Aussi l'auteur se propose-t-il d'en faire un tableau grand comme nature. Ce sujet l'emportera, à mon avis, sur celui de l'amoureux Centaure, qui porte sur sa croupe, à travers un fleuve, la tremblante Déjanire. Comment le Guide a-t-il pu choisir pour sujet de son charmant pinceau un monstre composé de deux natures incompatibles ? Comment une bouche humaine pourrait-elle alimenter à la fois l'estomac d'un homme et celui d'un cheval ? Cependant on en supporte la vue sans peine, et même avec plaisir : tant l'autorité d'un grand nom et celle de l'habitude ont de pouvoir ! Elles nous font adopter, dès l'enfance, les plus étranges absurdités au physique et au moral, sans que nous soyons même tentés, dans le cours de la vie, d'y opposer notre raison.

Je dois le beau dessin de M. Girodet à son amitié. Il m'en a fait présent. Il serait seul capable de lui faire une grande réputation, si elle n'était déjà florissante par le charme et la variété de ses conceptions. Il y réunit toujours les grâces naïves de la nature à l'étude sévère de l'antique. On reconnaît ici l'auteur des tableaux du bel Endymion endormi dans une forêt, éclairé de la lumière amoureuse de la déesse des nuits ; d'Hippocrate, refusant l'or et la pourpre du roi de Perse, qui voulait l'attirer à son service ; et de l'Apothéose de nos guerriers dans le palais d'Ossian. Je pense que le premier eût fait à Athènes le plus bel ornement du salon d'Aspasie ; que le second eût été placé sous le péristyle de quelque temple pour y servir à jamais d'exemple de patriotisme ; et qu'enfin le troisième eût été peint sur la voûte du Panthéon ; mais il occupe, chez nous, une place plus honorable dans le palais de l'empereur, l'illustre chef de nos héros.

Le paysage de mon dessin a été gravé à l'eau-forte par M. Dussault, dont j'ai déjà parlé ; et le groupe des deux figures l'a été au pointillé et au burin par M. Roger, qui excelle dans ce genre. Il a bien voulu suspendre ses nombreux travaux pour s'occuper de celui-ci, si digne du burin d'un grand maître.

La troisième planche représente l'arrivée de M. de la Bourdonnais. Elle porte au titre, *Arrivée de M. de la Bourdonnais* ; et pour inscription, *Voilà ce qui est destiné aux préparatifs du voyage de mademoiselle votre fille, de la part de sa tante.* Cet illustre fondateur de la colonie française de l'Ile de France arrive dans la cabane de madame de la Tour, où les deux familles sont rassemblées à l'heure du déjeuner. Il fait poser sur la table, par un de ses noirs, un gros sac de piastres. A la vue du gouverneur, tous les personnages se lèvent, et toutes les physionomies changent. Il annonce à madame de la Tour que cet argent est destiné au départ prochain de sa fille. Madame de la Tour, tournée vers elle, lui propose d'en délibérer. Virginie et son ami Paul sont dans l'accablement; Domingue, qui n'a jamais vu tant d'argent à la fois, en est dans l'admiration; enfin jusqu'au chien Fidèle a son expression. Il flaire le gouverneur, qu'il n'a jamais vu, et témoigne par son attitude que cet étranger lui est suspect. J'observerai ici que la figure de M. de la Bourdonnais a le mérite particulier d'être ressemblante. Elle a été dessinée et retouchée d'après la gravure qui est à la tête des Mémoires de sa vie. On me saura gré sans doute de donner ici une notice du physique et du moral de ce grand homme. J'en suis redevable à sa propre fille, Madame Mahé de la Bourdonnais, aujourd'hui veuve de Molezun Pardiac, qui a honoré cette édition de sa souscription. Dans une de ses lettres, où elle se félicite de concourir à un monument qui intéresse la gloire de son père, voici le portrait qu'elle me fait de sa personne.

« Mon père avait de beaux yeux noirs, ainsi que les sourcils; son nez était long et sa bouche un peu grande... Il avait peu d'embonpoint. Il était de taille médiocre, n'ayant que cinq pieds et quelques lignes de hauteur, d'ailleurs se tenant très bien. Il portait une perruque à la cavalière qui imitait les cheveux... Son air était vif, spirituel et très gai...

« Sa principale vertu était l'humanité. Les monuments qu'il a établis à l'Ile de France sont garants de cette vérité... »

En effet j'ai vu dans cette île, où j'ai servi comme ingénieur du roi, non seulement des batteries et des redoutes qu'il avait placées aux lieux les plus convenables, mais des magasins et des hôpitaux très bien distribués. On lui doit surtout un aqueduc, de plus de trois quarts de lieue, par lequel il a amené les eaux de la petite rivière jusqu'au Port-Louis, où, avant lui, il n'y en avait pas de potable. Tout ce que j'ai vu dans cette île de plus utile et de mieux exécuté était son ouvrage.

Ses talents militaires n'étaient pas moindres que ses vertus et ses talents d'administrateur. Nommé gouverneur des îles de France et de Bourbon, il battit avec neuf vaisseaux l'escadre de l'amiral Peyton qui croisait sur la côte de Coromandel avec des forces très supérieures. Après cette victoire, il fut assiéger aussitôt Madras, n'ayant pour toute armée de débarquement que dix-huit cents hommes, tant blancs que noirs. Après avoir pris cette métropole du commerce des Anglais dans l'Inde, il retourna en France. Des divisions s'étaient élevées entre lui et M. Dupleix, gouverneur de Pondichéry. Aussitôt après son arrivée dans sa patrie, il fut accusé d'avoir tourné à son profit les richesses de sa conquête, et en conséquence, il fut mis à la Bastille sans autre examen. On lui opposait, comme principal témoin de ce délit, un simple soldat. Cet homme assurait, sur la foi du serment, qu'après la prise de Madras, étant en faction sur un des bastions de cette place, il avait vu, la nuit, des chaloupes embarquer quantité de caisses et de ballots sur le vaisseau de M. de la Bourdonnais. Cette calomnie était appuyée à Paris du crédit d'une foule d'hommes jaloux qui n'avaient jamais été aux Indes, mais, par tout pays, sont toujours prêts à détruire la gloire d'autrui. Le vainqueur infortuné de Madras assurait qu'il était impossible qu'on eût pu voir du bastion indiqué par le soldat cette embarcation, quand même elle aurait eu lieu. Mais il fallait le prouver ; et suivant la tyrannie exercée alors envers les prisonniers d'Etat, on lui avait ôté tous moyens de défense. Il s'en procura de toute espèce par des procédés fort simples, qui donneront une idée des ressources de son génie. Il fit d'abord une lame de canif avec un sou-marqué, aiguisé sur le pavé, et en tailla des rameaux de buis, sans doute distribués aux prisonniers, aux fêtes de Pâques. Il en fit un compas et une plume. Il suppléa au papier par des mouchoirs blancs, enduits de riz bouilli, puis séchés au soleil. Il fabriqua de l'encre avec de l'eau et de la paille brûlée. Il lui fallait surtout des couleurs pour tracer le plan et la carte des environs de Madras : il composa du jaune avec du café, et du vert avec des liards chargés de vert-de-gris et bouillis. Je tiens tous ces détails de sa tendre fille, qui conserve encore avec respect ces monuments du génie qui rendit la liberté à son père. Ainsi, muni de canif, de compas, de règle, de plume, de papier, d'encre et de couleurs de son invention, il traça, de ressouvenir, le plan de sa conquête, écrivit son mémoire justificatif, et y démontra évidemment que l'accusateur qu'on lui opposait était un faux témoin, qui n'avait pu voir du bastion où il avait été posté, ni le vaisseau commandant, ni même l'escadre. Il remit secrètement ces moyens de défense à l'homme de loi qui lui servait de conseil. Celui-ci les porta à ses juges. Ce fut un coup de lumière pour eux. On le fit donc sortir de la Bastille, après trois ans de prison. Il languit encore trois ans après sa sortie, accablé de chagrin de voir toute sa fortune dissipée, et de n'avoir recueilli de tant de services importants que des calomnies et des persécutions. Il fut sans doute plus touché de l'ingratitude du gouvernement que de la jalousie triomphante de ses ennemis. Jamais ils ne purent abattre sa franchise et son courage, même dans sa prison. Parmi le grand nombre d'accusateurs qui y vinrent déposer contre lui, un directeur de la Compagnie des Indes crut lui faire une objection sans réponse en lui demandant comment il avait si bien fait ses affaires, et si mal celles de la Compagnie. « C'est, lui répondit la Bourdonnais, que j'ai toujours fait mes affaires d'après mes lumières, et celles de la Compagnie d'après ses instructions. »

Bernard-François Mahé de la Bourdonnais naquit à Saint-Malo en 1699, et est mort en 1754, âgé d'environ cinquante-cinq ans. O vous qui vous occupez du bonheur des hommes, n'en attendez point de récompense pendant votre vie! La postérité seule peut vous rendre justice. C'est ce qui est enfin arrivé au vainqueur de Madras et au fondateur de la colonie de l'Ile de France. Joseph Dupleix, son rival de gloire et de fortune dans l'Inde, et le plus cruel de ses persécuteurs, mourut peu de temps après lui, ayant éprouvé une destinée semblable, les dernières années de sa vie, par une juste réaction de la Providence. Le gouvernement donna à la veuve de M. de la Bourdonnais une pension de 2 400 livres, par un brevet qui honore de ses regrets la mémoire de son époux; enfin sa respectable fille me mande aujourd'hui que les habitants de l'Ile de France viennent, de leur propre mouvement, de lui faire à elle-même une pension en mémoire des services qu'ils ont reçus de son père.

Je crois qu'aucun de mes lecteurs ne trouvera mauvais que je me sois un peu écarté de mon sujet, pour rendre moi-même quelques hommages aux vertus d'un grand homme malheureux, à celles de sa digne fille et d'une colonie reconnaissante. Le dessin original de cette gravure a été fait par M. Gérard : on reconnaît dans cette composition la touche et le caractère de l'école de Rome où il est né. Mais ce qui m'intéresse encore davantage, je la dois à son amitié, ainsi que je dois la précédente à celle de son ami M. Girodet; il a désiré concourir avec lui en talents et en témoignages de son estime à la beauté de mon édition.

Ce dessin a été gravé à l'eau-forte, au burin, et au pointillé par M. Mécou, élève et ami de M. Roger, qui, n'ayant pu s'en charger lui-même, à cause de deux autres dessins qu'il gravait pour moi, n'a trouvé personne plus digne de sa confiance et de la mienne que M. Mécou, dont les talents sont déjà célèbres par plusieurs charmants sujets du Musée Impérial, très connus du public, entre autres par la jeune femme qui pare sa négresse.

La quatrième planche représente la séparation de Paul et de Virginie; on y lit pour titre, *Adieux de Paul et de Virginie*; et pour épigraphe, ces paroles du texte, *Je pars avec elle, rien ne pourra m'en détacher*. La scène se passe au milieu d'une nuit éclairée de la pleine lune; il y a une harmonie touchante de lumières et d'ombres qui se fait sentir jusqu'à l'entrée du port. Madame de la Tour se jette aux pieds de Paul au désespoir, qui saisit

dans ses bras Virginie défaillante à la vue du vaisseau où
elle doit s'embarquer pour l'Europe, et qu'elle aperçoit
au loin dans le port, prêt à faire voile. Marguerite, mère
de Paul, l'habitant et Marie, accourent hors d'eux-
mêmes autour de ce groupe infortuné.

Cette scène déchirante a été dessinée par M. Moreau
le Jeune, si connu par ses belles et nombreuses compositions qui enrichissent la gravure depuis longtemps : il
composa en 1788 les quatre sujets de ma petite édition
in-18. On peut voir en leur comparant celui-ci que l'âge
joint à un travail assidu perfectionne le goût des artistes.
Celui que M. Moreau m'a fourni est d'une chaleur et
d'une harmonie qui surpassent peut-être tout ce qu'il a
fait de plus beau dans ce genre. Mais l'estime que je
porte à ses talents m'engage à le prévenir que l'usage
qu'il fait de la sépia dans ses dessins est peu favorable à
leur durée : on sait que la sépia est une encre naturelle
qui sert au poisson qui en porte le nom à échapper à ses
ennemis. Il est mou et sans défense, mais au moindre
danger il lance sept ou huit jets de sa liqueur ténébreuse, dont il s'environne comme d'un nuage, et qui le
fait disparaître à la vue. Les artistes ont trouvé le moyen
d'en faire usage dans les lavis ; ils en tirent des tons plus
chauds et plus vaporeux que ceux de l'encre de la
Chine. Mais soit qu'en Italie, d'où on nous l'apporte
tout préparé, on y mêle quelque autre couleur pour le
rendre plus roux ; soit qu'il soit naturellement fugace, il
est certain que ces belles nuances ne sont pas de durée.
J'en ai fait l'expérience dans les quatre dessins origi-
naux de ma petite édition faite il y a dix-sept ans, dont il
ne reste presque plus que le trait. Cette fugacité a été
encore plus sensible dans mon dernier dessin. Cette
nuit, où il n'y avait de blanc que le disque de la lune, est
devenue, en moins d'un an, un pâle crépuscule : peut-
être cet affaiblissement général de teintes a-t-il été
produit par la négligence du graveur, qui a exposé ce
dessin au soleil. Au reste, comme les couleurs à l'huile
qu'emploie la peinture sont sujettes aux mêmes
inconvénients, il faut plutôt en accuser l'art, qui ne peut
atteindre aux procédés de la nature. Le noir du bois

d'ébène dure des siècles exposé à l'air; il en est de même des couleurs des plumes et des poils des animaux. Je me suis permis ici ces légères observations pour l'utilité générale des artistes et la gloire particulière de M. Moreau le Jeune, dont les dessins sont dignes de passer à la postérité, ainsi que sa réputation. La gravure ne m'a pas donné moins d'embarras que le dessin original; l'artiste qui avait entrepris de le graver a employé un procédé nouveau qui ne lui a pas réussi; il m'a rendu, au bout d'un an, ma planche à peine commencée au tiers; j'en ai été pour mes avances; il a fallu chercher un autre artiste pour l'achever; mais nul n'a voulu la continuer. Heureusement M. Roger m'a découvert un jeune graveur, M. Prot, plein de zèle et de talent, qui l'a recommencée, et l'a mise seul à l'eau-forte, au burin et au pointillé en six mois, dans l'état où on la voit aujourd'hui.

La cinquième planche représente le naufrage de Virginie; le titre en est au bas avec ces paroles du texte, *Elle parut un ange qui prend son vol vers les cieux.* On ne voit qu'une petite partie de la poupe et de la galerie du vaisseau le S. Géran; mais il est aisé de voir à la solidité de ses membres et à la richesse de son architecture que c'est un gros vaisseau de la Compagnie française des Indes. Une lame monstrueuse, telle que sont celles des ouragans des grandes mers, s'engouffre dans le canal où il est mouillé, engloutit son avant, l'incline à bâbord, couvre tout son pont, et s'élevant par-dessus le couronnement de sa poupe, retombe dans la galerie dont elle emporte une partie de la balustrade. Les feux semblent animer ses eaux écumantes, et vous diriez que tout le vaisseau est dévoré par un incendie. Virginie en est environnée; elle détourne les yeux de sa terre natale, dont les habitants lui témoignent d'impuissants regrets, et du malheureux Paul, qui nage en vain à son secours, prêt à succomber lui-même à l'excès de son désespoir, autant qu'à celui de la tempête. Elle porte une main pudique sur ses vêtements tourbillonnés par les vents en furie; de l'autre, elle tient sur son cœur le portrait de son amant qu'elle ne doit plus revoir, et jette ses derniers regards vers le ciel, sa dernière espérance. Sa pudeur, son amour, son courage, sa figure céleste, font de ce magnifique dessin un chef-d'œuvre achevé.

Comment M. Prud'hon a-t-il pu renfermer de si grands objets dans un si petit espace ? où a-t-il trouvé les modèles de ces mobiles et fugitifs effets que l'art ne peut poser, et dont la nature seule ne nous présente que de rapides images ; une vague en furie dans un ouragan, et une âme angélique dans une scène de désespoir ? Cette conception a trouvé ses expressions dans l'âme sensible, les ressouvenirs, et les talents supérieurs d'un artiste déjà très connu des gens de goût. A la fois dessinateur, graveur et peintre, on lui doit des enfants et des femmes remarquables par leur naïveté et leur grâce. Il exposa il y a quelques années au salon un grand tableau de la Vérité qui descend du ciel sur la terre ; mais, il faut l'avouer, sa figure quoique céleste n'y fut guère mieux accueillie du public que si elle y fût descendue en personne. Elle ne dut même, peut-être, qu'à l'indifférence des spectateurs de n'y être pas critiquée et persécutée. Cependant elle était toute nue, et aussi belle qu'une Vénus ; mais comme elle portait le nom de la Vérité, peu de gens s'en occupèrent. Si M. Prud'hon réussit par la pureté de ses crayons et l'élégance de ses formes à rendre des divinités, il intéresse encore davantage, selon moi, en représentant des mortelles. Ses femmes ont dans leurs proportions, leurs attitudes, et leurs physionomies riantes, un laisser-aller, un abandon, des grâces, un caractère de sexe inimitables : ses enfants potelés, naïfs, gais, sont dignes de leurs mères. Il est selon moi le La Fontaine des dessinateurs, et il a avec ce premier de nos poètes encore plus d'une ressemblance par sa modestie, sa fortune, et sa destinée. Puisse ce peu de lignes concourir à étendre sa réputation jusque dans les pays étrangers ! Son beau dessin y justifiera suffisamment mes éloges.

M. Roger, son élève et son ami, qui en a senti tout le mérite, a désiré le graver en entier ; il a voulu accroître sa réputation du dessin d'un maître qui l'avait si heureusement commencée, et lui rendre ainsi ce qu'il en avait reçu. Il a donc retardé de nouveau le cours de ses travaux ordinaires pour s'occuper entièrement du naufrage de Virginie. Sa planche a rendu toutes les beautés de l'original, autant qu'il est possible au burin de rendre toutes les nuances du pinceau. Je me trouve heureux d'avoir fait concourir à la célébrité de mon édition deux amis également modestes et également habiles dans leur genre ; mais il me semble que je suis plus redevable à M. Prud'hon, quoique je n'aie eu de lui qu'un seul dessin, parce que je lui dois d'avoir eu une seconde gravure de M. Roger.

La sixième et dernière planche a pour titre, *Les Tombeaux*, et pour inscription, *On a mis auprès de Virginie, au pied des mêmes roseaux, son ami Paul, et autour d'eux leurs tendres mères et leurs fidèles serviteurs*. Elle représente une allée de bambous qui conduit vers la mer ; elle est éclairée par les derniers rayons du soleil couchant : on aperçoit, entre quatre gerbes de ces bambous, trois tombes rustiques sur lesquelles sont écrits, deux à deux, les noms de la Tour et de Marguerite, de Virginie et de Paul, de Marie et de Domingue. On voit, un peu en avant de celle du milieu, le squelette d'un chien : c'est celui de Fidèle, qui est venu mourir de douleur, près de la tombe de Paul et de Virginie.

On n'aperçoit dans cette solitude aucun être vivant ; ici reposent à jamais, sous l'herbe, tous les personnages de cette histoire : les premiers jeux de l'heureuse enfance de Paul et de Virginie sur des genoux maternels, les amours innocentes de leur adolescence, les dons funestes de la fortune, leur cruelle séparation, leur réunion encore plus douloureuse, n'ont laissé près de leurs humbles tertres aucun monument de leur vie. On n'y voit ni inscriptions, ni bas-reliefs. L'art n'y a gravé que leurs simples noms, mais la nature y a placé, pour tous les hommes, de plus durables et de plus éloquents ressouvenirs. Ces roseaux gigantesques qui murmurent toujours, agités par les moindres vents, comme les faibles et orgueilleux mortels ; ces flots lointains qui viennent, l'un après l'autre, expirer sur le rivage, comme nos jours fugitifs sur celui de la vie ; ce vaste

océan d'où ils sortent et retournent sans cesse, image de
l'éternité, nous disent que le temps nous entraîne aussi
vers elle.

Je dois le dessin de cette composition mélancolique et
touchante à M. Isabey. Son amitié a voulu m'en faire
un présent dont je m'honore. Je m'étais adressé à lui
pour exécuter ce sujet, où il ne devait y avoir aucun
personnage vivant ; et j'étais sûr d'avance qu'il réussi-
rait par l'art particulier que je lui connais d'harmoniser
la lumière et les ombres, et d'en tirer des effets
magiques. Il a réussi au-delà de mes espérances. Il a
rendu les bambous avec la plus exacte vérité. Leur
perspective fait illusion. Il est si connu et si estimé par
ses portraits d'une ressemblance frappante, par ses
grandes compositions, telles que Bonaparte passant ses
gardes en revue, que ses ouvrages n'ont pas besoin de
mes éloges. Celui-ci suffirait pour rendre mon édition
célèbre.

L'eau-forte en a été faite par M. Pillement le jeune
qui excelle, au jugement de tous les graveurs, à faire
celle des paysages. Elle a été terminée au burin par
M. Beauvinet, dont j'ai déjà parlé avec éloge. Il suffit
de dire que l'auteur du dessin a été très satisfait de
l'exécution de ces deux artistes.

M. Dien, imprimeur en taille-douce, qui m'a été
indiqué par M. Roger, comme très recommandable par
sa probité et son talent, a tiré toutes les feuilles de mes
sept planches, en y comprenant le portrait. M. Dien,
son frère, en a gravé la lettre.

Comme plusieurs de mes souscripteurs ont souscrit
pour des exemplaires coloriés, les auteurs des dessins
ont eu la complaisance de colorier chacun une épreuve
de la gravure qui en était résultée pour servir de
modèle. D'après eux M. Langlois, imprimeur dans ce
genre, et si avantageusement connu par ses belles
fleurs, en a mis les planches en couleur, et les a
retouchées au pinceau.

M. Didot l'aîné, si célèbre par la beauté de ses
éditions, en a imprimé le texte ; il en a revu les épreuves
avec moi, et m'a aidé plus d'une fois de ses utiles
observations.

Enfin M. Bradel en a cartonné et étiqueté les exemplaires.

On voit que je n'ai rien négligé pour enrichir et perfectionner cette édition. J'ai eu le bonheur d'y faire concourir une partie des plus fameux artistes de mon temps. Quoique la plupart aient diminué, par affection pour l'ouvrage et pour l'auteur, le prix ordinaire de leurs travaux, et que quelques-uns même m'aient fait présent de leurs dessins, je puis assurer que les seuls frais de dessins et de gravures me reviennent à plus de 11 000 livres. Chaque dessin m'en coûte 300 ; chaque planche gravée de *Paul et Virginie* 1 000 ; celle du portrait 2 400, sans les exemplaires à fournir. Si on y ajoute les frais de papier vélin, d'impression en taille-douce, de celle du texte, de celle des exemplaires coloriés, leur retouche au pinceau, la gravure en lettres, le cartonnage, etc., elle me coûte au moins 20 000 francs, sans les frais de vente. Je ne parle pas du temps, des courses, et des inquiétudes que m'ont coûtés à moi-même ces différents travaux, ainsi que des frais d'impression de ce préambule que je n'avais pas promis à mes souscripteurs : j'espère les avoir dédommagés, autant qu'il était en moi, de leur longue attente.

Je leur ai de mon côté beaucoup d'obligations ; ils sont venus d'eux-mêmes à mon secours, sans que j'en aie fait solliciter aucun. Comme souscripteurs ils sont en petit nombre, mais comme amis ils sont beaucoup. C'est avec leurs avances que j'ai commencé mon entreprise ; sans elles je ne l'eusse jamais osé. Ainsi je puis dire que c'est à elles que le public doit cette édition ; elles ne se montaient qu'à 4 500 livres, moitié du prix total des souscriptions que j'ai reçues ; elles m'ont porté bonheur. Quand elles ont cessé, j'ai pu y joindre, bientôt après, les 6 600 livres qui m'ont été offertes par un libraire. Ce qu'il y a de très remarquable, c'est que ces deux sommes réunies, qui font environ 11 000 livres, sont précisément ce que je devais payer pour frais de dessins, et de gravures.

Je suis entré dans ces détails pour remercier mes souscripteurs, leur donner quelque idée du prix des

travaux des artistes, de l'embarras de mon entreprise ;
et leur montrer qu'il y a une Providence qui se mani-
feste aussi bien au milieu du désordre de nos sociétés
que dans l'ordre de la nature.

Je venais de traverser des temps de révolution, de
guerre, de procès, de banqueroute, de calomnies auda-
cieuses, de persécutions sourdes, et d'anarchie en tout
genre, lorsque Bonaparte prit en main le gouvernail de
l'empire. Son premier soin fut de conjurer les vents ; il
renferma ceux de l'opinion dans des outres, et les força
de souffler dans ses voiles.

> ... *regemque dedit qui fœdere certo*
> *Et premere et laxas sciret dare jussus habenas.*

« Il leur donna un roi qui, d'après des ordres supé-
« rieurs et des moyens infaillibles, pût leur lâcher ou
« leur retenir les rênes. »

Le *Journal de Paris* est rentré dans sa sphère, celui
des *Débats* est devenu journal impérial, et sans doute se
rendra digne de ce titre auguste ; les nuages de mon
horizon se sont élevés, et j'ai fait voile enfin vers le port.

Les fonds de mon édition tiraient à leur fin, et j'avais
besoin encore d'environ 9 000 livres pour en solder
tous les comptes. Le banquier dont j'avais éprouvé la
faillite, voyant que je ne voulais pas accepter les vingt-
cinq pour cent qu'il m'avait offerts, et que j'étais décidé
à réclamer le bien de mes enfants devant les tribunaux,
me proposa de joindre à son offre pour 9 000 francs de
billets sur une maison solvable, payables d'années en
années. Enfin, sa vertueuse sœur venant à son secours
me pria d'accepter, pour les 12 000 livres restant de ma
créance sur son frère, une maison de campagne qui
avait coûté au moins cette somme à bâtir. Bien des gens
ne s'en seraient pas souciés, surtout à cause de son
éloignement ; c'était un bien national à sept lieues et
demie de Paris. Cependant, le désir de voir cette affaire
terminée et l'exemple de la sœur me rendirent facile
envers le frère. Je terminai avec lui, et je recueillis ainsi
les débris de mon naufrage. Toutefois quand j'eus
examiné à loisir ma nouvelle acquisition, je trouvai

qu'elle avait avec mon bonheur plus de convenance que je ne l'avais d'abord imaginé. Elle est à mi-côte, en bon air ; la vue, quoique un peu sauvage, en est riante ; ce sont des coteaux nus et escarpés, mais bordés à leur base d'une belle lisière de prairies qu'arrose l'Oise et qui, en se perdant en portions de cercle à l'horizon, forment au loin, avec d'autres coteaux, de charmants amphithéâtres. En face, de l'autre côté de l'Oise, sont de vastes plaines bien cultivées. Le jardin, qui n'est que de cinq quarts d'arpent, a été planté avec goût : ce sont des espaliers couronnés de cordons de vignes, des arbres fruitiers à mi-côte au milieu des gazons, des carrés de légumes entourés de bordures de fleurs, des bosquets où quelques arbres étrangers se mêlent avec ceux du pays, de petits chemins bordés de fraisiers, qui circulent et aboutissent partout à de nouveaux points de vue. Enfin, il y a un peu de tout ce qui peut servir aux besoins et aux plaisirs d'une famille ; la mienne en fut enchantée : il semblait que la maison eût été distribuée pour elle, tant elle est commode et solide. Des caves et des puits creusés dans le roc, deux basses-cours entourées de granges, d'écuries, de remises, et ombragées de beaux noyers ; c'était un asile tout à fait convenable à un père de famille, et à un homme de lettres, tel que je le désirais depuis longtemps. C'est, comme je l'ai dit, un bien national ; c'était un presbytère dont le curé a péri sur l'échafaud dans la révolution : mais c'était pour moi deux nouveaux motifs d'intérêt. Tant de particuliers m'avaient enlevé mon bien que je ne m'y fiais plus. Je pensais au contraire que si la nation me reprenait jamais celui-ci, elle aurait honte d'achever de dépouiller mes enfants, et qu'elle les dédommagerait d'une manière ou d'une autre. Quant à ce que cette maison avait été l'habitation d'un malheureux pasteur, elle ne faisait qu'accroître l'intérêt que je prenais pour elle. Les lieux les plus intéressants pour moi sont ceux qui ont été habités par des infortunés qu'on peut supposer avoir été victimes de leur vertu, ou de leur innocence : il me semble que leur ombre me protège. Comme je n'ai jamais connu mon devancier, cette supposition m'est

aussi aisée à faire en sa faveur qu'en celle des anciens
habitants de la Grèce et de Rome, dont les ruines ne
m'inspirent aujourd'hui de l'intérêt que par l'idée que
je me forme de leurs vertus, et de leurs malheurs. C'est
toujours à un sentiment moral de vertu, de gloire, de
splendeur, enfin à quelque chose de céleste, que se
rapporte le respect des noms et des lieux ; j'étends le
mien jusqu'au nom de ce village qui s'appelle Æragni :
j'imagine qu'il vient d'*Ara-ignis*, autel de feu. Je me
fonde sur ce qu'il y en a, aux environs, un du même
nom ; et d'autres qui s'appellent *Mont-igni*, mont de
feu.

Tant de convenances physiques et morales me plai-
saient beaucoup ; mais il se rencontrait un grand obstacle à leur jouissance, je n'avais pas les moyens
d'occuper cette agréable solitude. Sa distance de Paris,
qui était pour moi un mérite de plus, me devenait très
coûteuse, par les frais d'allées et de venues, seul ou en
famille, à Paris, où j'avais des devoirs à remplir toutes
les semaines. Il fallait de plus fournir aux frais d'un
nouvel ameublement, et terminer ceux de mon édition.
Toutes ces dépenses ne pouvaient s'accorder avec mon
revenu. Je me résolus donc de la louer si j'en trouvais
l'occasion[1]. Homère dit que Jupiter a deux tonneaux au
pied de son trône, l'un plein de biens, l'autre de maux,
dont il nous envoie alternativement une des deux
mesures. Mais il a oublié de nous dire que chacune de
ces mesures est double. Le bonheur ainsi que le malheur ne vient guère seul.

Je me trouvai bientôt en état d'arranger et d'occuper

1. Quelques journalistes me reprocheront peut-être encore que je
parle toujours de moi. Mais puisque j'ai commencé mes *Etudes de la
nature* par l'histoire d'un fraisier et des insectes qui l'habitaient,
pourquoi ne parlerais-je pas dans ce préambule de ma maison de
campagne et de ma famille ? Aimeraient-ils mieux que je parlasse
d'eux ? c'est ce que je pourrai faire encore s'ils m'y obligent. Il n'y a
que mes souscripteurs qui auraient droit de se plaindre que je les
ennuie. Mais je les prie de considérer que je leur fais présent de ce
préambule, que je ne leur ai pas promis. Je le leur donne comme un
dédommagement de leur longue attente, ainsi que je l'ai dit. (*Note de
l'auteur.*)

ma maison des champs, au moment où je m'y attendais le moins.

Un de mes souscripteurs m'invita, il y a environ un an et demi, à le venir voir à sa campagne. C'est un jeune père de famille dont la physionomie annonce les qualités de l'âme. Il réunit en lui toutes celles qui distinguent le fils, le frère, l'époux, le père, et l'ami de l'humanité. Il me prit en particulier, et me dit « Il y a cinq ans que nous ne nous sommes vus. Je n'en ai pas moins conservé le désir de vous être utile. Ma fortune, que je dois à la nation, m'en donne aujourd'hui les moyens. Je n'en peux faire un meilleur usage qu'en vous en offrant une petite portion. Ajoutez à mon bonheur en me donnant les moyens de contribuer au vôtre : Je vous prie d'accepter deux mille écus de pension, avec un titre ou sans titre, comme vous le voudrez. Je ne veux pas gêner votre liberté, nécessaire à vos travaux; je ne désire que vous la conserver. » « Et moi, lui répondis-je, permettez que je ne vous sois attaché que par les liens de la reconnaissance. » Ce philosophe, si digne d'un trône, si quelque trône était digne de lui, est le prince Joseph Bonaparte.

O mon généreux bienfaiteur, aimable protecteur des lettres, puisse cette édition, entreprise en faveur de mes enfants, être un monument de la reconnaissance de leur père envers toi! puissé-je moi-même la reproduire par de nouveaux sujets plus dignes de ton âme philanthrope! Je suis vieux. Ma navigation est déjà avancée. Mais si la Providence, qui a dirigé ma faible nacelle au milieu de tant d'orages, retarde encore de quelques années mon arrivée au port, je les emploierai à rassembler d'autres études. Les fleurs tardives de mon printemps promettent encore quelques fruits pour mon automne. Si les rayons d'une aurore orageuse ont fait éclore les premiers, les feux d'un paisible couchant mûriront les derniers. J'ai décrit le bonheur passager de deux enfants élevés au sein de la nature par des mères infortunées; j'essaierai de peindre le bonheur durable d'un peuple ramené à ses lois éternelles par des révolutions.

Espérons de nos malheurs passés notre félicité à venir. Ce n'est que par des révolutions que l'intelligence divine elle-même développe ses ouvrages et les conduit de perfections en perfections.

Elle n'a point renfermé dans un petit gland le chêne robuste couvert de son vaste feuillage. Elle n'y a déposé que le germe fragile de ses premiers éléments. Mais elle ordonne aux eaux du ciel et de la terre de la nourrir, aux rochers de recevoir dans leurs flancs ses racines profondes, aux tempêtes de les raffermir par leurs secousses, au soleil de les féconder, aux saisons de couvrir tour à tour ses bras noueux de verdure, de fleurs et de fruits, aux années de corroborer son tronc par de nouveaux cylindres, de l'élever au-dessus des forêts, et d'en faire un monument durable pour les animaux et pour les hommes.

Il en est de même de notre globe ; il n'est pas sorti de ses mains tel que nous le voyons aujourd'hui. Elle a chargé les siècles de le rouler dans les cieux, et de le développer dans des périodes qui nous sont inconnues. Elle le créa d'abord dans la région des ténèbres et des hivers, enseveli sous un vaste océan de glaces, comme un enfant dans l'amnios au sein maternel. Bientôt son centre et ses pôles furent aimantés de diverses attractions par le soleil qui parut à son orient. Ses eaux échauffées dans cette partie de son équateur se levèrent en brumes épaisses dans l'atmosphère, dilatées par la chaleur ; les vents les voiturèrent dans les airs, les pôles encore gelés les attirèrent, et les fixèrent en nouveaux océans de glaces aux extrémités de son axe, qu'ils tinrent en équilibres *(sic)* par leurs mobiles contrepoids. Devenu plus léger à son orient, il éleva son occident, encore immobile de froid et plus pesant, vers le soleil qui l'attirait. Alors il circula sur lui-même, en balançant ses pôles dans le cercle de l'année, autour de l'astre qui lui donnait le mouvement et la vie. Bientôt à la surface de ses mers fluides, demi-épuisées par les mers aériennes et glaciales, qui en étaient sorties, apparurent les sommets graniteux de ses continents et de ses îles, comme les premiers ossements de son squelette.

Peu à peu ses eaux marines saturées de lumière et de sels, étendirent autour d'eux leurs alluvions, et les transformèrent en vastes couches de roches calcaires, comme les eaux aériennes se changent en bois dans les végétaux, et la sève des végétaux en sang, en chair dans les animaux. Ainsi se formèrent dans la région des tempêtes, les rochers et les durs minéraux, ces ossements et ces nerfs de la terre, où devaient s'attacher comme des muscles les vastes croupes des montagnes, et qui devaient supporter le poids des continents. Leurs fondements caverneux, et encore mal assis, en paraissant à la lumière, se raffermirent par des tremblements ; et de leurs affreuses collisions, des tourbillons de fumée s'élevèrent à la surface des mers, qui annoncèrent les premiers volcans dont les feux devaient les épurer.

D'autres bouleversements préparèrent d'autres organisations ; le globe, surchargé sur ses pôles de deux océans de glace de poids inégaux et versatiles, les présenta tour à tour au soleil ; et tour à tour de vastes courants en sortirent qui labourèrent, chacun pendant six mois, ses deux hémisphères. Celui du nord creusa d'abord les contours de cet immense canal où l'Atlantique, semblable à un fleuve, renferme aujourd'hui ses eaux et les verse deux fois par jour entre l'ancien et le nouveau monde. Celui du sud, au contraire, descendant d'un seul glacier, placé au sein du vaste océan de son hémisphère, et faisant équilibre avec la plus grande partie des continents opposés, versa une seule fois par jour sur leurs rivages ses flots divergents dans le même temps et du même côté que le soleil en embrasait le pôle de ses rayons. Les torrents demi-glacés qui s'en précipitèrent découpèrent alors les côtes de l'ancien monde en nombreux archipels, en vastes baies et en longs promontoires.

Le globe est un vaisseau céleste, sphérique, sans proue et sans poupe, propre à voguer, dans tous les sens, dans toute l'étendue des cieux. Le soleil en est l'aimant et le cœur ; l'océan est le sang dont la circulation le rend mobile. L'astre du jour en opère le systole et le diastole, le flux et le reflux, par sa présence et son absence, par le jour et la nuit, par l'été et l'hiver, par les mers fluides et glaciales. Les pôles du globe changent avec les siècles par les diverses pondérations de ses océans glacés. Il a été un temps où ceux qu'il a aujourd'hui dans notre méridien étaient dans notre équateur; où nos zones torrides étaient projetées dans nos zones tempérées et glaciales, et celles-ci dans nos torrides; où les hivers régnaient sur d'autres contrées, et où les mers glacées s'échappaient de leur empire par d'autres canaux. Il en est de même des autres planètes. Leurs sphères, diversement inclinées vers le soleil, sont dans les mains de la Providence comme ces cylindres de musique dont il suffit de relever ou d'abaisser les axes de quelques degrés pour en changer tous les concerts.

Ce ne fut sans doute que quand elle l'eut fait passer, si j'ose dire, par les périodes successives de l'enfance, de l'adolescence, de la puberté, qu'elle créa tour à tour les végétaux, les animaux, et les hommes[1], comme elle fait produire successivement à un arbre, après certaine période d'années, des feuilles, des fleurs, et des fruits. Mais ce fut dans les temps où le globe élevait à peine quelques portions de ses continents à la surface des mers, que les torrents de ses pôles couverts de glace, et ceux de ces montagnes les plus élevées, creusèrent, en se précipitant, les nombreux amphithéâtres que le soleil devait éclairer de divers aspects, sous les mêmes latitudes. Ils excavèrent ces vallées vastes et profondes où errent aujourd'hui d'innombrables troupeaux. Ils escarpèrent les cimes aériennes de ces rochers qui font le charme de nos perspectives. Les tempêtes de l'atmosphère ajoutèrent à leur beauté. Elles transportèrent dans les airs les premières semences des forêts qui croissent sur leurs inaccessibles plateaux.

Ce fut l'Océan qui, de siècles en siècles, épuisant ses eaux par d'innombrables productions, éleva en s'abaissant les sommets de ses îles primitives; et en reculant ses bords, les plaça au sein des continents. Ce sont leurs antiques pyramides qui couronnent à diverses hauteurs

---

1. Voyez la note *a*, à la fin du préambule.

les chaînes des montagnes. Les unes sont couvertes de verdure, d'autres sont toutes nues comme aux jours de leur naissance ; d'autres, toujours entourées de neiges et de glaces, semblent au niveau des pôles ; d'autres vomissent des tourbillons épais de flammes sulfureuses et bitumineuses, et paraissent avoir leur fondement au niveau des mers qui les alimentent. Les pics du Ténérif et de l'Etna réunissent ce double empire, et du sein des glaces et des feux versent au loin l'abondance et la fécondité : toutes ces pyramides aériennes, dont la plupart s'élèvent au-dessus de la moyenne région de l'air, ont pour bases les corps marins qui entourèrent leurs premiers berceaux. Toutes attirent, aujourd'hui, autour d'elles les vapeurs et les orages de l'atmosphère. Tantôt elles s'en couvrent comme d'un voile, et disparaissent à la vue ; tantôt elles découvrent la tête, ou les flancs de leurs longs obélisques. Si le soleil alors les frappe de ses rayons il les colore d'or et de pourpre, et répand sur leurs robes mobiles toutes les couleurs de l'arc-en-ciel. Elles apparaissent, au sein des tonnerres, comme des divinités bienfaisantes ; les croupes qui les supportent deviennent autant de mamelles qui répandent de toutes parts des pluies fécondantes ; les cavernes profondes de leurs flancs sont des urnes d'où elles versent les fleuves qui fertilisent les campagnes jusqu'aux bords de l'Océan leur père, et invitent les navigateurs à aborder sur ces mêmes rivages dont elles étaient l'épouvante dans les temps de leur origine.

Chaque siècle diminue l'empire de l'Océan tempétueux, et accroît celui de la terre paisible : voyez seulement les collines qui bordent de part et d'autre nos vallées ; elles portent à leurs contours saillants les empreintes des dégradations des fleuves qui remplissaient jadis de leurs eaux tout l'intervalle qui les sépare. Le sol même des vallées et de leurs couches horizontales, ainsi que les coquillages fluviatiles disséminés dans toute sa largeur attestent qu'il a été formé sous les eaux. Mais jetez les yeux sur les terres les plus élevées de notre hémisphère ; l'antique Scandinavie, séparée autrefois de la Norvège et du continent par de bruyants

détroits qui communiquaient de la mer Glaciale à la mer
Baltique, a cessé d'être une île. J'ai marché moi-même
dans le fond de leurs bassins de granit ; la mer Baltique,
où j'ai navigué, baisse d'un pouce tous les quarante
ans : on voit des diminutions semblables dans les mers
de l'hémisphère austral. La nouvelle Hollande, dont les
montagnes escarpées s'élèvent au-dessus des nuages,
étend aujourd'hui ses flancs sablonneux au-dessus des
flots ; elle montre déjà au sein de ses marais saumâtres
des colonies florissantes d'Européens, jadis les fléaux
de leur patrie : dans toutes les mers, des foules d'îles
naissantes et de rochers à demi submergés soulèvent, à
travers les vagues irritées, leurs têtes noires couronnées
de fucus, de glaïeuls, et de varechs. A leurs couleurs
brunes et empourprées, à leurs bruits confus et
rauques, aux nappes d'écume qui bouillonnent autour
d'eux, on dirait de vieux tritons qui se disputent avec
fureur de jeunes néréides. Un jour, ces écueils si
redoutables aux marins offriront des asiles aux ber-
gères ; après de nombreuses tempêtes le détroit qui
sépare l'Angleterre de la France se changera en guérets.
Après d'interminables guerres, les Anglais et les Français verront leurs intérêts réunis comme leur territoire.

Il en sera de même du genre humain. Dieu l'a destiné
à jouir de ses bienfaits par tout le globe. Il en a fait un
petit monde où il a renfermé tous les désirs et les
besoins des êtres sensibles. Il l'a formé comme un seul
homme qu'il fait d'abord passer par l'enfance, entouré
d'une nuit d'ignorance et de préjugés, mais dont il
aimante la tête de la lumière de la raison, et le cœur de
l'instinct de la vertu, afin qu'il puisse gouverner ses
passions et se diriger vers ces facultés divines, comme le
globe qu'il habite autour du soleil. Il voulut que ces
dons célestes ne se développassent dans les nations,
comme dans les individus, que par leur expérience et
celle de leurs semblables. Il voulut même que les
intérêts du genre humain ne se composassent un jour
que des intérêts de chaque homme. Chaque peuple a eu
donc une enfance imbécile, une adolescence crédule, et
une jeunesse sans frein. Lisez seulement les histoires de

notre Europe, vous la voyez tour à tour couverte de
Gaulois, de Grecs, de Romains, de Cimbres, de Goths,
de Visigoths, de Vandales, d'Alains, de Francs, de
Normands, etc., qui s'exterminent les uns après les
autres, et la ravagent comme les flots d'une mer débor-
dée. L'histoire de chacun de ces peuples ne présente
qu'une suite non interrompue de guerres, comme si
l'homme ne venait au monde que pour détruire son
semblable. Ces temps anciens, si vantés pour leur
innocence et leurs vertus héroïques, ne sont que des
temps de crimes et d'erreurs dont la plupart, pour notre
bonheur, n'existent plus. L'absurde idolâtrie, la magie,
les sorts, les oracles, le culte des démons, les sacrifices
humains, l'anthropophagie, les guerres permanentes,
les incendies, les famines, l'esclavage, la polygamie,
l'inceste, la mutilation des hommes, les droits de naufrage, les droits d'aubaine, etc., désolaient alors nos
malheureuses contrées et sont relégués aujourd'hui sur
les côtes de l'Afrique inhospitalière, ou dans les
sombres forêts de l'Amérique. Il en est de même de
plusieurs maladies du corps aussi communes que celles
de l'âme, telles que les pestes innombrables, les lèpres,
la ladrerie, les obsessions ou convulsions, etc. Que dire
des mensonges religieux qui illustraient des forfaits et
consacraient des origines absurdes et criminelles encore
révérées de nos jours? Que de héros, que nous font
admirer nos écoles, qui n'étaient au fond que des
scélérats; le féroce Achille, Ulysse le perfide, Agamem-
non le parricide, la famille entière d'Atrée, et tant
d'autres aussi criminels qui se prétendaient descendus
des dieux et des déesses, le plus souvent changés en
bêtes! Il semble que le monde moral ait roulé autrefois,
comme le physique, sur d'autres pôles. Cependant des
bienfaiteurs du genre humain s'élevèrent de siècles en
siècles au-dessus de ses brigandages. Hercule,
Esculape, Orphée, Linus, Confucius, Lockman,
Lycurgue, Solon, Pythagore, Socrate, Platon, etc., civi-
lisent peu à peu ces hordes de barbares. Ils déposent
parmi eux les éléments de la concorde, des lois, de
l'industrie, de religions plus humaines. Ils apparaissent

dans les siècles passés au-dessus de leurs nations, comme des sources inépuisables de sagesse, de lumière, et de vertus, qui ont circulé jusqu'à nous de générations en générations, semblables à ces fleuves descendus des sommets aériens des montagnes lointaines, qui traversent depuis des siècles, des rochers, des marais, des sables, pour venir féconder nos plaines et nos vallons.

Déjà sur ces mêmes terres où les druides brûlaient des hommes, les philosophes les appellent pour les éclairer du flambeau de la raison. Les Muses du nord, de l'occident, et surtout les françaises, planent sur l'Europe, unissent leurs lyres, et, y joignant leurs voix mélodieuses, enchaînent par leurs concerts les cœurs de ses habitants. Ce sont elles qui ont brisé en Amérique les fers des noirs enfants de l'Afrique, et défriché ses forêts par des mains libres. Elles en ont exporté une foule de jouissances, et elles y ont transporté, de l'Europe et de l'Asie, des cultures et des troupeaux utiles, de nouveaux végétaux, des habitants plus humains, et des législations évangéliques. O vertueux Penn, divin Fénelon, éloquent Jean-Jacques, vos noms seront un jour plus révérés que ceux des Lycurgue et des Platon! La superstition n'élève plus chez nous, comme autrefois, de temples à Dieu par la crainte des démons; la philosophie les a dissipés à la lumière de l'astre du jour. Elle montre la terre couverte des bienfaits de la divinité, et les cieux remplis de ses soleils. Que de découvertes utiles! que d'inventions hardies! que d'établissements humains inconnus à l'antiquité! Ce sont les vertus des grands hommes qui ont fait descendre du ciel sur la terre les flambeaux de la vérité; hélas! souvent, persécutés et fugitives, elles n'en éclairent le monde ténébreux qu'après de longues secousses et de nombreuses révolutions.

Mais les femmes ont contribué plus que les philosophes à former et à réformer les nations. Elles ne pâlirent point les nuits à composer de longs traités de morale; elles ne montèrent point dans des tribunes pour faire tonner les lois. Ce fut dans leurs bras qu'elles firent goûter aux hommes le bonheur d'être tour à tour, dans le cercle de la vie, enfants heureux, amants fidèles, époux constants, pères vertueux. Elles posèrent les premières bases des lois naturelles. La première fondatrice d'une société humaine fut une mère de famille. En vain un législateur, un livre à la main, déclara de la part du ciel que la nature était dénaturée, qu'elle était odieuse même à son auteur : elles se montrèrent avec leurs charmes, et le fanatique tomba à leurs pieds.

Ce fut autour d'elles que, dans l'origine, les hommes errants se rassemblèrent et se fixèrent. Les géographes et les historiens ne les ont point classées en castes et en tribus. Ils n'en ont point fait des portions de monarchies ou de républiques. Les hommes naissent asiatiques, européens, français, anglais ; ils sont cultivateurs, marchands, soldats ; mais par tout pays les femmes naissent, vivent, et meurent femmes. Elles ont d'autres devoirs, d'autres occupations, d'autres destinées que les hommes. Elles sont disséminées parmi eux pour leur rappeler surtout qu'ils sont hommes, et maintenir, malgré les lois politiques, les lois fondamentales de la nature. Semblables à ces vents harmoniés avec les rayons du soleil, ou avec leur absence, qui varient les températures des pays qu'ils fécondent en les réchauffant, ou les rafraîchissant de leurs haleines, on ne peut les circonscrire dans aucune carte, ni en faire hommage à aucun souverain. Ils n'appartiennent qu'à l'atmosphère. Ainsi les femmes n'appartiennent qu'au genre humain. Elles le rappellent sans cesse à l'humanité par leurs sentiments naturels et même par leurs passions.

C'est par cette influence qu'elles conservent souvent un peuple depuis son origine jusqu'à ses derniers débris. Voyez ceux qui n'ont plus maintenant ni autels, ni trône, ni capitale, tels que les Guèbres, les Arméniens, les Juifs, les Maures d'Afrique ; ils sont roulés par les siècles et les événements, de contrées en contrées ; mais leurs femmes en lient encore entre eux les individus par les aimants multipliés de filles, de sœurs, d'épouses, de mères. Elles les maintiennent par les mêmes lois qui les ont rassemblés. Leurs hordes

errantes sont semblables aux antiques monuments de
leurs empires, qui gisent renversés, malgré les ancres
de fer qui en liaient les assises. En vain l'Océan en roule
les granits dans ses flots, aucune pierre ne se délite :
tant est fort le ciment naturel qui en congloméra les
grains dans la carrière.

Non seulement les femmes réunissent les hommes
entre eux par les liens de la nature, mais encore par
ceux de la société. Remplies pour eux des affections les
plus tendres, elles les unissent à celles de la divinité, qui
en est la source. Elles sont les premiers et les derniers
apôtres de tout culte religieux qu'elles leur inspirent,
dès la plus tendre enfance. Elles embellissent tout le
cours de leur vie. Ils leur sont redevables de l'invention
des arts de première nécessité, et de tous ceux d'agrément. Elles inventèrent le pain, les boissons agréables,
les tissus des vêtements, les filatures, les toiles, etc.
Elles amenèrent les premières à leurs pieds les animaux
utiles et timides qu'ils effrayaient par leurs armes, et
qu'elles subjuguèrent par des bienfaits. Elles imaginèrent pour plaire aux hommes les chansons gaies, les
danses innocentes, et inspirèrent à leur tour la poésie, la
peinture, la sculpture, l'architecture, à ceux d'entre eux
qui désirèrent conserver d'elles de précieux ressouvenirs. Ils sentirent alors se mêler à leurs passions ambi-
tieuses l'héroïsme et la pitié. Ils n'avaient imaginé au
milieu de leurs guerres cruelles et permanentes que des
dieux redoutables, un Jupiter foudroyant, un noir Plu-
ton, un Neptune toujours en courroux, un Mars san-
glant, un Mercure voleur, un Bacchus toujours ivre ;
mais à la vue de leurs femmes chastes, douces,
aimantes, laborieuses, ils conçurent dans les cieux des
divinités bienfaisantes. Remplis de reconnaissance
pour les compagnes de leur vie, ils leur élevèrent des
monuments plus nombreux et plus durables que des
temples. Ils donnèrent d'abord, dans toutes les langues,
des noms féminins à tout ce qu'ils trouvèrent de plus
aimable et de plus doux sur la terre, à leurs diverses
patries, à la plupart des rivières qui les arrosaient, aux
fleurs les plus odorantes, aux fruits les plus savoureux,
aux oiseaux qui avaient le plus de mélodie.

Mais tout ce qui leur sembla mériter dans la nature des hommages plus étendus par une beauté ou par une utilité supérieure reçut d'eux des noms de déesses, c'est-à-dire de femmes immortelles. Elles eurent leur séjour dans les cieux et leurs départements sur la terre. Ainsi ils féminisèrent et déifièrent la lumière, les étoiles, la nuit, l'aurore. Ils attribuèrent les fontaines aux naïades, les ondes azurées de la mer aux néréides, les prairies à Palès, les forêts aux dryades. Ils distribuèrent de plus grands départements à des déesses d'un plus haut rang, l'air avec ses nuages majestueux à Junon, la mer paisible à Téthys, la terre et ses riches minéraux à Cybèle, les bêtes fauves à Diane, et les moissons à Cérès. Ils caractérisèrent les puissances de l'âme, source de toutes leurs jouissances, comme celles de la nature. Ils firent des déesses des vertus qui les fortifiaient, des grâces qui les rendaient sensibles, des Muses qui les inspiraient, de Minerve, mère de toute industrie. Enfin ils donnèrent à la déesse qui réunissait tous les charmes de la femme le nom de Vénus, plus expressif sans doute que celui d'aucune divinité. Ils lui attribuèrent pour père Saturne ou le Temps, pour berceau l'Océan, pour compagnons de sa naissance les jeux, les ris, les grâces, pour époux le dieu du feu, pour enfant l'amour, et pour domaine toute la nature.

En effet tout objet aimable a sa vénusté, c'est-à-dire une portion de cette beauté ineffable qui engendre les amours. La plus touchante en est sans doute la sensibilité, cette âme de l'âme qui en anime toutes les facultés. Ce fut par elle que Vénus subjugua le dieu indomptable de la guerre.

Ce n'est pas que les femmes aient reçu du ciel plus de perfections que les hommes. Soumises par la nature même de leurs charmes aux influences de la déesse des grâces, dont l'astre des nuits était autrefois le symbole, et en porte encore le nom chez les peuples sauvages, par la variété de ses phases, elles brillent dans le cours des mois d'une lumière douce et paisible, mais inconstante et inégale. Cependant elles attirent à elles et dissipent les feux qui dévorent les cœurs ambitieux des hommes,

semblables aux feux du soleil, qui embrasent l'horizon
pendant le jour et ne s'éteignent que dans le sein des
nuits. Ainsi les défauts d'un sexe et les excès de l'autre
se compensent mutuellement ; et ces deux moitiés
humaines en contraste composent sur la terre une
harmonie parfaite, semblable à celle des deux astres de
la lumière, conjugués dans les cieux.

O femmes, c'est par votre sensibilité que vous
enchaînez les ambitions des hommes ! Partout où vous
avez joui de vos droits naturels, vous avez aboli les
éducations barbares, l'esclavage, les tortures, les muti-
lations, le pal, les croix, les roues, les bûchers, les
lapidations, le hacher par morceaux, et tous les supplices cruels de l'antiquité, qui étaient bien moins des
punitions d'une justice équitable que des vengeances
d'une politique féroce. Partout vous avez été les premières à honorer de vos larmes les victimes innocentes
de la tyrannie, et à faire connaître les remords aux
tyrans. Votre pitié naturelle vous donne à la fois l'instinct de l'innocence et celui de la véritable grandeur.
C'est vous qui conservez et embellissez de vos souvenirs
les renommées des conquérants magnanimes, dont les
vertus généreuses protégèrent les faibles, et surtout
votre sexe. Tels ont été les Cyrus, les Alexandre, les
Charlemagne ; sans vous ils ne nous seraient pas plus
recommandables que les Tamerlan, les Bajazet, les
Attila. Mais le sang des nations subjuguées élève en
vain de sombres nuages autour de leurs grands
colosses ; au souvenir de leurs bienfaits vous étendez
sur eux des rayons de reconnaissance qui les font briller
sur notre horizon de tout l'éclat de la vertu.

Vous êtes les fleurs de la vie. C'est dans votre sein
que la nature verse les générations et les premières
affections qui les font éclore. Vous civilisez le genre
humain, et vous en rapprochez les peuples bien mieux
par des mariages que la diplomatie par les traités. Vous
êtes les âmes de leur industrie et de leur navigation.
C'est pour vous procurer de nouvelles jouissances que
les puissances maritimes vont chercher aux Indes les
plus douces et les plus riches productions de la terre et

du soleil. Pline dit que déjà de son temps ce commerce se faisait principalement pour vous. Vous formez entre vous par toute la terre un vaste réseau, dont les fils se correspondent dans le passé, le présent, et l'avenir, se prêtent mutuellement des forces. Vous enchaînez de fleurs ce globe dont les passions cruelles des hommes se disputent l'empire.

O Françaises, c'est pour vous que l'Indienne donne aujourd'hui la transparence au coton et le plus vif éclat à la soie! Ce fut pour vous que les filles d'Athènes imaginèrent ces robes commodes et charmantes, si favorables à la pudeur et à la beauté que le sage Fénelon lui-même les trouvait bien préférables à tous les costumes gênants et orgueilleux de notre ancien régime. La révolution vous en a revêtues, et elles ont ajouté à vos grâces naturelles. Mères et nourrices de notre enfance, quel pouvoir vos charmes n'ajoutent-ils pas à vos vertus? Vous êtes les reines de nos opinions et de notre ordre moral. Vous avez perfectionné nos goûts, nos modes, nos usages, en les simplifiant. Vous êtes les juges nés de tout ce qui est décent, gracieux, bon, juste, héroïque. Vous répandez l'influence de vos jugements dans toute l'Europe, et vous en avez rendu Paris le foyer. C'est dans ses murs, à votre vue, ou par vos souvenirs, que nos soldats s'animent à la défense de la patrie : c'est dans ces mêmes murs que les guerriers étrangers, qui ont porté contre eux des armes malheureuses, viennent en foule, dans les trop courts intervalles de la paix, oublier à vos pieds tous leurs ressentiments.

Notre langue vous doit sa clarté, sa pureté, son élégance, sa douceur, tout ce qu'elle a d'aimable et de naïf. Vous avez inspiré et formé nos plus grands poètes et nos plus fameux orateurs. Vous protégez dans vos cercles l'écrivain solitaire qui a eu le bonheur de vous plaire et le malheur d'irriter des factions jalouses. A vos regards modestes, aux doux sons de votre voix, le sophiste audacieux se trouble, le fanatique sent qu'il est homme, et l'athée qu'il existe un Dieu. Vos larmes touchantes éteignent les torches de la superstition, et vos divins sourires dissipent les froids arguments du matérialisme.

Ainsi sur les rivages de l'Islande, après de longs hivers, la reine des mers boréales, la montagne de l'Hécla, couronnée de volcans, vomit des tourbillons de feux et de fumées à travers des pyramides de glace qui semblent menacer les cieux : mais lorsque le globe, au signe des Gémeaux, achève d'incliner le pôle nord vers le soleil, les vents du printemps qui naissent sous l'empire de l'astre du jour joignent leurs tièdes haleines à ses rayons ardents. Les flancs de la montagne alors se réchauffent : une chaleur souterraine s'étend sous la coupole de glace qui la surmonte et lui refuse bientôt tout appui. D'abord ses sommets orgueilleux se précipitent dans ses cratères brûlants, en éteignent les feux, pénètrent dans ses longs souterrains, et jaillissent autour de sa base en hautes gerbes d'eaux noires et bouillantes. Ses fondements caverneux s'affaissent sur leurs propres piles, glissent, et s'écroulent en énormes rochers dans le sein des mers qu'ils menaçaient d'envahir. Les bruits affreux de leurs chutes, les sombres murmures de leurs torrents, les rugissements des phoques et des ours marins qui les habitaient, sont répétés au loin par les échos d'Horrillax et du Vaigaths. Les peuples riverains de l'Atlantique voient avec effroi ces glaciers terreux voguer, renversés, le long de leurs rivages. Entraînés par leurs propres courants, sous les formes fantastiques de temples, de châteaux, ils vont rafraîchir les mers torridiennes, et fonder, dans leurs flots attiédis, des écueils que l'hiver suivant ne reverra plus.

Cependant la montagne dessolée apparaît, à travers les brumes de ses neiges fondues et les dernières fumées de ses volcans, nue, hideuse, ses collines dégradées et montrant à découvert ses antiques ossements. C'est alors que les zéphyrs, qui l'ont dépouillée du manteau des hivers, la revêtissent *(sic)* de la robe du printemps. Ils accourent en foule des zones tempérées, portant sur leurs ailes les semences volatiles des végétaux. Ils tapissent de mousses, de graminées, et de fleurs, ses flancs déchirés et ses plaies profondes. Les oiseaux de la terre et des eaux y déposent leurs nids. En peu d'années, de vastes bosquets de cèdres et de bouleaux sortent de ses cratères éteints. Une nouvelle adolescence la pénètre de toutes les influences du soleil pendant un jour de plusieurs mois.

Sa beauté même s'accroît de celle des longues nuits du pôle. Quand l'hiver, à la faveur de leurs ténèbres, y relève son trône, étend sur lui son manteau d'hermine, et prépare à l'océan de nouvelles révolutions, la lune circule tout autour et lui renvoie une partie des rayons du soleil qui l'abandonne. L'aurore boréale le couronne de ses feux mobiles et agite autour de lui ses drapeaux lumineux. A ce signal céleste les rennes fuient vers de moins âpres contrées; elles aperçoivent, à la lueur de ces clartés tremblantes, l'Hécla au milieu des mers hérissées de glaçons; et elles viennent, en bramant, chercher dans ses vallées profondes de nouveaux pâturages. Des légions de cygnes tracent autour de sa cime de longues spirales, et, joyeux de descendre sur cette terre hospitalière, font entendre au haut des airs, des accents inconnus à nos climats. Les filles d'Ossian, attentives, suspendent leurs chasses nocturnes pour répéter sur leurs harpes ces concerts mélodieux; et bientôt de nouveaux Pauls viennent chercher parmi elles de nouvelles Virginies.

Il en sera de même de notre dernière révolution. Déjà la France apparaît au-dessus des orages. Les feux gémeaux de Castor et de Pollux étincellent sur sa tête, dans un ciel d'azur. Ils annoncent la fin de nos affreuses tempêtes. O Napoléon, que ta puissante étoile repousse au loin ces ambitions effrénées qui rugissent encore autour de nos frontières! Et toi, Joseph, seconde, de ta bienfaisante philanthropie, ton frère toujours victorieux! Convertis les ambitions du dedans, taciturnes et sombres, en amour de la concorde et de la paix. Puissent vos noms fraternels, en harmonie comme vos talents et vos vertus, devenir pour la postérité l'époque d'une nouvelle période de gloire et de bonheur! puisse-t-elle vous confondre dans ses ressouvenirs et être un jour en doute qui de vous deux a le mieux mérité de sa reconnaissance!

NOTE *a* INDIQUÉE PAGE 68 DU PRÉAMBULE

Mon opinion sur ces diverses périodes du développement du globe s'accorde avec toutes les traditions orientales. Les unes divisent les temps de sa création en six jours, d'autres en plusieurs âges, d'autres, comme celles des Indiens, en périodes de siècles. On peut fournir d'ailleurs des preuves évidentes de ces révolutions des pôles par les productions des zones torrides que nous retrouvons dans notre zone tempérée et dans notre zone glaciale ; par les corps marins de l'hémisphère austral qui sont fossiles dans notre hémisphère boréal ; par divers déluges occasionnés par la fonte des glaces lorsque les anciens pôles parcoururent l'équateur ; par les zones sablonneuses, les découpures des îles, les golfes profonds, dont un grand nombre ont aujourd'hui des directions différentes de celles dont les pôles étaient alors les foyers, comme on le peut voir sur les cartes de géographie ; par les traditions des Chinois, dont les annales attestent que le soleil resta fixe plusieurs semaines consécutives dans une seule constellation ; ce qui occasionna, non un embrasement, comme on l'avait craint, mais un déluge dont la Chine fut inondée ; enfin par les traditions des prêtres de l'Egypte, qui assurèrent à Hérodote que le soleil s'était levé deux fois à l'occident et deux fois à l'orient ; ce que l'on ne peut attribuer qu'aux diverses inclinaisons des pôles de la terre, et à ses mers, qui en varient, dans le cours des siècles, les pondérations et les mouvements.

Les planètes, qui tournent autour du soleil, paraissent soumises à des harmonies semblables. Elles ont leurs axes différemment inclinés, leurs moteurs sont les mêmes, mais ils ont d'autres directions ; chacune a un ou plusieurs océans, non pas dirigés du nord au sud, comme notre Atlantique, mais d'orient en occident, à proportion qu'elles s'enfoncent dans les zones célestes glaciales. Mais avant d'aller plus loin, je prendrai la liberté de réfuter quelques erreurs de physique accréditées, depuis longtemps, parmi les astronomes. Ils prétendent que les parties resplendissantes des planètes en sont les montagnes et les rochers, et que les parties sombres en sont les mers. Pour moi, je pense que c'est le contraire. Si on découvre une île, en pleine mer, elle apparaît comme un nuage obscur, et la mer qui l'environne comme un lac argenté. Il en est de même d'un fleuve ; on l'aperçoit au milieu des campagnes comme un long serpent d'argent et d'azur, tandis que les collines de l'horizon sont d'un bleu noirâtre. Enfin si on met, dans une chambre au soleil, de l'eau, dans un vase non vernissé, elle renverra au plancher ses mobiles reflets. L'eau, et non le vase, réfléchit la lumière. J'excepte cependant les montagnes à glace des continents, qui réfléchissent encore plus dans l'état de congélation que dans celui de fluidité. Ce n'est pas comme corps opaques, mais comme corps polis et demi-transparents qu'ils affluent et refluent la lumière.

Ceci posé, je prends pour exemple dans les planètes les cinq bandes parallèles blanches et noires de Jupiter qui changent d'éclat tous les six ans, c'est-à-dire dans le cours alternatif de son été et de son hiver. Cette variation périodique prouve que chacune d'elles est composée alternativement d'une zone de terre et d'une zone de mers. Quand un de ces deux hémisphères est lumineux, c'est qu'il est dans son hiver ; alors les vapeurs de la zone maritime couvrent de neige les deux zones terrestres latérales, et l'hémisphère paraît tout blanc. Quand ce même hémisphère est barré d'une zone blanche entre deux obscures, il est dans son été, car les neiges des deux zones terrestres sont fondues, et il ne reste plus que la maritime brillante. Pour ses pôles, qu'on croit aplatis, n'est-ce point par une erreur d'optique ? Est-il vraisemblable d'ailleurs que la force centrifuge ait agi sur Jupiter seul parmi les planètes, et qu'elle soit restée sans action sur les pôles mêmes du soleil, ce corps si sphérique, quoique demi-liquéfié, source de cette même force expansive et de la matière molle qui produisit, dans l'origine, toutes les planètes, suivant nos astronomes ? Pour moi, si j'ose le dire, je crois que les pôles de Jupiter, n'ayant point de zones maritimes dans leur voisinage, n'en reçoivent ni exhalaisons, ni neiges, et par conséquent étant sans éclat, échappent à notre vue. Au reste, il est possible que les trois méditerranées, disposées en anneaux autour de Jupiter, soient cause de la rapidité de sa rotation sur lui-même, qui est de 9 heures 36 minutes, quoiqu'il soit la plus grosse de nos planètes. Si notre terre, beaucoup plus petite et plus voisine du soleil, ne tourne sur elle-même qu'une fois en vingt-quatre heures, ne serait-ce pas parce que ses deux océans n'ont que des cours obliques qui se croisent en partie ? Je ne m'engagerai pas plus avant dans cette question, quoique le célèbre Mairan ait été plus loin. Il a calculé que « la différence qui est entre le poids de la partie inférieure d'une planète tournée vers le soleil, et celui de la supérieure qui ne l'est pas, est capable de produire sa rotation d'occident en orient. »

On peut appliquer ce que je viens de dire des bandes de Jupiter aux échancrures périodiques de Mars, aux bandes de Saturne, etc. Je ne parlerai point des satellites ni des anneaux qui réchauffent les planètes de leurs reflets. Il paraît que dans tous ces astres il y a des océans ou fluides, ou glacés, ou en évaporation, qui sont les moteurs de leurs mouvements et de leur fécondité. Le soleil en est le premier agent ; c'est l'Apollon de notre système. Comme je l'ai déjà dit, il varie sans cesse les cordes de sa lyre pour en tirer de nouveaux airs. Si j'en avais le temps je me permettrais quelques réflexions sur le satellite que nous connaissons le mieux, et sur lequel nous sommes le moins d'accord. Comment la lune peut-elle attirer nos mers, sans attirer en même temps l'air, élément plus étendu, plus léger, plus mobile, plus élastique, qui les environne ? Si elle soulevait et laissait retomber deux fois par jour notre océan

atlantique, elle en ferait autant de notre atmosphère. Alors nos
baromètres, si sensibles au moindre poids des nuages, nous annon-
ceraient deux fois par jour des marées aériennes en harmonie avec
des marées pélagiennes. « Notre air est trop léger, me répondit un
jour un professeur de mathématiques, pour être attiré par la lune. »
« Pourquoi donc, lui dis-je, est-il attiré par la terre, au point que
son poids fait monter l'eau dans une pompe vide, à trente-deux
pieds de hauteur ? »

Mais comment la lune peut-elle soulever l'océan, malgré l'attraction même de la terre, qui, d'un autre côté, ne lui permet pas
d'attirer à elle les méditerranées, les lacs, les fleuves, etc ? et en
supposant qu'elle ne puisse attirer que l'océan, pourquoi produit-
elle sur nos côtes deux marées en vingt-quatre heures, puisque,
quand elle est au zénith, et surtout au nadir de notre méridien, le
long continent de l'Amérique s'oppose évidemment aux communi-
cations directes de la mer du sud et de l'océan atlantique ? Comment, après avoir produit deux marées de six heures chacune par
jour dans notre hémisphère boréal, n'en opère-t-elle qu'une de
douze heures en vingt-quatre dans l'hémisphère austral, où l'océan
est si étendu, et où aucun continent ne s'oppose aux effets de son
attraction ?

On sait que par toute la terre elle nous montre toujours la même
face : comment donc peut-on supposer aujourd'hui qu'elle tourne,
comme notre globe, sur elle-même ? mais comment, par un prodige
encore plus étrange, peut-elle, chemin faisant, nous jeter de petites
pierres brûlantes, à quatre-vingt-dix mille lieues de distance, avec
des mortiers volcaniques de quatre lieues de largeur ? comment des
mortiers si larges ont-ils pu les chasser si loin et si chaudes, à
travers des régions glacées ? Nos plus terribles volcans, avec de
bien moindres ouvertures, et par conséquent bien plus de détona-
tion, ne lancent pas leurs projectiles à deux lieues de hauteur. Les
volcans de la lune jettent, dit-on, leurs pierres à cinq mille lieues,
c'est-à-dire aux limites de sa sphère d'attraction, d'où elles sont
emportées par l'attraction de la terre à quatre-vingt-cinq mille
lieues plus loin. Mais comment arrive-t-il que cette incroyable
explosion ne dérange pas, par sa réaction, le cours d'un astre qui
est en équilibre ? comment se fait-il alors que la lune, qui n'attire
qu'à cinq mille lieues ses propres pierres, attire notre océan à
quatre-vingt-dix mille, et que la terre, qui, de son côté, entraîne la
lune entière dans sa sphère d'attraction, n'y entraîne pas aussi
toutes les pierres qui en couvrent la surface ? Si on dit que les
sphères d'activité des deux planètes restent en équilibre, l'une à
cinq mille lieues, l'autre à quatre-vingt-cinq mille, elles n'exercent
donc point d'action l'une sur l'autre. Tout ce que nous savons de
plus assuré de la lune, c'est qu'elle a des éléments semblables à
ceux de la terre. Les astronomes lui ont refusé longtemps l'air et
l'eau, quoiqu'ils sussent qu'elle avait des volcans ; mais ils ne se
rappelaient pas que le feu ne pouvait exister sans air, et les volcans
sans mers. Pour moi, s'il m'est permis de le dire, je regarde la lune
comme un astre en harmonie passive avec le soleil, et active avec la

terre. Son mois est une petite année qui a, dans ses quatre phases, quatre saisons. Ses harmonies forment la douzième partie de celles du soleil, et elle les exerce sur les sept puissances de la nature qui règnent sur notre globe. Je m'en suis convaincu par un grand nombre d'observations. Je la considère donc avec sa forme variable et dans sa course oblique comme une navette céleste, chargée de lumière par le soleil. Elle forme de ses fils d'argent, dans le cours du mois, la trame de ce magnifique réseau dont le soleil fournit la chaîne d'or, dans le cours de l'année. La Providence y attacha les germes de tout ce qui est organisé, en environna notre globe ; et, par des harmonies lunisolaires et solilunaires qui s'entrelacent sans cesse, en développe, dans le cours des siècles, les formes, la vie, et les générations.

Si de la lune nous nous élevons jusqu'au soleil, nous verrons combien nous sommes encore nouveaux dans l'étude de la nature. Les anciens croyaient que cet astre était un dieu jeune et charmant, monté sur un char attelé de quatre superbes coursiers, par la main des Heures, et devancé de l'Aurore, qui répandait devant lui des corbeilles de roses, sur l'azur des cieux. Il parcourait ainsi la terre d'orient en occident, et allait se reposer, tous les soirs, dans les bras de la belle Téthys. Les modernes pensent aujourd'hui que c'est une fournaise d'un million de lieues de circonférence, qui tourne sur elle-même. De temps en temps cet astre demi-liquéfié détache de sa circonférence, dans son mouvement de rotation, à l'aide du choc d'une comète, quelques gouttes d'une matière vitrifiée, qui s'arrondissent en planètes, et se mettent aussitôt à tourner autour de lui. Au reste, cet astre ne les éclaire que par hasard, car il est, par rapport à elles, dans une proportion de grosseur telle que celle de la plus volumineuse citrouille, comparée à une douzaine de petits pois.

C'est ici qu'il faut se servir contre le grand Newton de sa propre devise, devenue depuis celle de la Société royale de Londres, et qui est sans doute celle de tout ami de la vérité, *Nullius in verba* : « Ne jurons par les paroles de qui que ce soit. » Newton a calculé la chaleur d'une comète dans le voisinage du soleil, et il l'a trouvée deux mille fois plus ardente que celle d'un fer rouge. Selon lui, les comètes sont destinées, pour la plupart, à alimenter ses feux. Cependant il aurait dû se rappeler que les rayons du soleil n'avaient point de chaleur en eux-mêmes, qu'ils n'en acquéraient sur notre terre qu'en s'harmonisant avec notre atmosphère, et qu'il gèle perpétuellement dans nos zones torrides, sur les sommets des hautes montagnes qui ont seulement une lieue de hauteur perpendiculaire, parce que l'air trop raréfié ne peut s'échauffer par ses rayons. On pourrait encore objecter l'océan, les végétaux, et les animaux de notre globe, qui n'ont jamais pu sortir d'un soleil liquéfié.

Enfin un musicien allemand, Herschel, perfectionne en Angleterre le télescope de Newton. Il en grossit six mille fois les objets qu'il observe, et il découvre que le soleil n'a rien qui ressemble à une fournaise. Il voit distinctement que c'est une planète d'un ordre supérieur à la nôtre, entourée d'une atmosphère de lumière, de quinze cents lieues de hauteur, ondoyante, qui s'entrouvre de temps en temps, et laisse apercevoir à travers une perspective admirable de nuages lumineux, de magnifiques montagnes de cent cinquante lieues de hauteur et de trois à quatre cents de longueur. Herschel réitère si souvent ces observations qu'il ne doute pas que le soleil ne soit une planète habitable.

Ainsi un bon observateur, secondé d'un bon instrument, renverse tous les calculs de Newton et des Newtoniens, sur les écumes flottantes du soleil, sur les planètes terrestres qui en étaient sorties, sur la mollesse primitive de ces mêmes planètes, et sur la force centrifuge qui en avait déprimé les pôles en soulevant leur équateur, quoiqu'elle n'ait plus aujourd'hui la force de soulever une paille sur notre globe, et qu'au lieu d'y trouver ses plus hautes montagnes projetées d'orient en occident, on n'y voit que le plus grand diamètre de ses mers, et par conséquent la partie la moins élevée de sa circonférence.

Je pense que le système de Newton, qui a décomposé la lumière en sept couleurs primitives, quoiqu'il n'y en ait réellement que trois, et que son système de l'attraction universelle, éprouveront des objections encore plus fortes que celui du mouvement des comètes qui vont servir de pâture aux feux d'un soleil qui ne brûle point. Herschel, à l'aide de son télescope, a découvert à six cents millions de lieues de nous une nouvelle planète avec des volcans, huit ou dix satellites, un anneau double comme celui de Saturne, et si bien double que l'intervalle des deux moitiés concentriques lui a servi de lunette pour observer une étoile qu'il apercevait au-delà. Notre astronomie, trop rarement reconnaissante, a donné à cette planète le nom d'Herschel. Mais combien de noms d'amis ne pourrait-il pas donner lui-même à ce nombre prodigieux d'étoiles qu'il découvre toutes les nuits à des distances incalculables, groupées deux à deux, trois à trois, quatre à quatre, par milliers et par millions, sur les mêmes plans, ou à la suite les unes des autres dans la profondeur du firmament ! Pouvons-nous bien croire que ces soleils lointains se maintiennent immobiles à des distances infinies, seulement par la loi unique et universelle d'une mutuelle et réciproque attraction ?

Si j'ose en dire ma pensée, je trouve cette idée, qui a aujourd'hui tant de partisans en France, remplie de contradictions. Il faut d'abord supposer que l'univers est infini, et qu'il est rempli d'étoiles attirantes et attirées ; car s'il avait des limites, ou seulement çà et là quelques déserts, les astres qui se trouveraient dans leur voisinage s'écrouleraient nécessairement vers le centre du système, n'ayant aucun corps attirant qui les maintînt fixes sur ses bords.

Ce n'est pas tout : en accordant aux Newtoniens que l'attraction est une propriété universelle de la matière, ils doivent convenir eux-mêmes que toutes les parties de cette matière qui s'attiraient de toutes parts n'ont dû faire, avant de se séparer, qu'une seule masse de l'univers. Il a donc fallu : 1° qu'une multitude de forces

particulières et centripètes l'ait divisée par blocs, et ait arrondi ces
blocs en globes ; 2° que des forces centrifuges aient succédé aux
centripètes pour chasser ces globes à des distances prodigieuses les
uns des autres, non seulement dans une même direction, comme le
cours d'un fleuve, mais comme des vents déchaînés qui boule-
versent une mer ; 3° il a fallu une force d'inertie qui les ait fixés
chacun dans le lieu où ils sont à présent, immobiles dans les cieux,
dans toutes sortes de projections, comme des vaisseaux surpris
après une tempête dans la mer glaciale, par le vent du nord.
Qu'était devenue alors la force d'attraction universelle, unique,
inhérente à la matière, et qui devait la rendre inséparable ? Il me
semble que si elle eût agi seule, entre les astres supposés dans un
état de mollesse, loin de les fixer en blocs, en globes, en points fixes
dans le ciel, et en équilibre, ils se fussent, en s'attirant mutuellement, allongés et croisés les uns vers les autres par rayons, comme
ceux de nos soleils de feux d'artifice. Mais ce n'est pas tout : parmi
tant d'étoiles fixes que l'attraction rend immobiles aujourd'hui,
comment se trouve-t-il des planètes qui se sont soustraites à son
pouvoir, qui, au contraire, tournent sans cesse autour d'un soleil
immobile qui les attire ? Il a donc fallu encore une nouvelle force
oblique qui les empêchât de s'y précipiter, de manière que de ses
deux forces il en résultât une troisième qui les obligeât de circuler
autour de lui.

Que de lois diverses et contraires à la loi unique de l'attraction
permanente et réciproque des astres ! que de nouvelles objections à
faire !

Bayle raconte que, de son temps, un habile physicien essaya de
mettre un petit corps dans un simple équilibre au moyen de
l'attraction. Il disposa donc, dans le repos de son cabinet, plusieurs
aimants au foyer desquels il mit en l'air un globule de fer ; mais
jamais il ne put l'y maintenir un seul instant. Comment donc
pourrions-nous croire que tant d'astres mobiles et immobiles,
grands et petits, attirants et attirés, se maintiennent à des distances
infinies les uns des autres, depuis des siècles, par la seule projec-
tion du hasard ? Le judicieux Bayle reproche en général aux
astronomes leur ignorance en physique, et d'en négliger l'étude
pour celle du calcul. Il prétend même que ces deux études sont
incompatibles. Il leur déclare, malgré son scepticisme sur la
plupart des opinions humaines, que leur système s'écroulera de
lui-même, et qu'ils seront forcés, tôt ou tard, pour le soutenir,
d'admettre une intelligence dans chacun des astres dont ils veulent
expliquer le mouvement ou le repos.

Ce fut Voltaire qui apporta en France l'attraction newtonienne,
dont elle était repoussée depuis vingt-sept ans par les tourbillons
cartésiens. Ce n'était pas une petite gloire pour lui de renverser un
système et d'en édifier un autre. Il aurait pu faire honneur de
celui-ci à Képler, son inventeur, et même aux anciens, comme on le
voit dans un morceau très curieux de Plutarque. Mais il préféra
d'en donner des leçons à la belle Émilie du Châtelet, de lui en
dédier un traité, et de le faire paraître sous ses auspices, par une

fort belle épître en vers. Il y parle de Newton comme d'un demi-dieu :

> Confidents du Très-Haut, substances éternelles,
> Qui brûlez de ses feux, qui couvrez de vos ailes
> Ce trône où votre maître est assis parmi vous,
> Parlez, du grand Newton n'étiez-vous point jaloux ?

Il y a apparence que dans cet élan il était beaucoup plus enthousiasmé de son écolière que de son précepteur, car voici comme il s'exprimait plusieurs années après, quand il fut d'un sens rassis :

> Ces cieux divers, ces globes lumineux
> Que fait tourner René le songe-creux
> Dans un amas de subtile poussière,
> Beaux tourbillons que l'on ne prouve guère,
> Et que Newton, rêveur bien plus fameux,
> Fait tournoyer, sans boussole et sans guide,
> Autour de rien, et tout autour du vuide.

Je ne sais si l'attraction passera un jour sur la terre, comme dans les cieux, pour la loi unique qui en a formé tous les êtres. Mais que deviendront alors les lois morales qui doivent régir les hommes ? n'est-elle pas une loi morale elle-même, cette loi de la raison universelle qui a créé dans la nature les lois mécaniques, les emploie, les développe, et les perfectionne ? L'architecte d'un palais en a, sans doute, précédé les maçons.

Oh ! combien nos doctrines humaines ont dégradé parmi nous la science divine ! Les unes nous représentent ce globe comme un ouvrage céleste dévasté par les démons ; d'autres nous montrent les cieux comme une habitation d'animaux. C'est sous leurs noms et sous leurs images qu'elles font briller les constellations célestes ; et le mécanisme dont elles les font mouvoir renferme, sans contredit, beaucoup moins d'intelligence que les bêtes n'en emploieraient elles-mêmes pour se conduire sur la terre. Qu'en résulte-t-il pour notre instruction et notre bonheur ? Nos premiers documents épouvantent notre enfance et nous rendent, pendant toute la vie, la mort effroyable ; les seconds paralysent notre raison et nous rendent la vie insipide. Souvent les uns et les autres se succèdent pour nous tourmenter et nous abrutir tour à tour.

Heureux ceux qui, forts de leur conscience première, ne cherchent l'auteur de la nature que dans la nature même, avec les simples organes qu'elle leur a donnés ! Ils n'étudient point en tremblant les destinées du genre humain[1], dans une polyglotte. Ils ne cherchent point, à la faveur d'un télescope, à travers le Serpent, le Cancer, et les autres monstres des cieux, le retour assuré d'une comète, pour confirmer une théorie du hasard. Les objets de la

---

1. Newton lui-même. (*Note de Bernardin.*)

nature les plus communs sont pour eux les plus dignes d'admiration et de reconnaissance. Dès l'aurore, ils voient le soleil repousser vers l'orient le voile sombre de la nuit, et ranimer de ses rayons
une terre couverte de végétaux et d'êtres sensibles ; à midi, l'astre
qui fait tout voir disparaît enseveli dans une splendeur éblouis-
sante ; mais vers le soir, déployant à l'occident le voile de sa
lumière, il découvre sur l'horizon qu'il abandonne des cieux tout
étincelants de constellations. Qu'admireront-ils de plus ? Sera-ce la
lunette astronomique, qui, pour en nombrer les étoiles, s'allonge
en vain toutes les nuits dans les airs, depuis des siècles ; ou les yeux
que leur donna la nature, pour en embrasser le spectacle infini,
dans un instant ?

PAUL ET VIRGINIE

Sur le côté oriental de la montagne qui s'élève derrière le Port-Louis de l'Ile-de-France, on voit, dans un terrain jadis cultivé, les ruines de deux petites cabanes. Elles sont situées presque au milieu d'un bassin formé par de grands rochers, qui n'a qu'une seule ouverture tournée au nord. On aperçoit à gauche la montagne appelée le morne de la Découverte, d'où l'on signale les vaisseaux qui abordent dans l'île, et au bas de cette montagne la ville nommée le Port-Louis; à droite, le chemin qui mène du Port-Louis au quartier des Pamplemousses; ensuite l'église de ce nom, qui s'élève avec ses avenues de bambous au milieu d'une grande plaine; et plus loin une forêt qui s'étend jusqu'aux extrémités de l'île. On distingue devant soi, sur les bords de la mer, la baie du Tombeau; un peu sur la droite, le cap Malheureux; et au-delà, la pleine mer, où paraissent à fleur d'eau quelques îlots inhabités, entre autres le coin de Mire, qui ressemble à un bastion au milieu des flots.

A l'entrée de ce bassin, d'où l'on découvre tant d'objets, les échos de la montagne répètent sans cesse le bruit des vents qui agitent les forêts voisines, et le fracas des vagues qui brisent au loin sur les récifs; mais au pied même des cabanes on n'entend plus aucun bruit, et on ne voit autour de soi que de grands rochers escarpés comme des murailles. Des bouquets d'arbres croissent à leurs bases, dans leurs fentes, et jusque sur

leurs cimes, où s'arrêtent les nuages. Les pluies que
leurs pitons attirent peignent souvent les couleurs de
l'arc-en-ciel sur leurs flancs verts et bruns, et entretiennent à leurs pieds les sources dont se forme la petite
rivière des Lataniers. Un grand silence règne dans leur
enceinte, où tout est paisible, l'air, les eaux et la
lumière. A peine l'écho y répète le murmure des
palmistes qui croissent sur leurs plateaux élevés, et dont
on voit les longues flèches toujours balancées par les
vents. Un jour doux éclaire le fond de ce bassin, où le
soleil ne luit qu'à midi ; mais dès l'aurore ses rayons en
frappent le couronnement, dont les pics s'élevant au-
dessus des ombres de la montagne, paraissent d'or et de
pourpre sur l'azur des cieux.

   J'aimais à me rendre dans ce lieu où l'on jouit à la fois
d'une vue immense et d'une solitude profonde. Un jour
que j'étais assis au pied de ces cabanes, et que j'en
considérais les ruines, un homme déjà sur l'âge vint à
passer aux environs. Il était, suivant la coutume des
anciens habitants, en petite veste et en long caleçon. Il
marchait nu-pieds, et s'appuyait sur un bâton de bois
d'ébène. Ses cheveux étaient tout blancs, et sa physionomie noble et simple. Je le saluai avec respect. Il me
rendit mon salut, et m'ayant considéré un moment, il
s'approcha de moi, et vint se reposer sur le tertre où
j'étais assis. Excité par cette marque de confiance, je lui
adressai la parole : « Mon père, lui dis-je, pourriez-
« vous m'apprendre à qui ont appartenu ces deux
« cabanes ? »
Il me répondit : « Mon fils, ces masures et ce terrain
« inculte étaient habités, il y a environ vingt ans, par
« deux familles qui y avaient trouvé le bonheur. Leur
« histoire est touchante : mais dans cette île, située sur
« la route des Indes, quel Européen peut s'intéresser au
« sort de quelques particuliers obscurs ? qui voudrait
« même y vivre heureux, mais pauvre et ignoré ? Les
« hommes ne veulent connaître que l'histoire des
« grands et des rois, qui ne sert à personne. — Mon
« père, repris-je, il est aisé de juger à votre air et à votre
« discours que vous avez acquis une grande expérience.

« Si vous en avez le temps, racontez-moi, je vous prie,
« ce que vous savez des anciens habitants de ce désert,
« et croyez que l'homme même le plus dépravé par les
« préjugés du monde aime à entendre parler du bon-
« heur que donnent la nature et la vertu. » Alors,
comme quelqu'un qui cherche à se rappeler diverses
circonstances, après avoir appuyé quelque temps ses
mains sur son front, voici ce que ce vieillard me
raconta.

En 1726 un jeune homme de Normandie, appelé
M. de la Tour, après avoir sollicité en vain du service
en France et des secours dans sa famille, se détermina à
venir dans cette île pour y chercher fortune. Il avait
avec lui une jeune femme qu'il aimait beaucoup et dont
il était également aimé. Elle était d'une ancienne et
riche maison de sa province ; mais il l'avait épousée en
secret et sans dot, parce que les parents de sa femme
s'étaient opposés à son mariage, attendu qu'il n'était
pas gentilhomme. Il la laissa au Port-Louis de cette île,
et il s'embarqua pour Madagascar dans l'espérance d'y
acheter quelques noirs, et de revenir promptement ici
former une habitation. Il débarqua à Madagascar vers
la mauvaise saison qui commence à la mi-octobre ; et
peu de temps après son arrivée il y mourut des fièvres
pestilentielles qui y règnent pendant six mois de
l'année, et qui empêcheront toujours les nations européennes d'y faire des établissements fixes. Les effets
qu'il avait emportés avec lui furent dispersés après sa
mort, comme il arrive ordinairement à ceux qui
meurent hors de leur patrie. Sa femme, restée à l'Ile-de-
France, se trouva veuve, enceinte, et n'ayant pour tout
bien au monde qu'une négresse, dans un pays où elle
n'avait ni crédit ni recommandation. Ne voulant rien
solliciter auprès d'aucun homme après la mort de celui
qu'elle avait uniquement aimé, son malheur lui donna
du courage. Elle résolut de cultiver avec son esclave un
petit coin de terre, afin de se procurer de quoi vivre.

Dans une île presque déserte dont le terrain était à
discrétion elle ne choisit point les cantons les plus
fertiles ni les plus favorables au commerce ; mais cher-

chant quelque gorge de montagne, quelque asile caché
où elle put vivre seule et inconnue, elle s'achemina de la
ville vers ces rochers pour s'y retirer comme dans un
nid. C'est un instinct commun à tous les êtres sensibles
et souffrants de se réfugier dans les lieux les plus
sauvages et les plus déserts ; comme si des rochers
étaient des remparts contre l'infortune, et comme si le
calme de la nature pouvait apaiser les troubles malheureux de l'âme. Mais la Providence, qui vient à notre
secours lorsque nous ne voulons que les biens nécessaires, en réservait un à madame de la Tour que ne
donnent ni les richesses ni la grandeur ; c'était une
amie.

Dans ce lieu depuis un an demeurait une femme vive,
bonne et sensible ; elle s'appelait Marguerite. Elle était
née en Bretagne d'une simple famille de paysans, dont
elle était chérie, et qui l'aurait rendue heureuse, si elle
n'avait eu la faiblesse d'ajouter foi à l'amour d'un
gentilhomme de son voisinage qui lui avait promis de
l'épouser ; mais celui-ci ayant satisfait sa passion s'éloigna d'elle, et refusa même de lui assurer une subsistance pour un enfant dont il l'avait laissée enceinte. Elle
s'était déterminée alors à quitter pour toujours le village
où elle était née, et à aller cacher sa faute aux colonies,
loin de son pays, où elle avait perdu la seule dot d'une
fille pauvre et honnête, la réputation. Un vieux noir,
qu'elle avait acquis de quelques deniers empruntés,
cultivait avec elle un petit coin de ce canton.

Madame de la Tour, suivie de sa négresse, trouva
dans ce lieu Marguerite qui allaitait son enfant. Elle fut
charmée de rencontrer une femme dans une position
qu'elle jugea semblable à la sienne. Elle lui parla en peu
de mots de sa condition passée et de ses besoins
présents. Marguerite au récit de madame de la Tour fut
émue de pitié ; et, voulant mériter sa confiance plutôt
que son estime, elle lui avoua sans lui rien déguiser
l'imprudence dont elle s'était rendue coupable. « Pour
« moi, dit-elle, j'ai mérité mon sort ; mais vous,
« madame,... vous, sage et malheureuse ! » Et elle lui
offrit en pleurant sa cabane et son amitié. Madame de la

Tour, touchée d'un accueil si tendre, lui dit en la
serrant dans ses bras : « Ah! Dieu veut finir mes
« peines, puisqu'il vous inspire plus de bonté envers
« moi qui vous suis étrangère, que jamais je n'en ai
« trouvé dans mes parents. »

Je connaissais Marguerite, et quoique je demeure à
une lieue et demie d'ici, dans les bois, derrière la
Montagne-Longue, je me regardais comme son voisin.
Dans les villes d'Europe une rue, un simple mur,
empêchent les membres d'une même famille de se
réunir pendant des années entières ; mais dans les
colonies nouvelles on considère comme ses voisins ceux
dont on n'est séparé que par des bois et par des
montagnes. Dans ce temps-là surtout, où cette île faisait
peu de commerce aux Indes, le simple voisinage y était
un titre d'amitié, et l'hospitalité envers les étrangers un
devoir et un plaisir. Lorsque j'appris que ma voisine
avait une compagne, je fus la voir pour tâcher d'être
utile à l'une et à l'autre. Je trouvai dans madame de la
Tour une personne d'une figure intéressante, pleine de
noblesse et de mélancolie. Elle était alors sur le point
d'accoucher. Je dis à ces deux dames qu'il convenait
pour l'intérêt de leurs enfants, et surtout pour empêcher l'établissement de quelque autre habitant, de partager entre elles le fond de ce bassin, qui contient
environ vingt arpents. Elles s'en rapportèrent à moi
pour ce partage. J'en formai deux portions à peu près
égales ; l'une renfermait la partie supérieure de cette
enceinte, depuis ce piton de rocher couvert de nuages,
d'où sort la source de la rivière des Lataniers, jusqu'à
cette ouverture escarpée que vous voyez au haut de la
montagne, et qu'on appelle l'Embrasure, parce qu'elle
ressemble en effet à une embrasure de canon. Le fond
de ce sol est si rempli de roches et de ravins qu'à peine
on y peut marcher ; cependant il produit de grands
arbres, et il est rempli de fontaines et de petits ruisseaux. Dans l'autre portion je compris toute la partie
inférieure qui s'étend le long de la rivière des Lataniers
jusqu'à l'ouverture où nous sommes, d'où cette rivière
commence à couler entre deux collines jusqu'à la mer.

Vous y voyez quelques lisières de prairies, et un terrain
assez uni, mais qui n'est guère meilleur que l'autre ; car
dans la saison des pluies il est marécageux, et dans les
sécheresses il est dur comme du plomb ; quand on y
veut alors ouvrir une tranchée, on est obligé de le
couper avec des haches. Après avoir fait ces deux
partages j'engageai ces deux dames à les tirer au sort. La
partie supérieure échut à madame de la Tour, et l'inférieure à Marguerite. L'une et l'autre furent contentes de
leur lot ; mais elles me prièrent de ne pas séparer leur
demeure, « afin, me dirent-elles, que nous puissions
toujours nous voir, nous parler et nous entraider ». Il
fallait cependant à chacune d'elles une retraite particulière. La case de Marguerite se trouvait au milieu du
bassin précisément sur les limites de son terrain. Je
bâtis tout auprès, sur celui de madame de la Tour, une
autre case, en sorte que ces deux amies étaient à la fois
dans le voisinage l'une de l'autre et sur la propriété de
leurs familles. Moi-même j'ai coupé des palissades dans
la montagne ; j'ai apporté des feuilles de latanier des
bords de la mer pour construire ces deux cabanes, où
vous ne voyez plus maintenant ni porte ni couverture.
Hélas ! il n'en reste encore que trop pour mon souvenir !
Le temps, qui détruit si rapidement les monuments des
empires, semble respecter dans ces déserts ceux de
l'amitié, pour perpétuer mes regrets jusqu'à la fin de
ma vie.

A peine la seconde de ces cabanes était achevée que
madame de la Tour accoucha d'une fille. J'avais été le
parrain de l'enfant de Marguerite, qui s'appelait Paul.
Madame de la Tour me pria aussi de nommer sa fille
conjointement avec son amie. Celle-ci lui donna le nom
de Virginie. « Elle sera vertueuse, dit-elle, et elle sera
« heureuse. Je n'ai connu le malheur qu'en m'écartant
« de la vertu. »

Lorsque madame de la Tour fut relevée de ses
couches, ces deux petites habitations commencèrent à
être de quelque rapport, à l'aide des soins que j'y
donnais de temps en temps, mais surtout par les travaux assidus de leurs esclaves. Celui de Marguerite,

appelé Domingue, était un noir yolof, encore robuste,
quoique déjà sur l'âge. Il avait de l'expérience et un bon
sens naturel. Il cultivait indifféremment sur les deux
habitations les terrains qui lui semblaient les plus
fertiles, et il y mettait les semences qui leur convenaient
le mieux. Il semait du petit mil et du maïs dans les
endroits médiocres, un peu de froment dans les bonnes
terres, du riz dans les fonds marécageux ; et au pied des
roches, des giraumons, des courges et des concombres,
qui se plaisent à y grimper. Il plantait dans les lieux secs
des patates qui y viennent très sucrées, des cotonniers
sur les hauteurs, des cannes à sucre dans les terres
fortes, des pieds de café sur les collines, où le grain est
petit, mais excellent ; le long de la rivière et autour des
cases, des bananiers qui donnent toute l'année de longs
régimes de fruits avec un bel ombrage, et enfin quelques plantes de tabac pour charmer ses soucis et ceux
de ses bonnes maîtresses. Il allait couper du bois à
brûler dans la montagne, et casser des roches çà et là
dans les habitations pour en aplanir les chemins. Il
faisait tous ces ouvrages avec intelligence et activité,
parce qu'il les faisait avec zèle. Il était fort attaché à
Marguerite ; et il ne l'était guère moins à madame de la
Tour, dont il avait épousé la négresse à la naissance de
Virginie. Il aimait passionnément sa femme, qui
s'appelait Marie. Elle était née à Madagascar, d'où elle
avait apporté quelque industrie, surtout celle de faire
des paniers et des étoffes appelées pagnes, avec des
herbes qui croissent dans les bois. Elle était adroite,
propre, et très fidèle. Elle avait soin de préparer à
manger, d'élever quelques poules, et d'aller de temps
en temps vendre au Port-Louis le superflu de ces deux
habitations, qui était bien peu considérable. Si vous y
joignez deux chèvres élevées près des enfants, et un
gros chien qui veillait la nuit au-dehors, vous aurez une
idée de tout le revenu et de tout le domestique de ces
deux petites métairies.

   Pour ces deux amies, elles filaient du matin au soir du
coton. Ce travail suffisait à leur entretien et à celui de
leurs familles ; mais d'ailleurs elles étaient si dépour-

vues de commodités étrangères qu'elles marchaient
nu-pieds dans leur habitation, et ne portaient de sou-
liers que pour aller le dimanche de grand matin à la
messe à l'église des Pamplemousses que vous voyez
là-bas. Il y a cependant bien plus loin qu'au Port-
Louis; mais elles se rendaient rarement à la ville, de
peur d'y être méprisées, parce qu'elles étaient vêtues de
grosse toile bleue du Bengale comme des esclaves.
Après tout, la considération publique vaut-elle le bonheur domestique? Si ces dames avaient un peu à
souffrir au-dehors, elles rentraient chez elles avec
d'autant plus de plaisir. A peine Marie et Domingue les
apercevaient de cette hauteur sur le chemin des Pamplemousses, qu'ils accouraient jusqu'au bas de la montagne pour les aider à la remonter. Elles lisaient dans les
yeux de leurs esclaves la joie qu'ils avaient de les revoir.
Elles trouvaient chez elles la propreté, la liberté, des
biens qu'elles ne devaient qu'à leurs propres travaux, et
des serviteurs pleins de zèle et d'affection. Elles-
mêmes, unies par les mêmes besoins, ayant éprouvé des
maux presque semblables, se donnant les doux noms
d'amie, de compagne et de sœur, n'avaient qu'une
volonté, qu'un intérêt, qu'une table. Tout entre elles
était commun. Seulement si d'anciens feux plus vifs
que ceux de l'amitié se réveillaient dans leur âme, une
religion pure, aidée par des mœurs chastes, les dirigeait
vers une autre vie, comme la flamme qui s'envole vers
le ciel lorsqu'elle n'a plus d'aliment sur la terre.

Les devoirs de la nature ajoutaient encore au bonheur
de leur société. Leur amitié mutuelle redoublait à la vue
de leurs enfants, fruits d'un amour également infortuné. Elles prenaient plaisir à les mettre ensemble dans
le même bain, et à les coucher dans le même berceau.
Souvent elles les changeaient de lait. « Mon amie, disait
« madame de la Tour, chacune de nous aura deux
« enfants, et chacun de nos enfants aura deux mères. »
Comme deux bourgeons qui restent sur deux arbres de
la même espèce, dont la tempête a brisé toutes les
branches, viennent à produire des fruits plus doux, si
chacun d'eux, détaché du tronc maternel, est greffé sur

le tronc voisin; ainsi ces deux petits enfants, privés de
tous leurs parents, se remplissaient de sentiments plus
tendres que ceux de fils et de fille, de frère et de sœur,
quand ils venaient à être changés de mamelles par les
deux amies qui leur avaient donné le jour. Déjà leurs
mères parlaient de leur mariage sur leurs berceaux, et
cette perspective de félicité conjugale, dont elles char-
maient leurs propres peines, finissait bien souvent par
les faire pleurer; l'une se rappelant que ses maux
étaient venus d'avoir négligé l'hymen, et l'autre d'en
avoir subi les lois; l'une, de s'être élevée au-dessus de sa
condition, et l'autre d'en être descendue : mais elles se
consolaient en pensant qu'un jour leurs enfants, plus
heureux, jouiraient à la fois, loin des cruels préjugés de
l'Europe, des plaisirs de l'amour et du bonheur de
l'égalité.

Rien en effet n'était comparable à l'attachement
qu'ils se témoignaient déjà. Si Paul venait à se plaindre,
on lui montrait Virginie; à sa vue il souriait et s'apaisait.
Si Virginie souffrait, on en était averti par les cris de
Paul; mais cette aimable fille dissimulait aussitôt son
mal pour qu'il ne souffrît pas de sa douleur. Je n'arri-
vais point de fois ici que je ne les visse tous deux tout
nus, suivant la coutume du pays, pouvant à peine
marcher, se tenant ensemble par les mains et sous les
bras, comme on représente la constellation des
gémeaux. La nuit même ne pouvait les séparer; elle les
surprenait souvent couchés dans le même berceau, joue
contre joue, poitrine contre poitrine, les mains passées
mutuellement autour de leurs cous, et endormis dans
les bras l'un de l'autre.

Lorsqu'ils surent parler, les premiers noms qu'ils
apprirent à se donner furent ceux de frère et de sœur.
L'enfance, qui connaît des caresses plus tendres, ne
connaît point de plus doux noms. Leur éducation ne fit
que redoubler leur amitié en la dirigeant vers leurs
besoins réciproques. Bientôt tout ce qui regarde
l'économie, la propreté, le soin de préparer un repas
champêtre, fut du ressort de Virginie, et ses travaux
étaient toujours suivis des louanges et des baisers de son

frère. Pour lui, sans cesse en action, il bêchait le jardin
avec Domingue, ou, une petite hache à la main, il le
suivait dans les bois ; et si dans ces courses une belle
fleur, un bon fruit, ou un nid d'oiseaux se présentaient
à lui, eussent-ils été au haut d'un arbre, il l'escaladait
pour les apporter à sa sœur.

Quand on en rencontrait un quelque part on était sûr
que l'autre n'était pas loin. Un jour que je descendais
du sommet de cette montagne, j'aperçus à l'extrémité
du jardin Virginie qui accourait vers la maison, la tête
couverte de son jupon qu'elle avait relevé par-derrière,
pour se mettre à l'abri d'une ondée de pluie. De loin je
la crus seule ; et m'étant avancé vers elle pour l'aider à
marcher, je vis qu'elle tenait Paul par le bras, enve-
loppé presque en entier de la même couverture, riant
l'un et l'autre d'être ensemble à l'abri sous un parapluie
de leur invention. Ces deux têtes charmantes renfer-
mées sous ce jupon bouffant me rappelèrent les enfants
de Léda enclos dans la même coquille.

Toute leur étude était de se complaire et de s'entraider. Au reste ils étaient ignorants comme des Créoles,
et ne savaient ni lire ni écrire. Ils ne s'inquiétaient pas
de ce qui s'était passé dans des temps reculés et loin
d'eux ; leur curiosité ne s'étendait pas au-delà de cette
montagne. Ils croyaient que le monde finissait où
finissait leur île ; et ils n'imaginaient rien d'aimable où
ils n'étaient pas. Leur affection mutuelle et celle de
leurs mères occupaient toute l'activité de leurs âmes.
Jamais des sciences inutiles n'avaient fait couler leurs
larmes ; jamais les leçons d'une triste morale ne les
avaient remplis d'ennui. Ils ne savaient pas qu'il ne faut
pas dérober, tout chez eux étant commun ; ni être
intempérant, ayant à discrétion des mets simples ; ni
menteur, n'ayant aucune vérité à dissimuler. On ne les
avait jamais effrayés en leur disant que Dieu réserve des
punitions terribles aux enfants ingrats ; chez eux l'amitié filiale était née de l'amitié maternelle. On ne leur
avait appris de la religion que ce qui la fait aimer ; et s'ils
n'offraient pas à l'église de longues prières, partout où
ils étaient, dans la maison, dans les champs, dans les

bois, ils levaient vers le ciel des mains innocentes et un
cœur plein de l'amour de leurs parents.

Ainsi se passa leur première enfance comme une
belle aube qui annonce un plus beau jour. Déjà ils
partageaient avec leurs mères tous les soins du ménage.
Dès que le chant du coq annonçait le retour de l'aurore,
Virginie se levait, allait puiser de l'eau à la source
voisine, et rentrait dans la maison pour préparer le
déjeuner. Bientôt après, quand le soleil dorait les pitons
de cette enceinte, Marguerite et son fils se rendaient
chez madame de la Tour : alors ils commençaient tous
ensemble une prière suivie du premier repas ; souvent
ils le prenaient devant la porte, assis sur l'herbe sous un
berceau de bananiers, qui leur fournissait à la fois des
mets tout préparés dans leurs fruits substantiels, et du
linge de table dans leurs feuilles larges, longues, et
lustrées. Une nourriture saine et abondante développait
rapidement les corps de ces deux jeunes gens, et une
éducation douce peignait dans leur physionomie la
pureté et le contentement de leur âme. Virginie n'avait
que douze ans ; déjà sa taille était plus qu'à demi
formée ; de grands cheveux blonds ombrageaient sa
tête ; ses yeux bleus et ses lèvres de corail brillaient du
plus tendre éclat sur la fraîcheur de son visage : ils
souriaient toujours de concert quand elle parlait ; mais
quand elle gardait le silence, leur obliquité naturelle
vers le ciel leur donnait une expression d'une sensibilité
extrême, et même celle d'une légère mélancolie. Pour
Paul, on voyait déjà se développer en lui le caractère
d'un homme au milieu des grâces de l'adolescence. Sa
taille était plus élevée que celle de Virginie, son teint
plus rembruni, son nez plus aquilin, et ses yeux, qui
étaient noirs, auraient eu un peu de fierté, si les longs
cils qui rayonnaient autour comme des pinceaux ne leur
avaient donné la plus grande douceur. Quoiqu'il fût
toujours en mouvement, dès que sa sœur paraissait il
devenait tranquille et allait s'asseoir auprès d'elle.
Souvent leur repas se passait sans qu'ils se dissent un
mot. A leur silence, à la naïveté de leurs attitudes, à la
beauté de leurs pieds nus, on eût cru voir un groupe

antique de marbre blanc représentant quelques-uns des
enfants de Niobé ; mais à leurs regards qui cherchaient
à se rencontrer, à leurs sourires rendus par de plus doux
sourires, on les eût pris pour ces enfants du ciel, pour
ces esprits bienheureux dont la nature est de s'aimer, et
qui n'ont pas besoin de rendre le sentiment par des
pensées, et l'amitié par des paroles.

Cependant madame de la Tour, voyant sa fille se
développer avec tant de charmes, sentait augmenter son
inquiétude avec sa tendresse. Elle me disait quelquefois : « Si je venais à mourir, que deviendrait Virgi-
« nie sans fortune ? »

Elle avait en France une tante, fille de qualité, riche,
vieille et dévote, qui lui avait refusé si durement des
secours lorsqu'elle se fut mariée à M. de la Tour,
qu'elle s'était bien promis de n'avoir jamais recours à
elle à quelque extrémité qu'elle fût réduite. Mais devenue mère, elle ne craignit plus la honte des refus. Elle
manda à sa tante la mort inattendue de son mari, la
naissance de sa fille, et l'embarras où elle se trouvait,
loin de son pays, dénuée de support, et chargée d'un
enfant. Elle n'en reçut point de réponse. Elle qui était
d'un caractère élevé, ne craignit plus de s'humilier, et
de s'exposer aux reproches de sa parente, qui ne lui
avait jamais pardonné d'avoir épousé un homme sans
naissance, quoique vertueux. Elle lui écrivait donc
par toutes les occasions afin d'exciter sa sensibilité en
faveur de Virginie. Mais bien des années s'étaient
écoulées sans recevoir d'elle aucune marque de
souvenir.

Enfin en 1738, trois ans après l'arrivée de M. de la
Bourdonnais dans cette île, madame de la Tour apprit
que ce gouverneur avait à lui remettre une lettre de la
part de sa tante. Elle accourut au Port-Louis sans se
soucier cette fois d'y paraître mal vêtue, la joie maternelle la mettant au-dessus du respect humain. M. de la
Bourdonnais lui donna en effet une lettre de sa tante.
Celle-ci mandait à sa nièce qu'elle avait mérité son sort
pour avoir épousé un aventurier, un libertin ; que les
passions portaient avec elles leur punition ; que la mort

prématurée de son mari était un juste châtiment de
Dieu; qu'elle avait bien fait de passer aux îles plutôt
que de déshonorer sa famille en France; qu'elle était
après tout dans un bon pays où tout le monde faisait
fortune, excepté les paresseux. Après l'avoir ainsi blâ-
mée elle finissait par se louer elle-même : pour éviter,
disait-elle, les suites souvent funestes du mariage, elle
avait toujours refusé de se marier. La vérité est qu'étant
ambitieuse, elle n'avait voulu épouser qu'un homme de
grande qualité; mais quoiqu'elle fût très riche, et qu'à
la cour on soit indifférent à tout excepté à la fortune, il
ne s'était trouvé personne qui eût voulu s'allier à une
fille aussi laide, et à un cœur aussi dur.

Elle ajoutait par post-scriptum que, toute réflexion
faite, elle l'avait fortement recommandée à M. de la
Bourdonnais. Elle l'avait en effet recommandée, mais
suivant un usage bien commun aujourd'hui, qui rend
un protecteur plus à craindre qu'un ennemi déclaré :
afin de justifier auprès du gouverneur sa dureté pour sa
nièce, en feignant de la plaindre, elle l'avait calomniée.

Madame de la Tour, que tout homme indifférent
n'eût pu voir sans intérêt et sans respect, fut reçue avec
beaucoup de froideur par M. de la Bourdonnais, prévenu contre elle. Il ne répondit à l'exposé qu'elle lui fit
de sa situation et de celle de sa fille que par de durs
monosyllabes : « Je verrai; ... nous verrons; ... avec le
« temps :... il y a bien des malheureux... Pourquoi
« indisposer une tante respectable?... C'est vous qui
« avez tort. »

Madame de la Tour retourna à l'habitation, le cœur
navré de douleur et plein d'amertume. En arrivant elle
s'assit, jeta sur la table la lettre de sa tante, et dit à son
amie : « Voilà le fruit de onze ans de patience! » Mais
comme il n'y avait que madame de la Tour qui sût lire
dans la société, elle reprit la lettre et en fit la lecture
devant toute la famille rassemblée. A peine était-elle
achevée que Marguerite lui dit avec vivacité :
« Qu'avons-nous besoin de tes parents? Dieu nous a-
« t-il abandonnées? c'est lui seul qui est notre père.
« N'avons-nous pas vécu heureuses jusqu'à ce jour?

« Pourquoi donc te chagriner ? Tu n'as point de cou-
« rage. » Et voyant madame de la Tour pleurer, elle se
jeta à son cou, et la serrant dans ses bras : « Chère amie,
« s'écria-t-elle, chère amie ! » mais ses propres sanglots
étouffèrent sa voix. A ce spectacle Virginie, fondant en
larmes, pressait alternativement les mains de sa mère et
celles de Marguerite contre sa bouche et contre son
cœur ; et Paul, les yeux enflammés de colère, criait,
serrait les poings, frappait du pied, ne sachant à qui
s'en prendre. A ce bruit Domingue et Marie accou-
rurent, et l'on n'entendit plus dans la case que ces cris
de douleur : « Ah, madame !... ma bonne maîtresse !...
ma mère !... ne pleurez pas. » De si tendres marques
d'amitié dissipèrent le chagrin de madame de la Tour.
Elle prit Paul et Virginie dans ses bras, et leur dit d'un
air content : « Mes enfants, vous êtes cause de ma
« peine ; mais vous faites toute ma joie. Oh ! mes chers
« enfants, le malheur ne m'est venu que de loin ; le
« bonheur est autour de moi. » Paul et Virginie ne la
comprirent pas, mais quand ils la virent tranquille ils
sourirent, et se mirent à la caresser. Ainsi ils conti-
nuèrent tous d'être heureux, et ce ne fut qu'un orage au
milieu d'une belle saison.

Le bon naturel de ces enfants se développait de jour
en jour. Un dimanche, au lever de l'aurore, leurs mères
étant allées à la première messe à l'église des Pamplemousses, une négresse marronne se présenta sous les
bananiers qui entouraient leur habitation. Elle était
décharnée comme un squelette, et n'avait pour vête-
ment qu'un lambeau de serpillière autour des reins.
Elle se jeta aux pieds de Virginie, qui préparait le
déjeuner de la famille, et lui dit : « Ma jeune demoi-
« selle, ayez pitié d'une pauvre esclave fugitive ; il y a
« un mois que j'erre dans ces montagnes demi-morte de
« faim, souvent poursuivie par des chasseurs et par
« leurs chiens. Je fuis mon maître, qui est un riche
« habitant de la Rivière-noire : il m'a traitée comme
« vous le voyez » ; en même temps elle lui montra son

corps sillonné de cicatrices profondes par les coups de
fouet qu'elle en avait reçus. Elle ajouta : « Je voulais
« aller me noyer ; mais sachant que vous demeuriez ici,
« j'ai dit : Puisqu'il y a encore de bons blancs dans ce
« pays il ne faut pas encore mourir. » Virginie, tout
émue, lui répondit : « Rassurez-vous, infortunée créa-
« ture ! Mangez, mangez » ; et elle lui donna le déjeuner
de la maison, qu'elle avait apprêté. L'esclave en peu de
moments le dévora tout entier. Virginie la voyant
rassasiée lui dit : « Pauvre misérable ! j'ai envie d'aller
« demander votre grâce à votre maître ; en vous voyant
« il sera touché de pitié. Voulez-vous me conduire chez
« lui ? — Ange de Dieu, repartit la négresse, je vous
« suivrai partout où vous voudrez. » Virginie appela
son frère, et le pria de l'accompagner. L'esclave marronne les conduisit par des sentiers, au milieu des bois,
à travers de hautes montagnes qu'ils grimpèrent avec
bien de la peine, et de larges rivières qu'ils passèrent à
gué. Enfin, vers le milieu du jour, ils arrivèrent au bas
d'un morne sur les bords de la Rivière-noire. Ils aperç-
çurent là une maison bien bâtie, des plantations considérables, et un grand nombre d'esclaves occupés à
toutes sortes de travaux. Leur maître se promenait au
milieu d'eux, une pipe à la bouche, et un rotin à la
main. C'était un grand homme sec, olivâtre, aux yeux
enfoncés, et aux sourcils noirs et joints. Virginie, tout
émue, tenant Paul par le bras, s'approcha de l'habitant,
et le pria, pour l'amour de Dieu, de pardonner à son
esclave, qui était à quelques pas de là derrière eux.
D'abord l'habitant ne fit pas grand compte de ces deux
enfants pauvrement vêtus ; mais quand il eut remarqué
la taille élégante de Virginie, sa belle tête blonde sous
une capote bleue, et qu'il eut entendu le doux son de sa
voix, qui tremblait ainsi que tout son corps en lui
demandant grâce, il ôta sa pipe de sa bouche, et levant
son rotin vers le ciel, il jura par un affreux serment qu'il
pardonnait à son esclave, non pas pour l'amour de
Dieu, mais pour l'amour d'elle. Virginie aussitôt fit
signe à l'esclave de s'avancer vers son maître ; puis elle
s'enfuit, et Paul courut après elle.

Ils remontèrent ensemble le revers du morne par où ils étaient descendus, et parvenus au sommet ils s'assirent sous un arbre, accablés de lassitude, de faim et de soif. Ils avaient fait à jeun plus de cinq lieues depuis le lever du soleil. Paul dit à Virginie : « Ma « sœur, il est plus de midi ; tu as faim et soif : nous ne « trouverons point ici à dîner ; redescendons le morne, « et allons demander à manger au maître de l'esclave. « — Oh non, mon ami, reprit Virginie, il m'a fait trop « de peur. Souviens-toi de ce que dit quelquefois « maman : Le pain du méchant remplit la bouche de « gravier. — Comment ferons-nous donc ? dit Paul ; ces « arbres ne produisent que de mauvais fruits ; il n'y a « pas seulement ici un tamarin ou un citron pour te « rafraîchir. — Dieu aura pitié de nous, reprit Virginie ; « il exauce la voix des petits oiseaux qui lui demandent « de la nourriture. » A peine avait-elle dit ces mots qu'ils entendirent le bruit d'une source qui tombait d'un rocher voisin. Ils y coururent, et après s'être désaltérés avec ses eaux plus claires que le cristal, ils cueillirent et mangèrent un peu de cresson qui croissait sur ses bords. Comme ils regardaient de côté et d'autre s'ils ne trouveraient pas quelque nourriture plus solide, Virginie aperçut parmi les arbres de la forêt un jeune palmiste. Le chou que la cime de cet arbre renferme au milieu de ses feuilles est un fort bon manger ; mais quoique sa tige ne fût pas plus grosse que la jambe, elle avait plus de soixante pieds de hauteur. A la vérité le bois de cet arbre n'est formé que d'un paquet de filaments, mais son aubier est si dur qu'il fait rebrousser les meilleures haches ; et Paul n'avait pas même un couteau. L'idée lui vint de mettre le feu au pied de ce palmiste : autre embarras ; il n'avait point de briquet, et d'ailleurs dans cette île si couverte de rochers je ne crois pas qu'on puisse trouver une seule pierre à fusil. La nécessité donne de l'industrie, et souvent les inventions les plus utiles ont été dues aux hommes les plus misérables. Paul résolut d'allumer du feu à la manière des noirs : avec l'angle d'une pierre il fit un petit trou sur une branche d'arbre bien sèche, qu'il assujettit

sous ses pieds, puis avec le tranchant de cette pierre il
fit une pointe à un autre morceau de branche également
sèche, mais d'une espèce de bois différent; il posa
ensuite ce morceau de bois pointu dans le petit trou de
la branche qui était sous ses pieds, et le faisant rouler
rapidement entre ses mains comme on roule un mouli-
net dont on veut faire mousser du chocolat, en peu de
moments il vit sortir du point de contact de la fumée et
des étincelles. Il ramassa des herbes sèches et d'autres
branches d'arbres, et mit le feu au pied du palmiste, qui
bientôt après tomba avec un grand fracas. Le feu lui
servit encore à dépouiller le chou de l'enveloppe de ses
longues feuilles ligneuses et piquantes. Virginie et lui
mangèrent une partie de ce chou crue, et l'autre cuite
sous la cendre, et ils les trouvèrent également savou-
reuses. Ils firent ce repas frugal remplis de joie par le
souvenir de la bonne action qu'ils avaient faite le matin;
mais cette joie était troublée par l'inquiétude où ils se
doutaient bien que leur longue absence de la maison
jetterait leurs mères. Virginie revenait souvent sur cet
objet; cependant Paul, qui sentait ses forces rétablies,
l'assura qu'ils ne tarderaient pas à tranquilliser leurs
parents.

Après dîner ils se trouvèrent bien embarrassés; car
ils n'avaient plus de guide pour les reconduire chez eux.
Paul, qui ne s'étonnait de rien, dit à Virginie : « Notre
« case est vers le soleil du milieu du jour; il faut que
« nous passions, comme ce matin, par-dessus cette
« montagne que tu vois là-bas avec ses trois pitons.
« Allons, marchons, mon amie ». Cette montagne était
celle des Trois-mamelles, ainsi nommée parce que
ses trois pitons en ont la forme[1]. Ils descendirent

1. « Il y a beaucoup de montagnes dont les sommets sont arrondis
en forme de mamelles, et qui en portent le nom dans toutes les
langues. Ce sont en effet de véritables mamelles; car ce sont d'elles
que découlent beaucoup de rivières et de ruisseaux qui répandent
l'abondance sur la terre. Elles sont les sources des principaux fleuves
qui l'arrosent, et elles fournissent constamment à leurs eaux en
attirant sans cesse les nuages autour du piton de rocher qui les
surmonte à leur centre comme un mamelon. Nous avons indiqué ces
prévoyances admirables de la nature dans nos *Études* précédentes. »
(Note de Bernardin.)

donc le morne de la Rivière-noire du côté du nord, et
arrivèrent après une heure de marche sur les bords
d'une large rivière qui barrait leur chemin. Cette
grande partie de l'île, toute couverte de forêts, est si peu
connue même aujourd'hui que plusieurs de ses rivières
et de ses montagnes n'y ont pas encore de nom. La
rivière sur le bord de laquelle ils étaient coule en
bouillonnant sur un lit de roches. Le bruit de ses eaux
effraya Virginie ; elle n'osa y mettre les pieds pour la
passer à gué. Paul alors prit Virginie sur son dos, et
passa ainsi chargé sur les roches glissantes de la rivière
malgré le tumulte de ses eaux. « N'aie pas peur, lui
« disait-il ; je me sens bien fort avec toi. Si l'habitant de
« la Rivière-noire t'avait refusé la grâce de son esclave,
« je me serais battu avec lui. — Comment ! dit Virginie,
« avec cet homme si grand et si méchant ? A quoi t'ai-je
« exposé ! Mon Dieu ! qu'il est difficile de faire le bien !
« il n'y a que le mal de facile à faire. » Quand Paul fut
sur le rivage il voulut continuer sa route chargé de sa
sœur, et il se flattait de monter ainsi la montagne des
Trois-mamelles qu'il voyait devant lui à une demi-lieue
de là ; mais bientôt les forces lui manquèrent, et il fut
obligé de la mettre à terre, et de se reposer auprès d'elle.
Virginie lui dit alors : « Mon frère, le jour baisse ; tu as
« encore des forces, et les miennes me manquent ;
« laisse-moi ici, et retourne seul à notre case pour
« tranquilliser nos mères. — Oh ! non, dit Paul, je ne te
« quitterai pas. Si la nuit nous surprend dans ces bois,
« j'allumerai du feu, j'abattrai un palmiste, tu en man-
« geras le chou, et je ferai avec ses feuilles un ajoupa,
« pour te mettre à l'abri. » Cependant Virginie, s'étant
un peu reposée, cueillit sur le tronc d'un vieux arbre
penché sur le bord de la rivière de longues feuilles de
scolopendre qui pendaient de son tronc ; elle en fit des
espèces de brodequins dont elle s'entoura les pieds, que
les pierres des chemins avaient mis en sang ; car dans
l'empressement d'être utile elle avait oublié de se chaus-
ser. Se sentant soulagée par la fraîcheur de ces feuiles,
elle rompit une branche de bambou et se mit en marche
en s'appuyant d'une main sur ce roseau, et de l'autre
sur son frère.

Ils cheminaient ainsi doucement à travers les bois ;
mais la hauteur des arbres et l'épaisseur de leurs feuillages leur firent bientôt perdre de vue la montagne des
Trois-mamelles sur laquelle ils se dirigeaient, et même
le soleil qui était déjà près de se coucher. Au bout de
quelque temps ils quittèrent sans s'en apercevoir le
sentier frayé dans lequel ils avaient marché jusqu'alors,
et ils se trouvèrent dans un labyrinthe d'arbres, de
lianes, et de roches, qui n'avait plus d'issue. Paul fit
asseoir Virginie, et se mit à courir çà et là, tout hors de
lui, pour chercher un chemin hors de ce fourré épais ;
mais il se fatigua en vain. Il monta au haut d'un grand
arbre pour découvrir au moins la montagne des Trois-
mamelles ; mais il n'aperçut autour de lui que les cimes
des arbres, dont quelques-unes étaient éclairées par les
derniers rayons du soleil couchant. Cependant l'ombre
des montagnes couvrait déjà les forêts dans les vallées ;
le vent se calmait, comme il arrive au coucher du soleil ;
un profond silence régnait dans ces solitudes, et on n'y
entendait d'autre bruit que le bramement des cerfs qui
venaient chercher leur gîte dans ces lieux écartés. Paul,
dans l'espoir que quelque chasseur pourrait l'entendre,
cria alors de toute sa force : « Venez, venez au secours
de Virginie ! » mais les seuls échos de la forêt répondirent à sa voix, et répétèrent à plusieurs reprises :
« Virginie... Virginie. »

Paul descendit alors de l'arbre, accablé de fatigue et
de chagrin : il chercha les moyens de passer la nuit dans
ce lieu ; mais il n'y avait ni fontaine, ni palmiste, ni
même de branche de bois sec propre à allumer du feu. Il
sentit alors par son expérience toute la faiblesse de ses
ressources, et il se mit à pleurer. Virginie lui dit : « Ne
« pleure point, mon ami, si tu ne veux m'accabler de
« chagrin. C'est moi qui suis la cause de toutes tes
« peines, et de celles qu'éprouvent maintenant nos
« mères. Il ne faut rien faire, pas même le bien, sans
« consulter ses parents. Oh ! j'ai été bien imprudente ! »
et elle se prit à verser des larmes. Cependant elle dit à
Paul : « Prions Dieu, mon frère, et il aura pitié de
nous. » A peine avaient-ils achevé leur prière qu'ils

entendirent un chien aboyer. « C'est, dit Paul, le chien
« de quelque chasseur qui vient le soir tuer des cerfs à
« l'affût. » Peu après, les aboiements du chien redou-
blèrent. « Il me semble, dit Virginie, que c'est Fidèle,
« le chien de notre case; oui, je reconnais sa voix :
« serions-nous si près d'arriver et au pied de notre
« montagne ? » En effet un moment après Fidèle était à
leurs pieds, aboyant, hurlant, gémissant, et les acca-
blant de caresses. Comme ils ne pouvaient revenir de
leur surprise ils aperçurent Domingue qui accourait à
eux. A l'arrivée de ce bon noir, qui pleurait de joie, ils
se mirent aussi à pleurer sans pouvoir lui dire un mot.
Quand Domingue eut repris ses sens : « O mes jeunes
« maîtres, leur dit-il, que vos mères ont d'inquiétude !
« comme elles ont été étonnées quand elles ne vous ont
« plus trouvés au retour de la messe où je les accompa-
« gnais ! Marie, qui travaillait dans un coin de l'habita-
« tion, n'a su nous dire où vous étiez allés. J'allais, je
« venais autour de l'habitation, ne sachant moi-même
« de quel côté vous chercher. Enfin j'ai pris vos vieux
« habits à l'un et à l'autre[1], je les ai fait flairer à Fidèle ;
« et sur-le-champ, comme si ce pauvre animal m'eût
« entendu, il s'est mis à quêter sur vos pas ; il m'a
« conduit, toujours en remuant la queue, jusqu'à la
« Rivière-noire. C'est là où j'ai appris d'un habitant que
« vous lui aviez ramené une négresse marronne, et qu'il
« vous avait accordé sa grâce. Mais quelle grâce ! il me
« l'a montrée attachée, avec une chaîne au pied, à un
« billot de bois, et avec un collier de fer à trois crochets
« autour du cou. De là Fidèle, toujours quêtant, m'a
« mené sur le morne de la Rivière-noire, où il s'est
« arrêté encore en aboyant de toute sa force ; c'était sur
« le bord d'une source auprès d'un palmiste abattu, et
« près d'un feu qui fumait encore. Enfin il m'a conduit
« ici : nous sommes au pied de la montagne des Trois-

---

1. « Ce trait de sagacité du noir Domingue, et de son chien
Fidèle, ressemble beaucoup à celui du sauvage Téwénissa et de son
chien Oniah, rapporté par M. de Crèvecœur, dans son ouvrage plein
d'humanité, intitulé *Lettre (sic) d'un Cultivateur américain*. » (*Note de
Bernardin.*)

« mamelles, et il y a encore quatre bonnes lieues jusque
« chez nous. Allons, mangez, et prenez des forces. » Il
leur présenta aussitôt un gâteau, des fruits, et une
grande calebasse remplie d'une liqueur composée
d'eau, de vin, de jus de citron, de sucre et de muscade,
que leurs mères avaient préparée pour les fortifier et les
rafraîchir. Virginie soupira au souvenir de la pauvre
esclave, et des inquiétudes de leurs mères. Elle répéta
plusieurs fois : « Oh qu'il est difficile de faire le bien ! »
Pendant que Paul et elle se rafraîchissaient, Domingue
alluma du feu, et ayant cherché dans les rochers un bois
tordu qu'on appelle bois de ronde, et qui brûle tout vert
en jetant une grande flamme, il en fit un flambeau qu'il
alluma ; car il était déjà nuit. Mais il éprouva un
embarras bien plus grand quand il fallut se mettre en
route : Paul et Virginie ne pouvaient plus marcher ;
leurs pieds étaient enflés et tout rouges. Domingue ne
savait s'il devait aller bien loin de là leur chercher du
secours, ou passer dans ce lieu la nuit avec eux. « Où est
« le temps, leur disait-il, où je vous portais tous deux à
« la fois dans mes bras ? mais maintenant vous êtes
« grands, et je suis vieux. » Comme il était dans cette
perplexité une troupe de noirs marrons se fit voir à
vingt pas de là. Le chef de cette troupe, s'approchant de
Paul et de Virginie, leur dit : « Bons petits blancs,
« n'ayez pas peur ; nous vous avons vus passer ce matin
« avec une négresse de la Rivière-noire ; vous alliez
« demander sa grâce à son mauvais maître : en
« reconnaissance nous vous reporterons chez vous sur
« nos épaules. » Alors il fit un signe, et quatre noirs
marrons des plus robustes firent aussitôt un brancard
avec des branches d'arbres et des lianes, y placèrent
Paul et Virginie, les mirent sur leurs épaules ; et
Domingue marchant devant eux avec son flambeau, ils
se mirent en route aux cris de joie de toute la troupe,
qui les comblait de bénédictions. Virginie attendrie
disait à Paul : « Oh, mon ami ! jamais Dieu ne laisse un
« bienfait sans récompense. »
   Ils arrivèrent vers le milieu de la nuit au pied de leur
montagne, dont les croupes étaient éclairées de plusieurs feux. A peine ils la montaient qu'ils entendirent
des voix qui criaient : « Est-ce vous, mes enfants ? » Ils

répondirent avec les noirs : « Oui, c'est nous »; et
bientôt ils aperçurent leurs mères et Marie qui venaient
au-devant d'eux avec des tisons flambants. « Malheu-
« reux enfants, dit madame de la Tour, d'où venez-
« vous? dans quelles angoisses vous nous avez jetées!
« — Nous venons, dit Virginie, de la Rivière-noire
« demander la grâce d'une pauvre esclave marronne, à
« qui j'ai donné ce matin le déjeuner de la maison,
« parce qu'elle mourait de faim; et voilà que les noirs
« marrons nous ont ramenés. » Madame de la Tour
embrassa sa fille sans pouvoir parler; et Virginie, qui
sentit son visage mouillé des larmes de sa mère, lui dit :
« Vous me payez de tout le mal que j'ai souffert! »
Marguerite, ravie de joie, serrait Paul dans ses bras, et
lui disait : « Et toi aussi, mon fils, tu as fait une bonne
« action. » Quand elles furent arrivées dans leur case
avec leurs enfants elles donnèrent bien à manger aux
noirs marrons, qui s'en retournèrent dans leurs bois en
leur souhaitant toute sorte de prospérités.

Chaque jour était pour ces familles un jour de bonheur et de paix. Ni l'envie ni l'ambition ne les tour-
mentaient. Elles ne désiraient point au-dehors une
vaine réputation que donne l'intrigue, et qu'ôte la
calomnie; il leur suffisait d'être à elles-mêmes leurs
témoins et leurs juges. Dans cette île, où, comme dans
toutes les colonies européennes, on n'est curieux que
d'anecdotes malignes, leurs vertus et même leurs noms
étaient ignorés; seulement quand un passant demandait
sur le chemin des Pamplemousses à quelques habitants
de la plaine : « Qui est-ce qui demeure là-haut dans ces
petites cases? » ceux-ci répondaient sans les connaître :
« Ce sont de bonnes gens. » Ainsi des violettes, sous
des buissons épineux, exhalent au loin leurs doux
parfums, quoiqu'on ne les voie pas.

Elles avaient banni de leurs conversations la médisance, qui, sous une apparence de justice, dispose
nécessairement le cœur à la haine ou à la fausseté; car il
est impossible de ne pas haïr les hommes si on les croit
méchants, et de vivre avec les méchants si on ne leur

cache sa haine sous de fausses apparences de bienveillance. Ainsi la médisance nous oblige d'être mal avec
les autres ou avec nous-mêmes. Mais, sans juger des
hommes en particulier, elles ne s'entretenaient que des
moyens de faire du bien à tous en général ; et
quoiqu'elles n'en eussent pas le pouvoir, elles en
avaient une volonté perpétuelle qui les remplissait
d'une bienveillance toujours prête à s'étendre au-
dehors. En vivant donc dans la solitude, loin d'être
sauvages, elles étaient devenues plus humaines. Si
l'histoire scandaleuse de la société ne fournissait point
de matière à leurs conversations, celle de la nature les
remplissait de ravissement et de joie. Elles admiraient
avec transport le pouvoir d'une providence qui par
leurs mains avait répandu au milieu de ces arides
rochers l'abondance, les grâces, les plaisirs purs,
simples, et toujours renaissants.

Paul, à l'âge de douze ans, plus robuste et plus
intelligent que les Européens à quinze, avait embelli ce
que le noir Domingue ne faisait que cultiver. Il allait
avec lui dans les bois voisins déraciner de jeunes plants
de citronniers, d'orangers, de tamarins dont la tête
ronde est d'un si beau vert, et d'attiers dont le fruit est
plein d'une crème sucrée qui a le parfum de la fleur
d'orange : il plantait ces arbres déjà grands autour de
cette enceinte. Il y avait semé des graines d'arbres qui
dès la seconde année portent des fleurs ou des fruits,
tels que l'agathis, où pendent tout autour, comme les
cristaux d'un lustre, de longues grappes de fleurs
blanches ; le lilas de Perse, qui élève droit en l'air ses
girandoles gris de lin ; le papayer, dont le tronc sans
branches, formé en colonne hérissée de melons verts,
porte un chapiteau de larges feuilles semblables à celle
du figuier.

Il y avait planté encore des pépins et des noyaux de
badamiers, de manguiers, d'avocats, de goyaviers, de
jaques et de jameroses. La plupart de ces arbres donnaient déjà à leur jeune maître de l'ombrage et des
fruits. Sa main laborieuse avait répandu la fécondité
jusque dans les lieux les plus stériles de cet enclos.

Diverses espèces d'aloès, la raquette chargée de fleurs jaunes fouettées de rouge, les cierges épineux, s'élevaient sur les têtes noires des roches, et semblaient vouloir atteindre aux longues lianes, chargées de fleurs bleues ou écarlates, qui pendaient çà et là le long des escarpements de la montagne.

Il avait disposé ces végétaux de manière qu'on pouvait jouir de leur vue d'un seul coup d'œil. Il avait planté au milieu de ce bassin les herbes qui s'élèvent peu, ensuite les arbrisseaux, puis les arbres moyens, et enfin les grands arbres qui en bordaient la circonférence ; de sorte que ce vaste enclos paraissait de son centre comme un amphithéâtre de verdure, de fruits et de fleurs, renfermant des plantes potagères, des lisières de prairies, et des champs de riz et de blé. Mais en assujettissant ces végétaux à son plan, il ne s'était pas écarté de celui de la nature ; guidé par ses indications, il avait mis dans les lieux élevés ceux dont les semences sont volatiles, et sur le bord des eaux ceux dont les graines sont faites pour flotter : ainsi chaque végétal croissait dans son site propre et chaque site recevait de son végétal sa parure naturelle. Les eaux qui descendent du sommet de ces roches formaient au fond du vallon, ici des fontaines, là de larges miroirs qui répétaient au milieu de la verdure les arbres en fleurs, les rochers, et l'azur des cieux.

Malgré la grande irrégularité de ce terrain toutes ces plantations étaient pour la plupart aussi accessibles au toucher qu'à la vue : à la vérité nous l'aidions tous de nos conseils et de nos secours pour en venir à bout. Il avait pratiqué un sentier qui tournait autour de ce bassin et dont plusieurs rameaux venaient se rendre de la circonférence au centre. Il avait tiré parti des lieux les plus raboteux, et accordé par la plus heureuse harmonie la facilité de la promenade avec l'aspérité du sol, et les arbres domestiques avec les sauvages. De cette énorme quantité de pierres roulantes qui embarrasse maintenant ces chemins ainsi que la plupart du terrain de cette île, il avait formé çà et là des pyramides, dans les assises desquelles il avait mêlé de la terre et des racines de rosiers, de poincillades, et d'autres arbrisseaux qui se plaisent dans les roches ; en peu de temps ces pyramides sombres et brutes furent couvertes de verdure, ou de l'éclat des plus belles fleurs. Les ravins bordés de vieux arbres inclinés sur les bords formaient des souterrains voûtés inaccessibles à la chaleur, où l'on allait prendre le frais pendant le jour. Un sentier conduisait dans un bosquet d'arbres sauvages, au centre duquel croissait à l'abri des vents un arbre domestique chargé de fruits. Là était une moisson, ici un verger. Par cette avenue on apercevait les maisons ; par cette autre, les sommets inaccessibles de la montagne. Sous un bocage touffu de tatamaques entrelacés de lianes on ne distinguait en plein midi aucun objet ; sur la pointe de ce grand rocher voisin qui sort de la montagne on découvrait tous ceux de cet enclos, avec la mer au loin, où apparaissait quelquefois un vaisseau qui venait de l'Europe, ou qui y retournait. C'était sur ce rocher que ces familles se rassemblaient le soir, et jouissaient en silence de la fraîcheur de l'air, du parfum des fleurs, du murmure des fontaines, et des dernières harmonies de la lumière et des ombres.

Rien n'était plus agréable que les noms donnés à la plupart des retraites charmantes de ce labyrinthe. Ce rocher dont je viens de vous parler, d'où l'on me voyait venir de bien loin, s'appelait la DÉCOUVERTE DE L'AMI-TIÉ. Paul et Virginie, dans leurs jeux, y avaient planté un bambou, au haut duquel ils élevaient un petit mouchoir blanc pour signaler mon arrivée dès qu'ils m'apercevaient, ainsi qu'on élève un pavillon sur la montagne voisine, à la vue d'un vaisseau en mer. L'idée me vint de graver une inscription sur la tige de ce roseau. Quelque plaisir que j'aie eu dans mes voyages à voir une statue ou un monument de l'antiquité, j'en ai encore davantage à lire une inscription bien faite ; il me semble alors qu'une voix humaine sorte de la pierre, se fasse entendre à travers les siècles, et s'adressant à l'homme au milieu des déserts, lui dise qu'il n'est pas seul, et que d'autres hommes dans ces mêmes lieux ont senti, pensé, et souffert comme lui : que si cette inscription est de quelque nation ancienne qui ne subsiste plus, elle étend notre âme dans les champs de l'infini, et lui donne le sentiment de son immortalité, en lui montrant qu'une pensée a survécu à la ruine même d'un empire.

J'écrivis donc sur le petit mât de pavillon de Paul et Virginie ces vers d'Horace :

> ... *Fratres Helenæ, lucida sidera,*
> *Ventorumque regat pater,*
> *Obstrictis aliis, præter iapyga.*

« Que les frères d'Hélène, astres charmants comme « vous, et que le père des vents vous dirigent, et ne « fassent souffler que le zéphyr. »

Je gravai ce vers de Virgile sur l'écorce d'un tatamaque, à l'ombre duquel Paul s'asseyait quelquefois pour regarder au loin la mer agitée :

> *Fortunatus et ille deos qui novit agrestes !*

« Heureux, mon fils, de ne connaître que les divini- « tés champêtres ! »

Et cet autre, au-dessus de la porte de la cabane de madame de la Tour, qui était leur lieu d'assemblée :

> *At secura quies, et nescia fallere vita.*

« Ici est une bonne conscience, et une vie qui ne sait « pas tromper. »

Mais Virginie n'approuvait point mon latin ; elle disait que ce que j'avais mis au pied de sa girouette était trop long et trop savant : « J'eusse mieux aimé, ajou- « tait-elle, TOUJOURS AGITÉE, MAIS CONSTANTE. — « Cette devise, lui répondis-je, conviendrait encore « mieux à la vertu. » Ma réflexion la fit rougir.

Ces familles heureuses étendaient leurs âmes sensibles à tout ce qui les environnait. Elles avaient donné les noms les plus tendres aux objets en apparence les plus indifférents. Un cercle d'orangers, de bananiers et de jameroses plantés autour d'une pelouse, au milieu de laquelle Virginie et Paul allaient quelquefois danser, se nommait LA CONCORDE. Un vieux arbre, à l'ombre duquel madame de la Tour et Marguerite s'étaient raconté leurs malheurs, s'appelait LES PLEURS ESSUYÉS. Elles faisaient porter les noms de BRETAGNE et de NORMANDIE à de petites portions de terre où elles avaient semé du blé, des fraises et des pois. Domingue et Marie désirant, à l'imitation de leurs maîtresses, se rappeler les lieux de leur naissance en Afrique, appelaient ANGOLA et FOULLEPOINTE deux endroits où croissait l'herbe dont ils faisaient des paniers, et où ils avaient planté un calebassier. Ainsi, par ces productions de leurs climats, ces familles expatriées entretenaient les douces illusions de leur pays et en calmaient les regrets dans une terre étrangère. Hélas! j'ai vu s'animer de mille appellations charmantes les arbres, les fontaines, les rochers de ce lieu maintenant si bouleversé, et qui, semblable à un champ de la Grèce, n'offre plus que des ruines et des noms touchants.

Mais de tout ce que renfermait cette enceinte, rien n'était plus agréable que ce qu'on appelait le REPOS DE VIRGINIE. Au pied du rocher la DÉCOUVERTE DE L'AMITIÉ est un enfoncement d'où sort une fontaine, qui forme dès sa source une petite flaque d'eau, au milieu d'un pré d'une herbe fine. Lorsque Marguerite eut mis Paul au monde je lui fis présent d'un coco des Indes qu'on m'avait donné. Elle planta ce fruit sur le bord de cette flaque d'eau, afin que l'arbre qu'il produirait servît un jour d'époque à la naissance de son fils. Madame de la Tour, à son exemple, y en planta un autre dans une semblable intention dès qu'elle fut accouchée de Virginie. Il naquit de ces deux fruits deux cocotiers, qui formaient toutes les archives de ces deux familles ; l'un se nommait l'arbre de Paul, et l'autre, l'arbre de Virginie. Ils crûrent tous deux, dans la même proportion que leurs jeunes maîtres, d'une hauteur un peu inégale, mais qui surpassait au bout de douze ans celle de leurs cabanes. Déjà ils entrelaçaient leurs palmes, et laissaient pendre leurs jeunes grappes de cocos au-dessus du bassin de la fontaine. Excepté cette plantation on avait laissé cet enfoncement du rocher tel que la nature l'avait orné. Sur ses flancs bruns et humides rayonnaient en étoiles vertes et noires de larges capillaires, et flottaient au gré des vents des touffes de scolopendre suspendues comme de longs rubans d'un vert pourpré. Près de là croissaient des lisières de pervenche, dont les fleurs sont presque semblables à celles de la giroflée rouge, et des piments, dont les gousses couleur de sang sont plus éclatantes que le corail. Aux environs, l'herbe de baume, dont les feuilles sont en cœur, et les basilics à odeur de girofle, exhalaient les plus doux parfums. Du haut de l'escarpement de la montagne pendaient des lianes semblables à des draperies flottantes, qui formaient sur les flancs des rochers de grandes courtines de verdure. Les oiseaux de mer, attirés par ces retraites paisibles, y venaient passer la nuit. Au coucher du soleil on y voyait voler le long des rivages de la mer le corbigeau et l'alouette marine, et au haut des airs la noire frégate, avec l'oiseau blanc du tropique, qui abandonnaient, ainsi que l'astre du jour, les solitudes de l'océan indien. Virginie aimait à se reposer sur les bords de cette fontaine, décorée d'une pompe à la fois magnifique et sauvage. Souvent elle y venait laver le linge de la famille à l'ombre des deux cocotiers. Quelquefois elle y menait paître ses chèvres. Pendant qu'elle préparait des fromages avec leur lait, elle se plaisait à leur voir brouter les capillaires sur les flancs escarpés de la roche, et se tenir en l'air sur une de ses corniches comme sur un piédestal. Paul, voyant que ce lieu était aimé de Virginie, y apporta de la forêt voisine des nids de toute sorte d'oiseaux. Les pères et les mères de ces oiseaux suivirent leurs petits, et vinrent s'établir dans cette nouvelle colonie. Virginie leur distribuait de temps en temps des grains de riz, de maïs et de millet : dès qu'elle paraissait, les merles siffleurs, les bengalis, dont le ramage est si doux, les cardinaux, dont le plumage est couleur de feu, quittaient leurs buissons ; des perruches vertes comme des émeraudes descendaient des lataniers voisins; des perdrix accouraient sous l'herbe : tous s'avançaient pêle-mêle jusqu'à ses pieds comme des poules. Paul et elle s'amusaient avec transport de leurs jeux, de leurs appétits, et de leurs amours.

Aimables enfants, vous passiez ainsi dans l'innocence vos premiers jours en vous exerçant aux bienfaits! Combien de fois dans ce lieu vos mères, vous serrant dans leurs bras, bénissaient le ciel de la consolation que vous prépariez à leur vieillesse, et de vous voir entrer dans la vie sous de si heureux auspices! Combien de fois, à l'ombre de ces rochers, ai-je partagé avec elles vos repas champêtres qui n'avaient coûté la vie à aucun animal! des calebasses pleines de lait, des œufs frais, des gâteaux de riz sur des feuilles de bananier, des corbeilles chargées de patates, de mangues, d'oranges, de grenades, de bananes, d'attes, d'ananas, offraient à la fois les mets les plus sains, les couleurs les plus gaies, et les sucs les plus agréables.

La conversation était aussi douce et aussi innocente que ces festins : Paul y parlait souvent des travaux du jour et de ceux du lendemain. Il méditait toujours quelque chose d'utile pour la société. Ici les sentiers n'étaient pas commodes; là on était mal assis; ces jeunes berceaux ne donnaient pas assez d'ombrage; Virginie serait mieux là.

Dans la saison pluvieuse ils passaient le jour tous ensemble dans la case, maîtres et serviteurs, occupés à faire des nattes d'herbes et des paniers de bambou. On voyait rangés dans le plus grand ordre aux parois de la muraille des râteaux, des haches, des bêches; et auprès de ces instruments de l'agriculture les productions qui en étaient les fruits, des sacs de riz, des gerbes de blé, et des régimes de bananes. La délicatesse s'y joignait toujours à l'abondance. Virginie, instruite par Marguerite et par sa mère, y préparait des sorbets et des cordiaux avec le jus des cannes à sucre, des citrons et des cédrats.

La nuit venue, ils soupaient à la lueur d'une lampe; ensuite madame de la Tour ou Marguerite racontait quelques histoires de voyageurs égarés la nuit dans les bois de l'Europe infestés de voleurs, ou le naufrage de quelque vaisseau jeté par la tempête sur les rochers d'une île déserte. A ces récits les âmes sensibles de leurs enfants s'enflammaient; ils priaient le ciel de leur faire

la grâce d'exercer quelque jour l'hospitalité envers de
semblables malheureux. Cependant les deux familles se
séparaient pour aller prendre du repos, dans l'impa-
tience de se revoir le lendemain. Quelquefois elles
s'endormaient au bruit de la pluie qui tombait par
torrents sur la couverture de leurs cases, ou à celui des
vents qui leur apportaient le murmure lointain des flots
qui se brisaient sur le rivage. Elles bénissaient Dieu de
leur sécurité personnelle, dont le sentiment redoublait
par celui du danger éloigné.

De temps en temps madame de la Tour lisait publi-
quement quelque histoire touchante de l'ancien ou du
nouveau Testament. Ils raisonnaient peu sur ces livres
sacrés ; car leur théologie était toute en sentiment,
comme celle de la nature, et leur morale toute en action,
comme celle de l'Evangile. Ils n'avaient point de jours
destinés aux plaisirs et d'autres à la tristesse. Chaque
jour était pour eux un jour de fête, et tout ce qui les
environnait un temple divin, où ils admiraient sans
cesse une Intelligence infinie, toute-puissante, et amie
des hommes ; ce sentiment de confiance dans le pouvoir
suprême les remplissait de consolation pour le passé, de
courage pour le présent, et d'espérance pour l'avenir.
Voilà comme ces femmes, forcées par le malheur de
rentrer dans la nature, avaient développé en elles-
mêmes et dans leurs enfants ces sentiments que donne
la nature pour nous empêcher de tomber dans le
malheur.

Mais comme il s'élève quelquefois dans l'âme la
mieux réglée des nuages qui la troublent, quand quelque membre de leur société paraissait triste, tous les
autres se réunissaient autour de lui, et l'enlevaient aux
pensées amères, plus par des sentiments que par des
réflexions. Chacun y employait son caractère particulier ; Marguerite, une gaieté vive ; madame de la
Tour, une théologie douce ; Virginie, des caresses
tendres ; Paul, de la franchise et de la cordialité ; Marie
et Domingue même venaient à son secours. Ils s'affli-
geaient s'ils le voyaient affligé, et ils pleuraient s'ils le
voyaient pleurer. Ainsi des plantes faibles s'entrelacent
ensemble pour résister aux ouragans.

Dans la belle saison ils allaient tous les dimanches à la messe à l'église des Pamplemousses dont vous voyez le clocher là-bas dans la plaine. Il y venait des habitants riches, en palanquin, qui s'empressèrent plusieurs fois de faire la connaissance de ces familles si unies, et de les inviter à des parties de plaisir. Mais elles repoussèrent toujours leurs offres avec honnêteté et respect, persuadées que les gens puissants ne recherchent les faibles que pour avoir des complaisants, et qu'on ne peut être complaisant qu'en flattant les passions d'autrui, bonnes et mauvaises. D'un autre côté elles n'évitaient pas avec moins de soin l'accointance des petits habitants pour l'ordinaire jaloux, médisants et grossiers. Elles passèrent d'abord auprès des uns pour timides, et auprès des autres pour fières ; mais leur conduite réservée était accompagnée de marques de politesse si obligeantes, surtout envers les misérables, qu'elles acquirent insensiblement le respect des riches et la confiance des pauvres.

Après la messe on venait souvent les requérir de quelque bon office. C'était une personne affligée qui leur demandait des conseils, ou un enfant qui les priait de passer chez sa mère malade dans un des quartiers voisins. Elles portaient toujours avec elles quelques recettes utiles aux maladies ordinaires aux habitants, et elles y joignaient la bonne grâce, qui donne tant de prix aux petits services. Elles réussissaient surtout à bannir les peines de l'esprit, si intolérables dans la solitude et dans un corps infirme. Madame de la Tour parlait avec tant de confiance de la Divinité que le malade en l'écoutant la croyait présente. Virginie revenait bien souvent de là les yeux humides de larmes, mais le cœur rempli de joie, car elle avait eu l'occasion de faire du bien. C'était elle qui préparait d'avance les remèdes nécessaires aux malades, et qui les leur présentait avec une grâce ineffable. Après ces visites d'humanité, elles prolongeaient quelquefois leur chemin par la vallée de la Montagne-longue jusque chez moi, où je les attendais à dîner sur les bords de la petite rivière qui coule dans mon voisinage. Je me procurais pour ces occasions

quelques bouteilles de vin vieux, afin d'augmenter la
gaieté de nos repas indiens par ces douces et cordiales
productions de l'Europe. D'autres fois nous nous don-
nions rendez-vous sur les bords de la mer, à l'embou-
chure de quelques autres petites rivières, qui ne sont
guère ici que de grands ruisseaux : nous y apportions
de l'habitation des provisions végétales que nous joi-
gnions à celles que la mer nous fournissait en abondance. Nous pêchions sur ses rivages des cabots, des
polypes, des rougets, des langoustes, des chevrettes,
des crabes, des oursins, des huîtres, et des coquillages
de toute espèce. Les sites les plus terribles nous procuraient souvent les plaisirs les plus tranquilles. Quelquefois, assis sur un rocher, à l'ombre d'un veloutier,
nous voyions les flots du large venir se briser à nos pieds
avec un horrible fracas. Paul, qui nageait d'ailleurs
comme un poisson, s'avançait quelquefois sur les récifs
au-devant des lames, puis à leur approche il fuyait sur le
rivage devant leurs grandes volutes écumeuses et
mugissantes qui le poursuivaient bien avant sur la
grève. Mais Virginie à cette vue jetait des cris perçants,
et disait que ces jeux-là lui faisaient grand-peur.

   Nos repas étaient suivis des chants et des danses de
ces deux jeunes gens. Virginie chantait le bonheur de la
vie champêtre, et les malheurs des gens de mer que
l'avarice porte à naviguer sur un élément furieux, plutôt
que de cultiver la terre, qui donne paisiblement tant de
biens. Quelquefois, à la manière des noirs, elle exé-
cutait avec Paul une pantomime. La pantomime est le
premier langage de l'homme ; elle est connue de toutes
les nations ; elle est si naturelle et si expressive que les
enfants des blancs ne tardent pas à l'apprendre dès
qu'ils ont vu ceux des noirs s'y exercer. Virginie se
rappelant, dans les lectures que lui faisait sa mère, les
histoires qui l'avaient le plus touchée, en rendait les
principaux événements avec beaucoup de naïveté. Tantôt, au son du tam-tam de Domingue, elle se présentait
sur la pelouse, portant une cruche sur sa tête ; elle
s'avançait avec timidité à la source d'une fontaine
voisine pour y puiser de l'eau. Domingue et Marie,

représentant les bergers de Madian, lui en défendaient l'approche et feignaient de la repousser. Paul accourait à son secours, battait les bergers, remplissait la cruche de Virginie, et en la lui posant sur la tête il lui mettait en même temps une couronne de fleurs rouges de pervenche qui relevait la blancheur de son teint. Alors, me prêtant à leurs jeux, je me chargeais du personnage de Raguel, et j'accordais à Paul ma fille Séphora en mariage.

Une autre fois elle représentait l'infortunée Ruth qui retourne veuve et pauvre dans son pays, où elle se trouve étrangère après une longue absence. Domingue et Marie contrefaisaient les moissonneurs. Virginie feignait de glaner çà et là sur leurs pas quelques épis de blé. Paul, imitant la gravité d'un patriarche, l'interrogeait; elle répondait en tremblant à ses questions. Bientôt ému de pitié il accordait l'hospitalité à l'innocence, et un asile à l'infortune; il remplissait le tablier de Virginie de toutes sortes de provisions, et l'amenait devant nous, comme devant les anciens de la ville, en déclarant qu'il la prenait en mariage malgré son indigence. Madame de la Tour, à cette scène, venant à se rappeler l'abandon où l'avaient laissée ses propres parents, son veuvage, la bonne réception que lui avait faite Marguerite, suivie maintenant de l'espoir d'un mariage heureux entre leurs enfants, ne pouvait s'empêcher de pleurer; et ce souvenir confus de maux et de biens nous faisait verser à tous des larmes de douleur et de joie.

Ces drames étaient rendus avec tant de vérité qu'on se croyait transporté dans les champs de la Syrie ou de la Palestine. Nous ne manquions point de décorations, d'illuminations et d'orchestre convenables à ce spectacle. Le lieu de la scène était pour l'ordinaire au carrefour d'une forêt dont les percées formaient autour de nous plusieurs arcades de feuillage : nous étions à leur centre abrités de la chaleur pendant toute la journée; mais quand le soleil était descendu à l'horizon, ses rayons, brisés par les troncs des arbres, divergeaient dans les ombres de la forêt en longues gerbes lumineuses qui produisaient le plus majestueux effet. Quelquefois son disque tout entier paraissait à l'extrémité d'une avenue et la rendait toute étincelante de lumière. Le feuillage des arbres, éclairés en dessous de ses rayons safranés, brillait des feux de la topaze et de l'émeraude; leurs troncs mousseux et bruns paraissaient changés en colonnes de bronze antique; et les oiseaux déjà retirés en silence sous la sombre feuillée pour y passer la nuit, surpris de revoir une seconde aurore, saluaient tous à la fois l'astre du jour par mille et mille chansons.

La nuit nous surprenait bien souvent dans ces fêtes champêtres; mais la pureté de l'air et la douceur du climat nous permettaient de dormir sous un ajoupa, au milieu des bois, sans craindre d'ailleurs les voleurs ni de près ni de loin. Chacun le lendemain retournait dans sa case, et la retrouvait dans l'état où il l'avait laissée. Il y avait alors tant de bonne foi et de simplicité dans cette île sans commerce, que les portes de beaucoup de maisons ne fermaient point à la clef, et qu'une serrure était un objet de curiosité pour plusieurs Créoles.

Mais il y avait dans l'année des jours qui étaient pour Paul et Virginie des jours de plus grandes réjouissances; c'étaient les fêtes de leurs mères. Virginie ne manquait pas la veille de pétrir et de cuire des gâteaux de farine de froment, qu'elle envoyait à de pauvres familles de blancs, nées dans l'île, qui n'avaient jamais mangé de pain d'Europe, et qui sans aucun secours de noirs, réduites à vivre de manioc au milieu des bois, n'avaient pour supporter la pauvreté ni la stupidité qui accompagne l'esclavage, ni le courage qui vient de l'éducation. Ces gâteaux étaient les seuls présents que Virginie pût faire de l'aisance de l'habitation; mais elle y joignait une bonne grâce qui leur donnait un grand prix. D'abord c'était Paul qui était chargé de les porter lui-même à ces familles, et elles s'engageaient en les recevant de venir le lendemain passer la journée chez madame de la Tour et Marguerite. On voyait alors arriver une mère de famille avec deux ou trois misérables filles, jaunes, maigres et si timides qu'elles

n'osaient lever les yeux. Virginie les mettait bientôt à
leur aise ; elle leur servait des rafraîchissements, dont
elle relevait la bonté par quelque circonstance particulière qui en augmentait selon elle l'agrément. Cette
liqueur avait été préparée par Marguerite, cette autre
par sa mère ; son frère avait cueilli lui-même ce fruit au
haut d'un arbre. Elle engageait Paul à les faire danser.
Elle ne les quittait point qu'elle ne les vît contentes et
satisfaites ; elle voulait qu'elles fussent joyeuses de la
joie de sa famille. « On ne fait son bonheur, disait-elle,
qu'en s'occupant de celui des autres. » Quand elles s'en
retournaient elle les engageait d'emporter ce qui paraissait leur avoir fait plaisir, couvrant la nécessité d'agréer
ses présents du prétexte de leur nouveauté ou de leur
singularité. Si elle remarquait trop de délabrement dans
leurs habits, elle choisissait, avec l'agrément de sa
mère, quelques-uns des siens, et elle chargeait Paul
d'aller secrètement les déposer à la porte de leurs cases.
Ainsi elle faisait le bien, à l'exemple de la Divinité,
cachant la bienfaitrice, et montrant le bienfait.

Vous autres Européens, dont l'esprit se remplit dès
l'enfance de tant de préjugés contraires au bonheur,
vous ne pouvez concevoir que la nature puisse donner
tant de lumières et de plaisirs. Votre âme, circonscrite
dans une petite sphère de connaissances humaines,
atteint bientôt le terme de ses jouissances artificielles :
mais la nature et le cœur sont inépuisables. Paul et
Virginie n'avaient ni horloges, ni almanachs, ni livres
de chronologie, d'histoire, et de philosophie. Les périodes de leur vie se réglaient sur celles de la nature. Ils
connaissaient les heures du jour par l'ombre des arbres ;
les saisons, par les temps où ils donnent leurs fleurs ou
leurs fruits ; et les années, par le nombre de leurs
récoltes. Ces douces images répandaient les plus grands
charmes dans leurs conversations. « Il est temps de
« dîner, disait Virginie à la famille, les ombres des
« bananiers sont à leurs pieds » ; ou bien : « La nuit
« s'approche, les tamarins ferment leurs feuilles. —
« Quand viendrez-vous nous voir ? lui disaient quel-
« ques amies du voisinage. — Aux cannes de sucre,

« répondait Virginie. — Votre visite nous sera encore
« plus douce et plus agréable, reprenaient ces jeunes
« filles. » Quand on l'interrogeait sur son âge et sur
celui de Paul : « Mon frère, disait-elle, est de l'âge du
« grand cocotier de la fontaine, et moi de celui du plus
« petit. Les manguiers ont donné douze fois leurs
« fruits, et les orangers vingt-quatre fois leurs fleurs
« depuis que je suis au monde. » Leur vie semblait
attachée à celle des arbres comme celle des faunes et des
dryades : ils ne connaissaient d'autres époques histo-
riques que celles de la vie de leurs mères, d'autre
chronologie que celle de leurs vergers, et d'autre philosophie que de faire du bien à tout le monde, et de se
résigner à la volonté de Dieu.

Après tout qu'avaient besoin ces jeunes gens d'être
riches et savants à notre manière ? leurs besoins et leur
ignorance ajoutaient encore à leur félicité. Il n'y avait
point de jour qu'ils ne se communiquassent quelques
secours ou quelques lumières : oui, des lumières ; et
quand il s'y serait mêlé quelques erreurs, l'homme pur
n'en a point de dangereuses à craindre. Ainsi croissaient ces deux enfants de la nature. Aucun souci
n'avait ridé leur front, aucune intempérance n'avait
corrompu leur sang, aucune passion malheureuse
n'avait dépravé leur cœur : l'amour, l'innocence, la
piété, développaient chaque jour la beauté de leur âme
en grâces ineffables, dans leurs traits, leurs attitudes et
leurs mouvements. Au matin de la vie, ils en avaient
toute la fraîcheur : tels dans le jardin d'Eden parurent
nos premiers parents lorsque, sortant des mains de
Dieu, ils se virent, s'approchèrent, et conversèrent
d'abord comme frère et comme sœur. Virginie, douce,
modeste, confiante comme Eve ; et Paul, semblable à
Adam, ayant la taille d'un homme avec la simplicité
d'un enfant.

Quelquefois seul avec elle (il me l'a mille fois
raconté), il lui disait au retour de ses travaux :
« Lorsque je suis fatigué ta vue me délasse. Quand du
« haut de la montagne je t'aperçois au fond de ce vallon,

« tu me parais au milieu de nos vergers comme un
« bouton de rose. Si tu marches vers la maison de nos
« mères, la perdrix qui court vers ses petits a un corsage
« moins beau et une démarche moins légère. Quoique
« je te perde de vue à travers les arbres, je n'ai pas
« besoin de te voir pour te retrouver ; quelque chose de
« toi que je ne puis dire reste pour moi dans l'air où tu
« passes, sur l'herbe où tu t'assieds. Lorsque je
« t'approche, tu ravis tous mes sens. L'azur du ciel est
« moins beau que le bleu de tes yeux ; le chant des
« bengalis, moins doux que le son de ta voix. Si je te
« touche seulement du bout du doigt, tout mon corps
« frémit de plaisir. Souviens-toi du jour où nous pas-
« sâmes à travers les cailloux roulants de la rivière des
« Trois-mamelles. En arrivant sur ses bords j'étais déjà
« bien fatigué ; mais quand je t'eus prise sur mon dos il
« me semblait que j'avais des ailes comme un oiseau.
« Dis-moi par quel charme tu as pu m'enchanter.
« Est-ce par ton esprit ? mais nos mères en ont plus que
« nous deux. Est-ce par tes caresses ? mais elles
« m'embrassent plus souvent que toi. Je crois que c'est
« par ta bonté. Je n'oublierai jamais que tu as marché
« nu-pieds jusqu'à la Rivière-noire pour demander la
« grâce d'une pauvre esclave fugitive. Tiens, ma bien-
« aimée, prends cette branche fleurie de citronnier que
« j'ai cueillie dans la forêt ; tu la mettras la nuit près de
« ton lit. Mange ce rayon de miel ; je l'ai pris pour toi au
« haut d'un rocher. Mais auparavant repose-toi sur
« mon sein, et je serai délassé. »
    Virginie lui répondait : « O mon frère ! les rayons du
« soleil au matin, au haut de ces rochers, me donnent
« moins de joie que ta présence. J'aime bien ma mère,
« j'aime bien la tienne ; mais quand elles t'appellent
« mon fils je les aime encore davantage. Les caresses
« qu'elles te font me sont plus sensibles que celles que
« j'en reçois. Tu me demandes pourquoi tu m'aimes ;
« mais tout ce qui a été élevé ensemble s'aime. Vois nos
« oiseaux ; élevés dans les mêmes nids, ils s'aiment
« comme nous ; ils sont toujours ensemble comme
« nous. Ecoute comme ils s'appellent et se répondent

« d'un arbre à l'autre : de même quand l'écho me fait
« entendre les airs que tu joues sur ta flûte, au haut de la
« montagne, j'en répète les paroles au fond de ce vallon.
« Tu m'es cher, surtout depuis le jour où tu voulais te
« battre pour moi contre le maître de l'esclave. Depuis
« ce temps-là, je me suis dit bien des fois : Ah! mon
« frère a un bon cœur; sans lui je serais morte d'effroi.
« Je prie Dieu tous les jours pour ma mère, pour la
« tienne, pour toi, pour nos pauvres serviteurs; mais
« quand je prononce ton nom il me semble que ma
« dévotion augmente. Je demande si instamment à
« Dieu qu'il ne t'arrive aucun mal! Pourquoi vas-tu si
« loin et si haut me chercher des fruits et des fleurs?
« N'en avons-nous pas assez dans le jardin? Comme te
« voilà fatigué! Tu es tout en nage. » Et avec son petit
mouchoir blanc elle lui essuyait le front et les joues, et
elle lui donnait plusieurs baisers.

Cependant depuis quelque temps Virginie se sentait
agitée d'un mal inconnu. Ses beaux yeux bleus se
marbraient de noir; son teint jaunissait; une langueur
universelle abattait son corps. La sérénité n'était plus
sur son front, ni le sourire sur ses lèvres. On la voyait
tout à coup gaie sans joie, et triste sans chagrin. Elle
fuyait ses jeux innocents, ses doux travaux, et la société
de sa famille bien-aimée. Elle errait çà et là dans les
lieux les plus solitaires de l'habitation, cherchant partout du repos, et ne le trouvant nulle part. Quelquefois,
à la vue de Paul, elle allait vers lui en folâtrant; puis tout
à coup, près de l'aborder, un embarras subit la saisis-
sait; un rouge vif colorait ses joues pâles, et ses yeux
n'osaient plus s'arrêter sur les siens. Paul lui disait :
« La verdure couvre ces rochers, nos oiseaux chantent
« quand ils te voient; tout est gai autour de toi, toi seule
« es triste. » Et il cherchait à la ranimer en l'embras-
sant, mais elle détournait la tête, et fuyait tremblante
vers sa mère. L'infortunée se sentait troublée par les
caresses de son frère. Paul ne comprenait rien à des
caprices si nouveaux et si étranges. Un mal n'arrive
guère seul.

Un de ces étés qui désolent de temps à autre les terres

situées entre les tropiques vint étendre ici ses ravages.
C'était vers la fin de décembre, lorsque le soleil au
capricorne échauffe pendant trois semaines l'Ile-de-
France de ses feux verticaux. Le vent du sud-est qui y
règne presque toute l'année n'y soufflait plus. De longs
tourbillons de poussière s'élevaient sur les chemins, et
restaient suspendus en l'air. La terre se fendait de
toutes parts ; l'herbe était brûlée ; des exhalaisons
chaudes sortaient du flanc des montagnes, et la plupart
de leurs ruisseaux étaient desséchés. Aucun nuage ne
venait du côté de la mer. Seulement pendant le jour des
vapeurs rousses s'élevaient de dessus ses plaines, et
paraissaient au coucher du soleil comme les flammes
d'un incendie. La nuit même n'apportait aucun rafraî-
chissement à l'atmosphère embrasée. L'orbe de la lune,
tout rouge, se levait, dans un horizon embrumé, d'une
grandeur démesurée. Les troupeaux abattus sur les
flancs des collines, le cou tendu vers le ciel, aspirant
l'air, faisaient retentir les vallons de tristes mugisse-
ments. Le cafre même qui les conduisait se couchait sur
la terre pour y trouver de la fraîcheur ; mais partout le
sol était brûlant, et l'air étouffant retentissait du bour-
donnement des insectes qui cherchaient à se désaltérer
dans le sang des hommes et des animaux.

Dans une de ces nuits ardentes, Virginie sentit
redoubler tous les symptômes de son mal. Elle se levait,
elle s'asseyait, elle se recouchait, et ne trouvait dans
aucune attitude ni le sommeil, ni le repos. Elle s'ache-
mine, à la clarté de la lune, vers sa fontaine ; elle en
aperçoit la source qui, malgré la sécheresse, coulait
encore en filets d'argent sur les flancs bruns du rocher.
Elle se plonge dans son bassin. D'abord la fraîcheur
ranime ses sens, et mille souvenirs agréables se présentent à son esprit. Elle se rappelle que dans son
enfance sa mère et Marguerite s'amusaient à la baigner
avec Paul dans ce même lieu ; que Paul ensuite, réser-
vant ce bain pour elle seule, en avait creusé le lit,
couvert le fond de sable, et semé sur ses bords des
herbes aromatiques. Elle entrevoit dans l'eau, sur ses
bras nus et sur son sein, les reflets des deux palmiers

plantés à la naissance de son frère et à la sienne, qui entrelaçaient au-dessus de sa tête leurs rameaux verts et leurs jeunes cocos. Elle pense à l'amitié de Paul, plus douce que les parfums, plus pure que l'eau des fontaines, plus forte que les palmiers unis ; et elle soupire. Elle songe à la nuit, à la solitude, et un feu dévorant la saisit. Aussitôt elle sort, effrayée de ces dangereux ombrages et de ces eaux plus brûlantes que les soleils de la zone torride. Elle court auprès de sa mère chercher un appui contre elle-même. Plusieurs fois, voulant lui raconter ses peines, elle lui pressa les mains dans les siennes ; plusieurs fois elle fut près de prononcer le nom de Paul, mais son cœur oppressé laissa sa langue sans expression, et posant sa tête sur le sein maternel elle ne put que l'inonder de ses larmes.

Madame de la Tour pénétrait bien la cause du mal de sa fille, mais elle n'osait elle-même lui en parler. « Mon « enfant, lui disait-elle, adresse-toi à Dieu, qui dispose « à son gré de la santé et de la vie. Il t'éprouve « aujourd'hui pour te récompenser demain. Songe que « nous ne sommes sur la terre que pour exercer la « vertu. »

Cependant ces chaleurs excessives élevèrent de l'océan des vapeurs qui couvrirent l'île comme un vaste parasol. Les sommets des montagnes les rassemblaient autour d'eux, et de longs sillons de feu sortaient de temps en temps de leurs pitons embrumés. Bientôt des tonnerres affreux firent retentir de leurs éclats les bois, les plaines et les vallons ; des pluies épouvantables, semblables à des cataractes, tombèrent du ciel. Des torrents écumeux se précipitaient le long des flancs de cette montagne : le fond de ce bassin était devenu une mer ; le plateau où sont assises les cabanes, une petite île ; et l'entrée de ce vallon, une écluse par où sortaient pêle-mêle avec les eaux mugissantes les terres, les arbres et les rochers.

Toute la famille tremblante priait Dieu dans la case de madame de la Tour, dont le toit craquait horriblement par l'effort des vents. Quoique la porte et les contrevents en fussent bien fermés, tous les objets s'y

distinguaient à travers les jointures de la charpente, tant
les éclairs étaient vifs et fréquents. L'intrépide Paul,
suivi de Domingue, allait d'une case à l'autre malgré la
fureur de la tempête, assurant ici une paroi avec un
arc-boutant, et enfonçant là un pieu : il ne rentrait que
pour consoler la famille par l'espoir prochain du retour
du beau temps. En effet sur le soir la pluie cessa ; le vent
alizé du sud-est reprit son cours ordinaire ; les nuages
orageux furent jetés vers le nord-est, et le soleil couchant parut à l'horizon.

Le premier désir de Virginie fut de revoir le lieu de
son repos. Paul s'approcha d'elle d'un air timide, et lui
présenta son bras pour l'aider à marcher. Elle l'accepta
en souriant, et ils sortirent ensemble de la case. L'air
était frais et sonore. Des fumées blanches s'élevaient sur
les croupes de la montagne sillonnée çà et là de l'écume
des torrents qui tarissaient de tous côtés. Pour le jardin,
il était tout bouleversé par d'affreux ravins ; la plupart
des arbres fruitiers avaient leurs racines en haut ; de
grands amas de sable couvraient les lisières des prairies,
et avaient comblé le bain de Virginie. Cependant les
deux cocotiers étaient debout et bien verdoyants ; mais
il n'y avait plus aux environs ni gazons, ni berceaux, ni
oiseaux, excepté quelques bengalis qui, sur la pointe
des rochers voisins, déploraient par des chants plaintifs
la perte de leurs petits.

A la vue de cette désolation, Virginie dit à Paul :
« Vous aviez apporté ici des oiseaux, l'ouragan les a
« tués. Vous aviez planté ce jardin, il est détruit. Tout
« périt sur la terre ; il n'y a que le ciel qui ne change
« point. » Paul lui répondit : « Que ne puis-je vous
« donner quelque chose du ciel ! mais je ne possède
« rien, même sur la terre. » Virginie reprit, en rougis-
sant : « Vous avez à vous le portrait de saint Paul. » A
peine eut-elle parlé qu'il courut le chercher dans la case
de sa mère. Ce portrait était une petite miniature
représentant l'ermite Paul. Marguerite y avait une
grande dévotion ; elle l'avait porté longtemps suspendu
à son cou étant fille ; ensuite, devenue mère, elle l'avait

mis à celui de son enfant. Il était même arrivé qu'étant enceinte de lui, et délaissée de tout le monde, à force de contempler l'image de ce bienheureux solitaire, son fruit en avait contracté quelque ressemblance; ce qui l'avait décidée à lui en faire porter le nom, et à lui donner pour patron un saint qui avait passé sa vie loin des hommes, qui l'avaient abusée, puis abandonnée. Virginie, en recevant ce petit portrait des mains de Paul, lui dit d'un ton ému : « Mon frère, il ne me sera « jamais enlevé tant que je vivrai, et je n'oublierai « jamais que tu m'as donné la seule chose que tu « possèdes au monde. » A ce ton d'amitié, à ce retour inespéré de familiarité et de tendresse, Paul voulut l'embrasser; mais aussi légère qu'un oiseau elle lui échappa, et le laissa hors de lui, ne concevant rien à une conduite si extraordinaire.

Cependant Marguerite disait à madame de la Tour : « Pourquoi ne marions-nous pas nos enfants? Ils ont « l'un pour l'autre une passion extrême dont mon fils ne « s'aperçoit pas encore. Lorsque la nature lui aura « parlé, en vain nous veillons sur eux, tout est à « craindre. » Mme de la Tour lui répondit : « Ils sont « trop jeunes et trop pauvres. Quel chagrin pour nous si « Virginie mettait au monde des enfants malheureux, « qu'elle n'aurait peut-être pas la force d'élever! Ton « noir Domingue est bien cassé; Marie est infirme. « Moi-même, chère amie, depuis quinze ans je me sens « fort affaiblie. On vieillit promptement dans les pays « chauds, et encore plus vite dans le chagrin. Paul est « notre unique espérance. Attendons que l'âge ait « formé son tempérament, et qu'il puisse nous soutenir « par son travail. A présent, tu le sais, nous n'avons « guère que le nécessaire de chaque jour. Mais en « faisant passer Paul dans l'Inde pour un peu de temps, « le commerce lui fournira de quoi acheter quelque « esclave : et à son retour ici nous le marierons à « Virginie; car je crois que personne ne peut rendre ma « chère fille aussi heureuse que ton fils Paul. Nous en « parlerons à notre voisin. »

En effet ces dames me consultèrent, et je fus de leur

avis. « Les mers de l'Inde sont belles, leur dis-je. En
« prenant une saison favorable pour passer d'ici aux
« Indes, c'est un voyage de six semaines au plus, et
« d'autant de temps pour en revenir. Nous ferons dans
« notre quartier une pacotille à Paul ; car j'ai des voisins
« qui l'aiment beaucoup. Quand nous ne lui donne-
« rions que du coton brut, dont nous ne faisons aucun
« usage faute de moulins pour l'éplucher ; du bois
« d'ébène, si commun ici qu'il sert au chauffage, et
« quelques résines qui se perdent dans nos bois : tout
« cela se vend assez bien aux Indes, et nous est fort
« inutile ici. »

Je me chargeai de demander à M. de la Bourdonnais
une permission d'embarquement pour ce voyage ; et
avant tout je voulus en prévenir Paul. Mais quel fut
mon étonnement lorsque ce jeune homme me dit avec
un bon sens fort au-dessus de son âge : « Pourquoi
« voulez-vous que je quitte ma famille pour je ne sais
« quel projet de fortune ? Y a-t-il un commerce au
« monde plus avantageux que la culture d'un champ
« qui rend quelquefois cinquante et cent pour un ? Si
« nous voulons faire le commerce, ne pouvons-nous pas
« le faire en portant notre superflu d'ici à la ville, sans
« que j'aille courir aux Indes ? Nos mères me disent que
« Domingue est vieux et cassé ; mais moi je suis jeune,
« et je me renforce chaque jour. Il n'a qu'à leur arriver
« pendant mon absence quelque accident, surtout à
« Virginie qui est déjà souffrante. Oh non, non ! je ne
« saurais me résoudre à les quitter. »

Sa réponse me jeta dans un grand embarras ; car
madame de la Tour ne m'avait pas caché l'état de
Virginie, et le désir qu'elle avait de gagner quelques
années sur l'âge de ces jeunes gens en les éloignant l'un
de l'autre. C'étaient des motifs que je n'osais même
faire soupçonner à Paul.

Sur ces entrefaites un vaisseau arrivé de France
apporta à madame de la Tour une lettre de sa tante. La
crainte de la mort, sans laquelle les cœurs durs ne

seraient jamais sensibles, l'avait frappée. Elle sortait
d'une grande maladie dégénérée en langueur, et que
l'âge rendait incurable. Elle mandait à sa nièce de
repasser en France ; ou, si sa santé ne lui permettait pas
de faire un si long voyage, elle lui enjoignait d'y envoyer
Virginie, à laquelle elle destinait une bonne éducation,
un parti à la cour, et la donation de tous ses biens. Elle
attachait, disait-elle, le retour de ses bontés à l'exécution de ses ordres.

A peine cette lettre fut lue dans la famille qu'elle y
répandit la consternation. Domingue et Marie se mirent
à pleurer. Paul, immobile d'étonnement, paraissait prêt
à se mettre en colère. Virginie, les yeux fixés sur sa
mère, n'osait proférer un mot. « Pourriez-vous nous
« quitter maintenant ? dit Marguerite à madame de la
« Tour. — Non, mon amie ; non, mes enfants, reprit
« madame de la Tour : je ne vous quitterai point. J'ai
« vécu avec vous, et c'est avec vous que je veux mourir.
« Je n'ai connu le bonheur que dans votre amitié. Si ma
« santé est dérangée, d'anciens chagrins en sont cause.
« J'ai été blessée au cœur par la dureté de mes parents et
« par la perte de mon cher époux. Mais depuis, j'ai
« goûté plus de consolation et de félicité avec vous, sous
« ces pauvres cabanes, que jamais les richesses de ma
« famille ne m'en ont fait même espérer dans ma
« patrie. »

A ce discours des larmes de joie coulèrent de tous les
yeux. Paul, serrant madame de la Tour dans ses bras,
lui dit : « Je ne vous quitterai pas non plus ; je n'irai
« point aux Indes. Nous travaillerons tous pour vous,
« chère maman ; rien ne vous manquera jamais avec
« nous. » Mais de toute la société la personne qui
témoigna le moins de joie, et qui y fut la plus sensible,
fut Virginie. Elle parut le reste du jour d'une gaieté
douce, et le retour de sa tranquillité mit le comble à la
satisfaction générale.

Le lendemain, au lever du soleil, comme ils venaient

de faire tous ensemble, suivant leur coutume, la prière
du matin qui précédait le déjeuner, Domingue les
avertit qu'un monsieur à cheval, suivi de deux esclaves,
s'avançait vers l'habitation. C'était M. de la Bourdonnais. Il entra dans la case où toute la famille était à table.
Virginie venait de servir, suivant l'usage du pays, du
café et du riz cuit à l'eau. Elle y avait joint des patates
chaudes et des bananes fraîches. Il y avait pour toute
vaisselle des moitiés de calebasses, et pour linge des
feuilles de bananier. Le gouverneur témoigna d'abord
quelque étonnement de la pauvreté de cette demeure.
Ensuite, s'adressant à madame de la Tour, il lui dit que
les affaires générales l'empêchaient quelquefois de son-
ger aux particulières ; mais qu'elle avait bien des droits
sur lui. « Vous avez, ajouta-t-il, madame, une tante de
« qualité et fort riche à Paris, qui vous réserve sa
« fortune, et vous attend auprès d'elle. »
Madame de la Tour répondit au gouverneur que sa
santé altérée ne lui permettait pas d'entreprendre un si
long voyage. « Au moins, reprit M. de la Bourdonnais,
« pour mademoiselle votre fille, si jeune et si aimable,
« vous ne sauriez sans injustice la priver d'une si grande
« succession. Je ne vous cache pas que votre tante a
« employé l'autorité pour la faire venir auprès d'elle.
« Les bureaux m'ont écrit à ce sujet d'user, s'il le fallait,
« de mon pouvoir ; mais ne l'exerçant que pour rendre
« heureux les habitants de cette colonie, j'attends de
« votre volonté seule un sacrifice de quelques années,
« d'où dépend l'établissement de votre fille, et le bien-
« être de toute votre vie. Pourquoi vient-on aux îles ?
« n'est-ce pas pour y faire fortune ? N'est-il pas bien
« plus agréable de l'aller retrouver dans sa patrie ? »
    En disant ces mots, il posa sur la table un gros sac de
piastres que portait un de ses noirs. « Voilà, ajouta-t-il,
« ce qui est destiné aux préparatifs de voyage de made-
« moiselle votre fille, de la part de votre tante. » Ensuite
il finit par reprocher avec bonté à madame de la Tour de
ne s'être pas adressée à lui dans ses besoins, en la louant
cependant de son noble courage. Paul aussitôt prit la

parole, et dit au gouverneur : « Monsieur, ma mère
« s'est adressée à vous, et vous l'avez mal reçue. —
« Avez-vous un autre enfant, madame ? dit M. de la
« Bourdonnais à madame de la Tour. — Non, mon-
« sieur, reprit-elle, celui-ci est le fils de mon amie ; mais
« lui et Virginie nous sont communs, et également
« chers. — Jeune homme, dit le gouverneur à Paul,
« quand vous aurez acquis l'expérience du monde, vous
« connaîtrez le malheur des gens en place ; vous saurez
« combien il est facile de les prévenir, combien aisé-
« ment ils donnent au vice intrigant ce qui appartient au
« mérite qui se cache. »

M. de la Bourdonnais, invité par madame de la Tour,
s'assit à table auprès d'elle. Il déjeuna, à la manière des
Créoles, avec du café mêlé avec du riz cuit à l'eau. Il fut
charmé de l'ordre et de la propreté de la petite case, de
l'union de ces deux familles charmantes, et du zèle
même de leurs vieux domestiques. « Il n'y a, dit-il, ici
« que des meubles de bois ; mais on y trouve des visages
« sereins et des cœurs d'or. » Paul, charmé de la popu-
larité du gouverneur, lui dit : « Je désire être votre ami,
« car vous êtes un honnête homme. » M. de la Bourdonnais reçut avec plaisir cette marque de cordialité
insulaire. Il embrassa Paul en lui serrant la main, et
l'assura qu'il pouvait compter sur son amitié.

Après déjeuner, il prit madame de la Tour en particulier, et lui dit qu'il se présentait une occasion pro-
chaine d'envoyer sa fille en France, sur un vaisseau prêt
à partir ; qu'il la recommanderait à une dame de ses
parentes qui y était passagère ; qu'il fallait bien se
garder d'abandonner une fortune immense pour une
satisfaction de quelques années. « Votre tante, ajouta-
« t-il en s'en allant, ne peut pas traîner plus de deux
« ans : ses amis me l'ont mandé. Songez-y bien. La
« fortune ne vient pas tous les jours. Consultez-vous.
« Tous les gens de bon sens seront de mon avis. » Elle
lui répondit « que, ne désirant désormais d'autre bon-
« heur dans le monde que celui de sa fille, elle laisserait
« son départ pour la France entièrement à sa disposi-
« tion ».

Madame de la Tour n'était pas fâchée de trouver une occasion de séparer pour quelque temps Virginie et Paul, en procurant un jour leur bonheur mutuel. Elle prit donc sa fille à part, et lui dit : « Mon enfant, nos « domestiques sont vieux ; Paul est bien jeune, Margue-« rite vient sur l'âge ; je suis déjà infirme : si j'allais « mourir, que deviendriez-vous sans fortune au milieu « de ces déserts ? Vous resteriez donc seule, n'ayant « personne qui puisse vous être d'un grand secours, et « obligée, pour vivre, de travailler sans cesse à la terre « comme une mercenaire. Cette idée me pénètre de « douleur. » Virginie lui répondit : « Dieu nous a « condamnés au travail. Vous m'avez appris à travail-« ler, et à le bénir chaque jour. Jusqu'à présent il ne « nous a pas abandonnés, il ne nous abandonnera point « encore. Sa providence veille particulièrement sur les « malheureux. Vous me l'avez dit tant de fois, ma « mère ! Je ne saurais me résoudre à vous quitter. » « Madame de la Tour, émue, reprit : « Je n'ai d'autre « projet que de te rendre heureuse et de te marier un « jour avec Paul, qui n'est point ton frère. Songe « maintenant que sa fortune dépend de toi. »
Une jeune fille qui aime croit que tout le monde l'ignore. Elle met sur ses yeux le voile qu'elle a sur son cœur ; mais quand il est soulevé par une main amie, alors les peines secrètes de son amour s'échappent comme par une barrière ouverte, et les doux épanche-ments de la confiance succèdent aux réserves et aux mystères dont elle s'environnait. Virginie, sensible aux nouveaux témoignages de bonté de sa mère, lui raconta quels avaient été ses combats, qui n'avaient eu d'autres témoins que Dieu seul, qu'elle voyait le secours de sa providence dans celui d'une mère tendre qui approu-vait son inclination, et qui la dirigerait par ses conseils ; que maintenant, appuyée de son support, tout l'enga-geait à rester auprès d'elle, sans inquiétude pour le présent, et sans crainte pour l'avenir.
Madame de la Tour voyant que sa confidence avait produit un effet contraire à celui qu'elle en attendait, lui dit : « Mon enfant, je ne veux point te contraindre ;

« délibère à ton aise ; mais cache ton amour à Paul.
« Quand le cœur d'une fille est pris, son amant n'a plus
« rien à lui demander. »

Vers le soir, comme elle était seule avec Virginie, il
entra chez elle un grand homme vêtu d'une soutane
bleue. C'était un ecclésiastique missionnaire de l'île, et
confesseur de madame de la Tour et de Virginie. Il était
envoyé par le gouverneur. « Mes enfants, dit-il en
« entrant, Dieu soit loué ! Vous voilà riches. Vous
« pourrez écouter votre bon cœur, faire du bien aux
« pauvres. Je sais ce que vous a dit M. de la Bourdon-
« nais, et ce que vous lui avez répondu. Bonne maman,
« votre santé vous oblige de rester ici ; mais vous, jeune
« demoiselle, vous n'avez point d'excuses. Il faut obéir
« à la Providence, à nos vieux parents, même injustes.
« C'est un sacrifice, mais c'est l'ordre de Dieu. Il s'est
« dévoué pour nous ; il faut, à son exemple, se dévouer
« pour le bien de sa famille. Votre voyage en France
« aura une fin heureuse. Ne voulez-vous pas bien y
« aller, ma chère demoiselle ? »

Virginie, les yeux baissés, lui répondit en tremblant :
« Si c'est l'ordre de Dieu, je ne m'oppose à rien. Que la
« volonté de Dieu soit faite ! » dit-elle en pleurant.

Le missionnaire sortit, et fut rendre compte au gouverneur du succès de sa commission. Cependant
madame de la Tour m'envoya prier par Domingue de
passer chez elle pour me consulter sur le départ de
Virginie. Je ne fus point du tout d'avis qu'on la laissât
partir. Je tiens pour principes certains du bonheur qu'il
faut préférer les avantages de la nature à tous ceux de la
fortune, et que nous ne devons point aller chercher hors
de nous ce que nous pouvons trouver chez nous.
J'étends ces maximes à tout, sans exception. Mais que
pouvaient mes conseils de modération contre les illusions d'une grande fortune, et mes raisons naturelles
contre les préjugés du monde et une autorité sacrée
pour madame de la Tour ? Cette dame ne me consulta
donc que par bienséance, et elle ne délibéra plus depuis
la décision de son confesseur. Marguerite même, qui,

malgré les avantages qu'elle espérait pour son fils de la
fortune de Virginie, s'était opposée fortement à son
départ, ne fit plus d'objections. Pour Paul, qui ignorait
le parti auquel on se déterminait, étonné des conversations secrètes de madame de la Tour et de sa fille, il
s'abandonnait à une tristesse sombre. « On trame quel-
« que chose contre moi, dit-il, puisqu'on se cache de
« moi. »

Cependant le bruit s'étant répandu dans l'île que la
fortune avait visité ces rochers, on y vit grimper des
marchands de toute espèce. Ils déployèrent, au milieu
de ces pauvres cabanes, les plus riches étoffes de l'Inde ;
de superbes basins de Goudelour, des mouchoirs de
Paliacate et de Mazulipatan, des mousselines de Daca,
unies, rayées, brodées, transparentes comme le jour,
des baftas de Surate d'un si beau blanc, des chittes de
toutes couleurs et des plus rares, à fond sablé et à
rameaux verts. Ils déroulèrent de magnifiques étoffes
de soie de la Chine, des lampas découpés à jour, des
damas d'un blanc satiné, d'autres d'un vert de prairie,
d'autres d'un rouge à éblouir ; des taffetas roses, des
satins à pleine main, des pékins moelleux comme le
drap, des nankins blancs et jaunes, et jusqu'à des
pagnes de Madagascar.

Madame de la Tour voulut que sa fille achetât tout ce
qui lui ferait plaisir ; elle veilla seulement sur le prix et
les qualités des marchandises, de peur que les marchands ne la trompassent. Virginie choisit tout ce
qu'elle crut être agréable à sa mère, à Marguerite et à
son fils. « Ceci, disait-elle, était bon pour des meubles,
« cela pour l'usage de Marie et de Domingue. » Enfin le
sac de piastres était employé qu'elle n'avait pas encore
songé à ses besoins. Il fallut lui faire son partage sur les
présents qu'elle avait distribués à la société.

Paul, pénétré de douleur à la vue de ces dons de la
fortune, qui lui présageaient le départ de Virginie, s'en
vint quelques jours après chez moi. Il me dit d'un air
accablé : « Ma sœur s'en va : elle fait déjà les apprêts de
« son voyage. Passez chez nous, je vous prie. Employez
« votre crédit sur l'esprit de sa mère et de la mienne
« pour la retenir. » Je me rendis aux instances de Paul,

quoique bien persuadé que mes représentations seraient sans effet.

Si Virginie m'avait paru charmante en toile bleue du Bengale, avec un mouchoir rouge autour de sa tête, ce fut encore tout autre chose quand je la vis parée à la manière des dames de ce pays. Elle était vêtue de mousseline blanche doublée de taffetas rose. Sa taille légère et élevée se dessinait parfaitement sous son corset, et ses cheveux blonds, tressés à double tresse, accompagnaient admirablement sa tête virginale. Ses beaux yeux bleus étaient remplis de mélancolie; et son cœur agité par une passion combattue donnait à son teint une couleur animée, et à sa voix des sons pleins d'émotion. Le contraste même de sa parure élégante, qu'elle semblait porter malgré elle, rendait sa langueur encore plus touchante. Personne ne pouvait la voir ni l'entendre sans se sentir ému. La tristesse de Paul en augmenta. Marguerite, affligée de la situation de son fils, lui dit en particulier : « Pourquoi, mon fils, te « nourrir de fausses espérances, qui rendent les priva- « tions encore plus amères? Il est temps que je te « découvre le secret de ta vie et de la mienne. Made- « moiselle de la Tour appartient, par sa mère, à une « parente riche et de grande condition : pour toi, tu « n'es que le fils d'une pauvre paysanne, et, qui pis est, « tu es bâtard. »

Ce mot de bâtard étonna beaucoup Paul; il ne l'avait jamais ouï prononcer; il en demanda la signification à sa mère, qui lui répondit : « Tu n'as point eu de père « légitime. Lorsque j'étais fille, l'amour me fit « commettre une faiblesse dont tu as été le fruit. Ma « faute t'a privé de ta famille paternelle, et mon repen- « tir, de ta famille maternelle. Infortuné, tu n'as « d'autres parents que moi seule dans le monde! » et elle se mit à répandre des larmes. Paul, la serrant dans ses bras, lui dit : « Oh, ma mère! puisque je n'ai « d'autres parents que vous dans le monde, je vous en « aimerai davantage. Mais quel secret venez-vous de me « révéler! Je vois maintenant la raison qui éloigne de « moi mademoiselle de la Tour depuis deux mois, et

« qui la décide aujourd'hui à partir. Ah! sans doute,
« elle me méprise! »

Cependant, l'heure de souper étant venue, on se mit
à table, où chacun des convives, agité de passions
différentes, mangea peu et ne parla point. Virginie en
sortit la première, et fut s'asseoir au lieu où nous
sommes. Paul la suivit bientôt après, et vint se mettre
auprès d'elle. L'un et l'autre gardèrent quelque temps
un profond silence. Il faisait une de ces nuits déli-
cieuses, si communes entre les tropiques, et dont le plus
habile pinceau ne rendrait pas la beauté. La lune
paraissait au milieu du firmament, entourée d'un
rideau de nuages que ses rayons dissipaient par degrés.
Sa lumière se répandait insensiblement sur les montagnes de l'île et sur leurs pitons, qui brillaient d'un vert
argenté. Les vents retenaient leurs haleines. On entendait dans les bois, au fond des vallées, au haut des
rochers, de petits cris, de doux murmures d'oiseaux,
qui se caressaient dans leurs nids, réjouis par la clarté
de la nuit et la tranquillité de l'air. Tous, jusqu'aux
insectes, bruissaient sous l'herbe. Les étoiles étincelaient au ciel, et se réfléchissaient au sein de la mer qui
répétait leurs images tremblantes. Virginie parcourait
avec des regards distraits son vaste et sombre horizon,
distingué du rivage de l'île par les feux rouges des
pêcheurs. Elle aperçut à l'entrée du port une lumière et
une ombre : c'était le fanal et le corps du vaisseau où
elle devait s'embarquer pour l'Europe, et qui, prêt à
mettre à la voile, attendait à l'ancre la fin du calme. A
cette vue elle se troubla, et détourna la tête pour que
Paul ne la vît pas pleurer.

Madame de la Tour, Marguerite et moi, nous étions
assis à quelques pas de là sous des bananiers ; et dans le
silence de la nuit nous entendîmes distinctement leur
conversation, que je n'ai pas oubliée.

Paul lui dit : « Mademoiselle, vous partez, dit-on,
« dans trois jours. Vous ne craignez pas de vous exposer
« aux dangers de la mer… de la mer dont vous êtes si
« effrayée! — Il faut, répondit Virginie, que j'obéisse à
« mes parents, à mon devoir. — Vous nous quittez,

reprit Paul, pour une parente éloignée que vous n'avez jamais vue ! — Hélas ! dit Virginie, je voulais rester ici toute ma vie ; ma mère ne l'a pas voulu. Mon confesseur m'a dit que la volonté de Dieu était que je partisse ; que la vie était une épreuve... Oh ! c'est une épreuve bien dure ! »

« Quoi, repartit Paul, tant de raisons vous ont déci-
« dée, et aucune ne vous a retenue ! Ah ! il en est encore
« que vous ne me dites pas. La richesse a de grands
« attraits. Vous trouverez bientôt, dans un nouveau
« monde, à qui donner le nom de frère, que vous ne me
« donnez plus. Vous le choisirez, ce frère, parmi des
« gens dignes de vous par une naissance et une fortune
« que je ne peux vous offrir. Mais, pour être plus
« heureuse, où voulez-vous aller ? Dans quelle terre
« aborderez-vous qui vous soit plus chère que celle où
« vous êtes née ? Où formerez-vous une société plus
« aimable que celle qui vous aime ? Comment vivrez-
« vous sans les caresses de votre mère, auxquelles vous
« êtes si accoutumée ? Que deviendra-t-elle elle-même,
« déjà sur l'âge, lorsqu'elle ne vous verra plus à ses
« côtés, à la table, dans la maison, à la promenade où
« elle s'appuyait sur vous ? Que deviendra la mienne,
« qui vous chérit autant qu'elle ? Que leur dirai-je à
« l'une et à l'autre quand je les verrai pleurer de votre
« absence ? Cruelle ! je ne vous parle point de moi :
« mais que deviendrai-je moi-même quand le matin je
« ne vous verrai plus avec nous, et que la nuit viendra
« sans nous réunir ; quand j'apercevrai ces deux pal-
« miers plantés à notre naissance, et si longtemps
« témoins de notre amitié mutuelle ? Ah ! puisqu'un
« nouveau sort te touche, que tu cherches d'autres pays
« que ton pays natal, d'autres biens que ceux de mes
« travaux, laisse-moi t'accompagner sur le vaisseau où
« tu pars. Je te rassurerai dans les tempêtes, qui te
« donnent tant d'effroi sur la terre. Je reposerai ta tête
« sur mon sein, je réchaufferai ton cœur contre mon
« cœur ; et en France, où tu vas chercher de la fortune et
« de la grandeur, je te servirai comme ton esclave.

« Heureux de ton seul bonheur, dans ces hôtels où je
« teverrai servie et adorée, je serai encore assez riche et
« assez noble pour te faire le plus grand des sacrifices,
« en mourant à tes pieds. »

Les sanglots étouffèrent sa voix, et nous entendîmes
aussitôt celle de Virginie qui lui disait ces mots entre-
coupés de soupirs... « C'est pour toi que je pars,...
« pour toi que j'ai vu chaque jour courbé par le travail
« pour nourrir deux familles infirmes. Si je me suis
« prêtée à l'occasion de devenir riche, c'est pour te
« rendre mille fois le bien que tu nous as fait. Est-il une
« fortune digne de ton amitié? Que me dis-tu de ta
« naissance? Ah! s'il m'était encore possible de me
« donner un frère, en choisirais-je un autre que toi? O
« Paul! O Paul! tu m'es beaucoup plus cher qu'un
« frère! Combien m'en a-t-il coûté pour te repousser
« loin de moi! Je voulais que tu m'aidasses à me séparer
« de moi-même jusqu'à ce que le ciel pût bénir notre
« union. Maintenant je reste, je pars, je vis, je meurs;
« fais de moi ce que tu veux. Fille sans vertu! j'ai pu
« résister à tes caresses, et je ne peux soutenir ta
« douleur! »

A ces mots Paul la saisit dans ses bras, et la tenant
étroitement serrée, il s'écria d'une voix terrible : « Je
« pars avec elle; rien ne pourra m'en détacher. » Nous
courûmes tous à lui. Madame de la Tour lui dit : « Mon
« fils, si vous nous quittez qu'allons-nous devenir? »

Il répéta en tremblant ces mots : « Mon fils... mon
« fils... Vous ma mère, lui dit-il, vous qui séparez le
« frère d'avec la sœur! Tous deux nous avons sucé votre
« lait; tous deux, élevés sur vos genoux, nous avons
« appris de vous à nous aimer; tous deux, nous nous le
« sommes dit mille fois. Et maintenant vous l'éloignez
« de moi! Vous l'envoyez en Europe, dans ce pays
« barbare qui vous a refusé un asile, et chez des parents
« cruels qui vous ont vous-même abandonnée. Vous me
« direz : Vous n'avez plus de droits sur elle, elle n'est
« pas votre sœur. Elle est tout pour moi, ma richesse,

« ma famille, ma naissance, tout mon bien. Je n'en
« connais plus d'autre. Nous n'avons eu qu'un toit,
« qu'un berceau; nous n'aurons qu'un tombeau. Si elle
« part, il faut que je la suive. Le gouverneur m'en
« empêchera? M'empêchera-t-il de me jeter à la mer? je
« la suivrai à la nage. La mer ne saurait m'être plus
« funeste que la terre. Ne pouvant vivre ici près d'elle,
« au moins je mourrai sous ses yeux, loin de vous. Mère
« barbare! femme sans pitié! puisse cet océan où vous
« l'exposez ne jamais vous la rendre! puissent ses flots
« vous rapporter mon corps, et, le roulant avec le sien
« parmi les cailloux de ces rivages, vous donner, par la
« perte de vos deux enfants, un sujet éternel de dou-
« leur! »

A ces mots je le saisis dans mes bras; car le désespoir
lui ôtait la raison. Ses yeux étincelaient; la sueur coulait
à grosses gouttes sur son visage en feu; ses genoux
tremblaient, et je sentais dans sa poitrine brûlante son
cœur battre à coups redoublés.

Virginie effrayée lui dit : « O mon ami! j'atteste les
« plaisirs de notre premier âge, tes maux, les miens, et
« tout ce qui doit lier à jamais deux infortunés, si je
« reste, de ne vivre que pour toi; si je pars, de revenir
« un jour pour être à toi. Je vous prends à témoins, vous
« tous qui avez élevé mon enfance, qui disposez de ma
« vie et qui voyez mes larmes. Je le jure par ce ciel qui
« m'entend, par cette mer que je dois traverser, par l'air
« que je respire, et que je n'ai jamais souillé du men-
« songe. »

Comme le soleil fond et précipite un rocher de glace
du sommet des Apennins, ainsi tomba la colère impé-
tueuse de ce jeune homme à la voix de l'objet aimé. Sa
tête altière était baissée, et un torrent de pleurs coulait
de ses yeux. Sa mère, mêlant ses larmes aux siennes, le
tenait embrassé sans pouvoir parler. Madame de la
Tour, hors d'elle, me dit : « Je n'y puis tenir; mon âme
« est déchirée. Ce malheureux voyage n'aura pas lieu.
« Mon voisin, tâchez d'emmener mon fils. Il y a huit
« jours que personne ici n'a dormi. »

Je dis à Paul : « Mon ami, votre sœur restera.
« Demain nous en parlerons au gouverneur : laissez
« reposer votre famille, et venez passer cette nuit chez
« moi. Il est tard, il est minuit ; la croix du sud est droite
« sur l'horizon. »

Il se laissa emmener sans rien dire, et après une nuit
fort agitée, il se leva au point du jour, et s'en retourna à
son habitation.

Mais qu'est-il besoin de vous continuer plus longtemps le récit de cette histoire ? Il n'y a jamais qu'un
côté agréable à connaître dans la vie humaine. Semblable au globe sur lequel nous tournons, notre révolution rapide n'est que d'un jour, et une partie de ce jour
ne peut recevoir la lumière que l'autre ne soit livrée aux
ténèbres.

« Mon père, lui dis-je, je vous en conjure, achevez de
« me raconter ce que vous avez commencé d'une
« manière si touchante. Les images du bonheur nous
« plaisent, mais celles du malheur nous instruisent.
« Que devint, je vous prie, l'infortuné Paul ? »

Le premier objet que vit Paul, en retournant à
l'habitation, fut la négresse Marie, qui, montée sur un
rocher, regardait vers la pleine mer. Il lui cria du plus
loin qu'il l'aperçut : « Où est Virginie ? » Marie tourna
la tête vers son jeune maître, et se mit à pleurer. Paul,
hors de lui, revint sur ses pas, et courut au port. Il y
apprit que Virginie s'était embarquée au point du jour,
que son vaisseau avait mis à la voile aussitôt, et qu'on ne
le voyait plus. Il revint à l'habitation, qu'il traversa sans
parler à personne. Virginie a parti

Quoique cette enceinte de rochers paraisse derrière
nous presque perpendiculaire, ces plateaux verts qui
en divisent la hauteur sont autant d'étages par lesquels on parvient, au moyen de quelques sentiers
difficiles, jusqu'au pied de ce cône de rochers incliné
et inaccessible, qu'on appelle le Pouce. A la base de
ce rocher est une esplanade couverte de grands
arbres, mais si élevée et si escarpée qu'elle est comme
une grande forêt dans l'air, environnée de précipices

effroyables. Les nuages que le sommet du Pouce attire
sans cesse autour de lui y entretiennent plusieurs ruisseaux, qui tombent à une si grande profondeur au fond
de la vallée, située au revers de cette montagne, que de
cette hauteur on n'entend point le bruit de leur chute.
De ce lieu on voit une grande partie de l'île avec ses
mornes surmontés de leurs pitons, entre autres Piter-
both et les Trois-mamelles avec leurs vallons remplis de
forêts ; puis la pleine mer, et l'Ile-Bourbon, qui est à
quarante lieues de là vers l'Occident. Ce fut de cette
élévation que Paul aperçut le vaisseau qui emmenait
Virginie. Il le vit à plus de dix lieues au large comme un
point noir au milieu de l'océan. Il resta une partie du
jour tout occupé à le considérer : il était déjà disparu
qu'il croyait le voir encore ; et quand il fut perdu dans la
vapeur de l'horizon, il s'assit dans ce lieu sauvage,
toujours battu des vents, qui y agitent sans cesse les
sommets des palmistes et des tatamaques. Leur murmure sourd et mugissant ressemble au bruit lointain des
orgues, et inspire une profonde mélancolie. Ce fut là
que je trouvai Paul, la tête appuyée contre le rocher, et
les yeux fixés vers la terre. Je marchais après lui depuis
le lever du soleil : j'eus beaucoup de peine à le détermi-
ner à descendre, et à revoir sa famille. Je le ramenai
cependant à son habitation ; et son premier mouvement, en revoyant madame de la Tour, fut de se
plaindre amèrement qu'elle l'avait trompé. Madame de
la Tour nous dit que le vent s'étant levé vers les trois
heures du matin, le vaisseau étant au moment d'appa-
reiller, le gouverneur, suivi d'une partie de son état-
major et du missionnaire, était venu chercher Virginie
en palanquin ; et que, malgré ses propres raisons, ses
larmes, et celles de Marguerite, tout le monde criant
que c'était pour leur bien à tous, ils avaient emmené sa
fille à demi mourante. « Au moins, répondit Paul, si je
« lui avais fait mes adieux, je serais tranquille à présent.
« Je lui aurais dit : Virginie, si pendant le temps que
« nous avons vécu ensemble, il m'est échappé quelque
« parole qui vous ait offensée, avant de me quitter

« pour jamais, dites-moi que vous me la pardonnez. Je
« lui aurais dit : Puisque je ne suis plus destiné à vous
« revoir, adieu, ma chère Virginie ! adieu ! Vivez loin de
« moi contente et heureuse ! » Et comme il vit que sa
mère et madame de la Tour pleuraient : « Cherchez
« maintenant, leur dit-il, quelque autre que moi qui
« essuie vos larmes ! » puis il s'éloigna d'elles en gémissant, et se mit à errer çà et là dans l'habitation. Il en
parcourait tous les endroits qui avaient été les plus
chers à Virginie. Il disait à ses chèvres et à leurs petits
chevreaux, qui le suivaient en bêlant : « Que me
« demandez-vous ? Vous ne reverrez plus avec moi celle
« qui vous donnait à manger dans sa main. » Il fut au
Repos de Virginie, et à la vue des oiseaux qui volti-
geaient autour, il s'écria : « Pauvres oiseaux ! vous
« n'irez plus au-devant de celle qui était votre bonne
« nourrice. » En voyant Fidèle qui flairait çà et là et
marchait devant lui en quêtant, il soupira, et lui dit :
« Oh ! tu ne la retrouveras plus jamais. » Enfin il fut
s'asseoir sur le rocher où il lui avait parlé la veille, et à
l'aspect de la mer où il avait vu disparaître le vaisseau
qui l'avait emmenée, il pleura abondamment.

Cependant nous le suivions pas à pas, craignant
quelque suite funeste de l'agitation de son esprit. Sa
mère et madame de la Tour le priaient par les termes
les plus tendres de ne pas augmenter leur douleur par
son désespoir. Enfin celle-ci parvint à le calmer en lui
prodiguant les noms les plus propres à réveiller ses
espérances. Elle l'appelait son fils, son cher fils, son
gendre, celui à qui elle destinait sa fille. Elle l'engagea à rentrer dans la maison, et à y prendre quelque
peu de nourriture. Il se mit à table avec nous auprès
de la place où se mettait la compagne de son enfance ;
et, comme si elle l'eût encore occupée, il lui adressait
la parole et lui présentait les mets qu'il savait lui être
les plus agréables ; mais dès qu'il s'apercevait de son
erreur il se mettait à pleurer. Les jours suivants il
recueillit tout ce qui avait été à son usage particulier,
les derniers bouquets qu'elle avait portés, une tasse de

coco où elle avait coutume de boire; et comme si ces
restes de son amie eussent été les choses du monde les
plus précieuses, il les baisait et les mettait dans son sein.
L'ambre ne répand pas un parfum aussi doux que les
objets touchés par l'objet que l'on aime. Enfin, voyant
que ses regrets augmentaient ceux de sa mère et de
madame de la Tour, et que les besoins de la famille
demandaient un travail continuel, il se mit, avec l'aide
de Domingue, à réparer le jardin.

Bientôt ce jeune homme, indifférent comme un
Créole pour tout ce qui se passe dans le monde, me pria
de lui apprendre à lire et à écrire, afin qu'il pût
entretenir une correspondance avec Virginie. Il voulut
ensuite s'instruire dans la géographie pour se faire une
idée du pays où elle débarquerait; et dans l'histoire,
pour connaître les mœurs de la société où elle allait
vivre. Ainsi il s'était perfectionné dans l'agriculture, et
dans l'art de disposer avec agrément le terrain le plus
irrégulier, par le sentiment de l'amour. Sans doute c'est
aux jouissances que se propose cette passion ardente et
inquiète que les hommes doivent la plupart des sciences
et des arts, et c'est de ses privations qu'est née la
philosophie, qui apprend à se consoler de tout. Ainsi la
nature ayant fait l'amour le lien de tous les êtres, l'a
rendu le premier mobile de nos sociétés, et l'instigateur
de nos lumières et de nos plaisirs.

Paul ne trouva pas beaucoup de goût dans l'étude
de la géographie, qui, au lieu de nous décrire la
nature de chaque pays, ne nous en présente que les
divisions politiques. L'histoire, et surtout l'histoire
moderne, ne l'intéressa guère davantage. Il n'y voyait
que des malheurs généraux et périodiques, dont il
n'apercevait pas les causes; des guerres sans sujet et
sans objet; des intrigues obscures; des nations sans
caractère, et des princes sans humanité. Il préférait à
cette lecture celle des romans, qui, s'occupant davantage des sentiments et des intérêts des hommes, lui

offraient quelquefois des situations pareilles à la sienne.
Aussi aucun livre ne lui fit autant de plaisir que le
Télémaque, par ses tableaux de la vie champêtre et des
passions naturelles au cœur humain. Il en lisait à sa
mère et à madame de la Tour les endroits qui l'affec-
taient davantage : alors ému par de touchants ressouvenirs, sa voix s'étouffait, et les larmes coulaient de ses
yeux. Il lui semblait trouver dans Virginie la dignité et
la sagesse d'Antiope, avec les malheurs et la tendresse
d'Eucharis. D'un autre côté il fut tout bouleversé par la
lecture de nos romans à la mode, pleins de mœurs et de
maximes licencieuses ; et quand il sut que ces romans
renfermaient une peinture véritable des sociétés de
l'Europe, il craignit, non sans quelque apparence de
raison, que Virginie ne vînt à s'y corrompre et à
l'oublier.

En effet plus d'un an et demi s'était écoulé sans que
madame de la Tour eût des nouvelles de sa tante et de sa
fille : seulement elle avait appris, par une voie étrangère, que celle-ci était arrivée heureusement en France.
Enfin elle reçut, par un vaisseau qui allait aux Indes, un
paquet, et une lettre écrite de la propre main de
Virginie. Malgré la circonspection de son aimable et
indulgente fille, elle jugea qu'elle était fort malheureuse. Cette lettre peignait si bien sa situation et son
caractère, que je l'ai retenue presque mot pour mot.

« Très chère et bien-aimée maman,

« Je vous ai déjà écrit plusieurs lettres de mon écri-
« ture ; et comme je n'en ai pas eu de réponse, j'ai lieu
« de craindre qu'elles ne vous soient point parvenues.
« J'espère mieux de celle-ci, par les précautions que j'ai
« prises pour vous donner de mes nouvelles, et pour
« recevoir des vôtres.
« J'ai versé bien des larmes depuis notre séparation,
« moi qui n'avais presque jamais pleuré que sur les
« maux d'autrui ! Ma grand-tante fut bien surprise à
« mon arrivée, lorsque m'ayant questionnée sur mes

« talents, je lui dis que je ne savais ni lire ni écrire.
« Elle me demanda qu'est-ce que j'avais donc appris
« depuis que j'étais au monde ; et quand je lui eus
« répondu que c'était à avoir soin d'un ménage et à
« faire votre volonté, elle me dit que j'avais reçu
« l'éducation d'une servante. Elle me mit, dès le
« lendemain, en pension dans une grande abbaye
« auprès de Paris, où j'ai des maîtres de toute espèce ;
« ils m'enseignent, entre autres choses, l'histoire, la
« géographie, la grammaire, la mathématique, et à
« monter à cheval ; mais j'ai de si faibles dispositions
« pour toutes ces sciences, que je ne profiterai pas
« beaucoup avec ces messieurs. Je sens que je suis une
« pauvre créature qui ai peu d'esprit, comme ils le
« font entendre. Cependant les bontés de ma tante ne
« se refroidissent point. Elle me donne des robes
« nouvelles à chaque saison. Elle a mis près de moi
« deux femmes de chambre, qui sont aussi bien
« parées que de grandes dames. Elle m'a fait prendre
« le titre de comtesse ; mais elle m'a fait quitter mon
« nom de LA TOUR, qui m'était aussi cher qu'à vous-
« même, par tout ce que vous m'avez raconté des
« peines que mon père avait souffertes pour vous
« épouser. Elle a remplacé votre nom de femme par
« celui de votre famille, qui m'est encore cher cepen-
« dant, parce qu'il a été votre nom de fille. Me voyant
« dans une situation aussi brillante, je l'ai suppliée de
« vous envoyer quelques secours. Comment vous
« rendre sa réponse ? mais vous m'avez recommandé
« de vous dire toujours la vérité. Elle m'a donc
« répondu que peu ne vous servirait à rien, et que,
« dans la vie simple que vous menez, beaucoup vous
« embarrasserait. J'ai cherché d'abord à vous donner
« de mes nouvelles par une main étrangère, au défaut
« de la mienne. Mais n'ayant à mon arrivée ici per-
« sonne en qui je pusse prendre confiance, je me suis
« appliquée nuit et jour à apprendre à lire et à écrire :
« Dieu m'a fait la grâce d'en venir à bout en peu de
« temps. J'ai chargé de l'envoi de mes premières lettres

« les dames qui sont autour de moi ; j'ai lieu de croire
« qu'elles les ont remises à ma grand-tante. Cette fois
« j'ai eu recours à une pensionnaire de mes amies :
« c'est sous son adresse ci-jointe que je vous prie de
« me faire passer vos réponses. Ma grand-tante m'a
« interdit toute correspondance au-dehors, qui pour-
« rait, selon elle, mettre obstacle aux grandes vues
« qu'elle a sur moi. Il n'y a qu'elle qui puisse me voir
« à la grille, ainsi qu'un vieux seigneur de ses amis,
« qui a, dit-elle, beaucoup de goût pour ma personne.
« Pour dire la vérité, je n'en ai point du tout pour lui,
« quand même j'en pourrais prendre pour quelqu'un
    « Je vis au milieu de l'éclat de la fortune, et je ne
« peux disposer d'un sou. On dit que si j'avais de
« l'argent cela tirerait à conséquence. Mes robes
« mêmes appartiennent à mes femmes de chambre,
« qui se les disputent avant que je les aie quittées. Au
« sein des richesses je suis bien plus pauvre que je ne
« l'étais auprès de vous ; car je n'ai rien à donner.
« Lorsque j'ai vu que les grands talents que l'on
« m'enseignait ne me procuraient pas la facilité de
« faire le plus petit bien, j'ai eu recours à mon
« aiguille, dont heureusement vous m'avez appris à
« faire usage. Je vous envoie donc plusieurs paires de
« bas de ma façon, pour vous et maman Marguerite,
« un bonnet pour Domingue, et un de mes mouchoirs
« rouges pour Marie. Je joins à ce paquet des pépins
« et des noyaux des fruits de mes collations, avec des
« graines de toutes sortes d'arbres que j'ai recueillies,
« à mes heures de récréation, dans le parc de
« l'abbaye. J'y ai ajouté aussi des semences de vio-
« lettes, de marguerites, de bassinets, de coquelicots,
« de bluets, de scabieuses, que j'ai ramassées dans les
« champs. Il y a dans les prairies de ce pays de plus
« belles fleurs que dans les nôtres ; mais personne ne
« s'en soucie. Je suis sûre que vous et maman Mar-
« guerite serez plus contentes de ce sac de graines que
« du sac de piastres qui a été la cause de notre
« séparation et de mes larmes. Ce sera une grande joie

« pour moi si vous avez un jour la satisfaction de voir
« des pommes croître auprès de nos bananiers, et des
« hêtres mêler leurs feuillages à celui de nos cocotiers.
« Vous vous croirez dans la Normandie, que vous
« aimez tant.

      « Vous m'avez enjoint de vous mander mes joies et
« mes peines. Je n'ai plus de joies loin de vous : pour
« mes peines, je les adoucis en pensant que je suis
« dans un poste où vous m'avez mise par la volonté de
« Dieu. Mais le plus grand chagrin que j'y éprouve
« est que personne ne me parle ici de vous, et que je
« n'en puis parler à personne. Mes femmes de
« chambre, ou plutôt celles de ma grand-tante, car
« elles sont plus à elle qu'à moi, me disent, lorsque je
« cherche à amener la conversation sur les objets qui
« me sont si chers : Mademoiselle, souvenez-vous
« que vous êtes Française, et que vous devez oublier
« le pays des sauvages. Ah ! je m'oublierais plutôt
« moi-même que d'oublier le lieu où je suis née, et où
« vous vivez ! C'est ce pays-ci qui est pour moi un
« pays de sauvages ; car j'y vis seule, n'ayant personne
« à qui je puisse faire part de l'amour que vous
« portera jusqu'au tombeau,

              « Très chère et bien-aimée maman,
                 « Votre obéissante et tendre fille,
                          « VIRGINIE DE LA TOUR. »

      « Je recommande à vos bontés Marie et Domin-
« gue, qui ont pris tant de soin de mon enfance ;
« caressez pour moi Fidèle, qui m'a retrouvée dans
« les bois. »

   Paul fut bien étonné de ce que Virginie ne parlait
pas du tout de lui, elle qui n'avait pas oublié, dans ses
ressouvenirs, le chien de la maison : mais il ne savait
pas que, quelque longue que soit la lettre d'une
femme, elle n'y met jamais sa pensée la plus chère
qu'à la fin.

Dans un post-scriptum Virginie recommandait particulièrement à Paul deux espèces de graines : celles de violettes et de scabieuses. Elle lui donnait quelques instructions sur les caractères de ces plantes, et sur les lieux les plus propres à les semer. « La violette, lui mandait-elle, produit une petite « fleur d'un violet foncé, qui aime à se cacher sous les « buissons ; mais son charmant parfum l'y fait bientôt « découvrir. » Elle lui enjoignait de la semer sur le bord de la fontaine, au pied de son cocotier. « La « scabieuse, ajoutait-elle, donne une jolie fleur d'un « bleu mourant, et à fond noir piqueté de blanc. On la « croirait en deuil. On l'appelle aussi, pour cette « raison, fleur de veuve. Elle se plaît dans les lieux « âpres et battus des vents. » Elle le priait de la semer sur le rocher où elle lui avait parlé la nuit, la dernière fois, et de donner à ce rocher, pour l'amour d'elle, le nom de ROCHER DES ADIEUX.

Elle avait renfermé ces semences dans une petite bourse dont le tissu était fort simple, mais qui parut sans prix à Paul lorsqu'il aperçut un P et un V entrelacés et formés de cheveux, qu'il reconnut à leur beauté pour être ceux de Virginie.

La lettre de cette sensible et vertueuse demoiselle fit verser des larmes à toute la famille. Sa mère lui répondit, au nom de la société, de rester ou de revenir à son gré, l'assurant qu'ils avaient tous perdu la meilleure partie de leur bonheur depuis son départ, et que pour elle en particulier elle en était inconsolable.

Paul lui écrivit une lettre fort longue où il l'assurait qu'il allait rendre le jardin digne d'elle, et y mêler les plantes de l'Europe à celles de l'Afrique, ainsi qu'elle avait entrelacé leurs noms dans son ouvrage. Il lui envoyait des fruits des cocotiers de sa fontaine, parvenus à une maturité parfaite. Il n'y joignait, ajoutait-il, aucune autre semence de l'île, afin que le désir d'en revoir les productions la déterminât à y revenir promptement. Il la suppliait de se rendre au plus tôt

aux vœux ardents de leur famille, et aux siens particuliers, puisqu'il ne pouvait désormais goûter aucune
joie loin d'elle.

Paul sema avec le plus grand soin les graines européennes, et surtout celles de violettes et de scabieuses,
dont les fleurs semblaient avoir quelque analogie avec le
caractère et la situation de Virginie, qui les lui avait si
particulièrement recommandées ; mais, soit qu'elles
eussent été éventées dans le trajet, soit plutôt que le
climat de cette partie de l'Afrique ne leur soit pas
favorable, il n'en germa qu'un petit nombre, qui ne put
venir à sa perfection.

Cependant l'envie, qui va même au-devant du bonheur des hommes, surtout dans les colonies françaises,
répandit dans l'île des bruits qui donnaient beaucoup
d'inquiétude à Paul. Les gens du vaisseau qui avait
apporté la lettre de Virginie assuraient qu'elle était sur
le point de se marier : ils nommaient le seigneur de la
cour qui devait l'épouser ; quelques-uns même disaient
que la chose était faite et qu'ils en avaient été témoins.
D'abord Paul méprisa des nouvelles apportées par un
vaisseau de commerce, qui en répand souvent de
fausses sur les lieux de son passage. Mais comme
plusieurs habitants de l'île, par une pitié perfide,
s'empressaient de le plaindre de cet événement, il
commença à y ajouter quelque croyance. D'ailleurs
dans quelques-uns des romans qu'il avait lus il voyait la
trahison traitée de plaisanterie ; et comme il savait que
ces livres renfermaient des peintures assez fidèles des
mœurs de l'Europe, il craignit que la fille de madame de
la Tour ne vînt à s'y corrompre, et à oublier ses anciens
engagements. Ses lumières le rendaient déjà malheureux. Ce qui acheva d'augmenter ses craintes, c'est que
plusieurs vaisseaux d'Europe arrivèrent ici depuis,
dans l'espace de six mois, sans qu'aucun d'eux apportât
des nouvelles de Virginie.

Cet infortuné jeune homme, livré à toutes les

agitations de son cœur, venait me voir souvent, pour
confirmer ou pour bannir ses inquiétudes par mon
expérience du monde.

Je demeure, comme je vous l'ai dit, à une lieue et
demie d'ici, sur les bords d'une petite rivière qui coule
le long de la Montagne-longue. C'est là que je passe ma
vie seul, sans femme, sans enfants, et sans esclaves.

Après le rare bonheur de trouver une compagne qui
nous soit bien assortie, l'état le moins malheureux de la
vie est sans doute de vivre seul. Tout homme qui a eu
beaucoup à se plaindre des hommes cherche la solitude.
Il est même très remarquable que tous les peuples
malheureux par leurs opinions, leurs mœurs ou leurs
gouvernements, ont produit des classes nombreuses de
citoyens entièrement dévoués à la solitude et au célibat.
Tels ont été les Egyptiens dans leur décadence, les
Grecs du Bas Empire; et tels sont de nos jours les
Indiens, les Chinois, les Grecs modernes, les Italiens, et
la plupart des peuples orientaux et méridionaux de
l'Europe. La solitude ramène en partie l'homme au
bonheur naturel, en éloignant de lui le malheur social.
Au milieu de nos sociétés, divisées par tant de préjugés,
l'âme est dans une agitation continuelle; elle roule sans
cesse en elle-même mille opinions turbulentes et
contradictoires dont les membres d'une société ambitieuse et misérable cherchent à se subjuguer les uns les
autres. Mais dans la solitude elle dépose ces illusions
étrangères qui la troublent; elle reprend le sentiment
simple d'elle-même, de la nature et de son auteur. Ainsi
l'eau bourbeuse d'un torrent qui ravage les campagnes,
venant à se répandre dans quelque petit bassin écarté
de son cours, dépose ses vases au fond de son lit,
reprend sa première limpidité, et, redevenue trans-
parente, réfléchit, avec ses propres rivages, la verdure de la terre et la lumière des cieux. La solitude
rétablit aussi bien les harmonies du corps que celles
de l'âme. C'est dans la classe des solitaires que se
trouvent les hommes qui poussent le plus loin la

carrière de la vie ; tels sont les brames de l'Inde. Enfin je la crois si nécessaire au bonheur dans le monde même, qu'il me paraît impossible d'y goûter un plaisir durable, de quelque sentiment que ce soit, ou de régler sa conduite sur quelque principe stable, si l'on ne se fait une solitude intérieure, d'où notre opinion sorte bien rarement, et où celle d'autrui n'entre jamais. Je ne veux pas dire toutefois que l'homme doive vivre absolument seul ; il est lié avec tout le genre humain par ses besoins ; il doit donc ses travaux aux hommes ; il se doit aussi au reste de la nature. Mais, comme Dieu a donné à chacun de nous des organes parfaitement assortis aux éléments du globe où nous vivons, des pieds pour le sol, des poumons pour l'air, des yeux pour la lumière, sans que nous puissions intervertir l'usage de ces sens, il s'est réservé pour lui seul, qui est l'auteur de la vie, le cœur, qui en est le principal organe.

Je passe donc mes jours loin des hommes, que j'ai voulu servir, et qui m'ont persécuté. Après avoir parcouru une grande partie de l'Europe, et quelques cantons de l'Amérique et de l'Afrique, je me suis fixé dans cette île peu habitée, séduit par sa douce température et par ses solitudes. Une cabane que j'ai bâtie dans la forêt au pied d'un arbre, un petit champ défriché de mes mains, une rivière qui coule devant ma porte, suffisent à mes besoins et à mes plaisirs. Je joins à ces jouissances celle de quelques bons livres qui m'apprennent à devenir meilleur. Ils font encore servir à mon bonheur le monde même que j'ai quitté ; ils me présentent des tableaux des passions qui en rendent les habitants si misérables, et par la comparaison que je fais de leur sort au mien, ils me font jouir d'un bonheur négatif. Comme un homme sauvé du naufrage sur un rocher, je contemple de ma solitude les orages qui frémissent dans le reste du monde ; mon repos même redouble par le bruit lointain de la tempête. Depuis que les hommes ne sont plus sur mon chemin, et que je ne suis plus sur le leur, je ne les hais plus ; je les plains. Si je rencontre quelque infortuné, je tâche de venir à son secours par mes conseils, comme un passant sur le bord d'un torrent tend la main à un malheureux qui s'y noie. Mais je n'ai guère trouvé que l'innocence attentive à ma voix. La nature appelle en vain à elle le reste des hommes ; chacun d'eux se fait d'elle une image qu'il revêt de ses propres passions. Il poursuit toute sa vie ce vain fantôme qui l'égare, et il se plaint ensuite au ciel de l'erreur qu'il s'est formée lui-même. Parmi un grand nombre d'infortunés que j'ai quelquefois essayé de ramener à la nature, je n'en ai pas trouvé un seul qui ne fût enivré de ses propres misères. Ils m'écoutaient d'abord avec attention dans l'espérance que je les aiderais à acquérir de la gloire ou de la fortune ; mais voyant que je ne voulais leur apprendre qu'à s'en passer, ils me trouvaient moi-même misérable de ne pas courir après leur malheureux bonheur : ils blâmaient ma vie solitaire ; ils prétendaient qu'eux seuls étaient utiles aux hommes, et ils s'efforçaient de m'entraîner dans leur tourbillon. Mais si je me communique à tout le monde, je ne me livre à personne. Souvent il me suffit de moi pour me servir de leçon à moi-même. Je repasse dans le calme présent les agitations passées de ma propre vie, auxquelles j'ai donné tant de prix ; les protections, la fortune, la réputation, les voluptés, et les opinions qui se combattent par toute la terre. Je compare tant d'hommes que j'ai vus se disputer avec fureur ces chimères, et qui ne sont plus, aux flots de ma rivière, qui se brisent en écumant contre les rochers de son lit, et disparaissent pour ne revenir jamais. Pour moi, je me laisse entraîner en paix au fleuve du temps, vers l'océan de l'avenir qui n'a plus de rivages et par le spectacle des harmonies actuelles de la nature, je m'élève vers son auteur, et j'espère dans un autre monde de plus heureux destins.

Quoiqu'on n'aperçoive pas de mon ermitage, situé au milieu d'une forêt, cette multitude d'objets que nous présente l'élévation du lieu où nous sommes, il s'y trouve des dispositions intéressantes, surtout pour un homme qui, comme moi, aime mieux rentrer en lui-même que s'étendre au-dehors. La rivière qui coule devant ma porte passe en ligne droite à travers les bois, en sorte qu'elle me présente un long canal ombragé d'arbres de toute sorte de feuillages : il y a des tatamaques, des bois d'ébène, et de ceux qu'on appelle ici bois de pomme, bois d'olive, et bois de cannelle ; des bosquets de palmistes élèvent çà et là leurs colonnes nues, et longues de plus de cent pieds, surmontées à leurs sommets d'un bouquet de palmes, et paraissent au-dessus des autres arbres comme une forêt plantée sur une autre forêt. Il s'y joint des lianes de divers feuillages, qui, s'enlaçant d'un arbre à l'autre, forment ici des arcades de fleurs, là de longues courtines de verdure. Des odeurs aromatiques sortent de la plupart de ces arbres, et leurs parfums ont tant d'influence sur les vêtements mêmes, qu'on sent ici un homme qui a traversé une forêt quelques heures après qu'il en est sorti. Dans la saison où ils donnent leurs fleurs vous les diriez à demi couverts de neige. A la fin de l'été plusieurs espèces d'oiseaux étrangers viennent, par un instinct incompréhensible, de régions inconnues, au-delà des vastes mers, récolter les graines des végétaux de cette île, et opposent l'éclat de leurs couleurs à la verdure des arbres rembrunie par le soleil. Telles sont, entre autres, diverses espèces de perruches, et les pigeons bleus, appelés ici pigeons hollandais. Les singes, habitants domiciliés de ces forêts, se jouent dans leurs sombres rameaux, dont ils se détachent par leur poil gris et verdâtre, et leur face toute noire ; quelques-uns s'y suspendent par la queue et se balancent en l'air ; d'autres sautent de branche en branche, portant leurs petits dans leurs bras. Jamais le fusil meurtrier n'y a effrayé ces paisibles enfants de la nature. On n'y entend que des cris de joie, des gazouillements et des ramages inconnus de quelques oiseaux des terres australes, que répètent au loin les échos de ces forêts. La rivière qui coule en bouillonnant sur un lit de roche, à travers les

arbres, réfléchit çà et là dans ses eaux limpides leurs
masses vénérables de verdure et d'ombre, ainsi que les
jeux de leurs heureux habitants : à mille pas de là elle se
précipite de différents étages de rocher, et forme à sa
chute une nappe d'eau unie comme le cristal, qui se
brise en tombant en bouillons d'écume. Mille bruits
confus sortent de ces eaux tumultueuses, et dispersés
par les vents dans la forêt, tantôt ils fuient au loin,
tantôt ils se rapprochent tous à la fois, et assourdissent,
comme les sons des cloches d'une cathédrale. L'air,
sans cesse renouvelé par le mouvement des eaux, entre-
tient sur les bords de cette rivière, malgré les ardeurs de
l'été, une verdure et une fraîcheur, qu'on trouve rarement dans cette île sur le haut même des montagnes.

A quelque distance de là est un rocher assez éloigné
de la cascade pour qu'on n'y soit pas étourdi du bruit de
ses eaux, et qui en est assez voisin pour y jouir de leur
vue, de leur fraîcheur et de leur murmure. Nous allions
quelquefois dans les grandes chaleurs dîner à l'ombre
de ce rocher, madame de la Tour, Marguerite, Virginie, Paul et moi. Comme Virginie dirigeait toujours au
bien d'autrui ses actions même les plus communes, elle
ne mangeait pas un fruit à la campagne qu'elle n'en mît
en terre les noyaux ou les pépins : « Il en viendra,
« disait-elle, des arbres qui donneront leurs fruits à
« quelque voyageur, ou au moins à un oiseau. » Un jour
donc qu'elle avait mangé une papaye au pied de ce
rocher, elle y planta les semences de ce fruit. Bientôt
après il y crût plusieurs papayers, parmi lesquels il y en
avait un femelle, c'est-à-dire qui porte des fruits. Cet
arbre n'était pas si haut que le genou de Virginie à son
départ ; mais comme il croît vite, deux ans après il avait
vingt pieds de hauteur, et son tronc était entouré dans
sa partie supérieure de plusieurs rangs de fruits mûrs.
Paul, s'étant rendu par hasard dans ce lieu, fut rempli
de joie en voyant ce grand arbre sorti d'une petite
graine qu'il avait vu planter par son amie ; et en même
temps il fut saisi d'une tristesse profonde par ce témoi-

gnage de sa longue absence. Les objets que nous voyons
habituellement ne nous font pas apercevoir de la rapidité de notre vie; ils vieillissent avec nous d'une vieillesse insensible : mais ce sont ceux que nous revoyons
tout à coup après les avoir perdus quelques années de
vue, qui nous avertissent de la vitesse avec laquelle
s'écoule le fleuve de nos jours. Paul fut aussi surpris et
aussi troublé à la vue de ce grand papayer chargé de
fruits, qu'un voyageur l'est, après une longue absence
de son pays, de n'y plus retrouver ses contemporains, et
d'y voir leurs enfants, qu'il avait laissés à la mamelle,
devenus eux-mêmes pères de famille. Tantôt il voulait
l'abattre, parce qu'il lui rendait trop sensible la longueur du temps qui s'était écoulé depuis le départ de
Virginie; tantôt, le considérant comme un monument
de sa bienfaisance, il baisait son tronc, et lui adressait
des paroles pleines d'amour et de regrets. O arbre dont
la postérité existe encore dans nos bois, je vous ai vu
moi-même avec plus d'intérêt et de vénération que les
arcs de triomphe des Romains! Puisse la nature, qui
détruit chaque jour les monuments de l'ambition des
rois, multiplier dans nos forêts ceux de la bienfaisance
d'une jeune et pauvre fille!

C'était donc au pied de ce papayer que j'étais sûr de
rencontrer Paul quand il venait dans mon quartier. Un
jour je l'y trouvai accablé de mélancolie, et j'eus avec lui
une conversation que je vais vous rapporter, si je ne
vous suis point trop ennuyeux par mes longues digres-
sions, pardonnables à mon âge et à mes dernières
amitiés. Je vous la raconterai en forme de dialogue, afin
que vous jugiez du bon sens naturel de ce jeune
homme; et il vous sera aisé de faire la différence des
interlocuteurs par le sens de ses questions et de mes
réponses.

Il me dit :

« Je suis bien chagrin. Mademoiselle de la Tour est
« partie depuis deux ans et deux mois; et depuis huit

« mois et demi elle ne nous a pas donné de ses nou-
« velles. Elle est riche ; je suis pauvre : elle m'a oublié.
« J'ai envie de m'embarquer : j'irai en France, j'y
« servirai le roi, j'y ferai fortune ; et la grand-tante de
« mademoiselle de la Tour me donnera sa petite-nièce
« en mariage, quand je serai devenu un grand seigneur.

LE VIEILLARD

« Oh mon ami ! ne m'avez-vous pas dit que vous
« n'aviez pas de naissance ?

PAUL

« Ma mère me l'a dit ; car pour moi je ne sais ce que
« c'est que la naissance. Je ne me suis jamais aperçu que
« j'en eusse moins qu'un autre, ni que les autres en
« eussent plus que moi.

LE VIEILLARD

« Le défaut de naissance vous ferme en France le
« chemin aux grands emplois. Il y a plus : vous ne
« pouvez même être admis dans aucun Corps distingué.

PAUL

« Vous m'avez dit plusieurs fois qu'une des causes de
« la grandeur de la France était que le moindre sujet
« pouvait y parvenir à tout, et vous m'avez cité beau-
« coup d'hommes célèbres qui, sortis de petits états,
« avaient fait honneur à leur patrie. Vous vouliez donc
« tromper mon courage ?

LE VIEILLARD

« Mon fils, jamais je ne l'abattrai. Je vous ai dit la
« vérité sur les temps passés ; mais les choses sont bien
« changées à présent : tout est devenu vénal en France ;
« tout y est aujourd'hui le patrimoine d'un petit
« nombre de familles, ou le partage des Corps. Le roi
« est un soleil que les grands et les Corps environnent
« comme des nuages ; il est presque impossible qu'un

« de ses rayons tombe sur vous. Autrefois, dans une
« administration moins compliquée, on a vu ces phéno-
« mènes. Alors les talents et le mérite se sont dévelop-
« pés de toutes parts, comme des terres nouvelles qui,
« venant à être défrichées, produisent avec tout leur
« suc. Mais les grands rois qui savent connaître les
« hommes et les choisir, sont rares. Le vulgaire des rois
« ne se laisse aller qu'aux impulsions des grands et des
« Corps qui les environnent.

PAUL

« Mais je trouverai peut-être un de ces grands qui me
« protégera ?

LE VIEILLARD

« Pour être protégé des grands il faut servir leur
« ambition ou leurs plaisirs. Vous n'y réussirez jamais,
« car vous êtes sans naissance, et vous avez de la
« probité.

PAUL

« Mais je ferai des actions si courageuses, je serai si
« fidèle à ma parole, si exact dans mes devoirs, si zélé et
« si constant dans mon amitié, que je mériterai d'être
« adopté par quelqu'un d'eux, comme j'ai vu que cela
« se pratiquait dans les histoires anciennes que vous
« m'avez fait lire.

LE VIEILLARD

« Oh mon ami ! chez les Grecs et chez les Romains,
« même dans leur décadence, les grands avaient du
« respect pour la vertu ; mais nous avons eu une foule
« d'hommes célèbres en tout genre, sortis des classes du
« peuple, et je n'en sache pas un seul qui ait été adopté
« par une grande maison. La vertu, sans nos rois, serait
« condamnée en France à être éternellement plé-
« béienne. Comme je vous l'ai dit, ils la mettent quel-
« quefois en honneur lorsqu'ils l'aperçoivent ; mais
« aujourd'hui les distinctions qui lui étaient réservées
« ne s'accordent plus que pour de l'argent.

PAUL

« Au défaut d'un grand je chercherai à plaire à un
« Corps. J'épouserai entièrement son esprit et ses opi-
« nions : je m'en ferai aimer.

LE VIEILLARD

« Vous ferez donc comme les autres hommes, vous
« renoncerez à votre conscience pour parvenir à la
« fortune ?

PAUL

« Oh non ! je ne chercherai jamais que la vérité.

LE VIEILLARD

« Au lieu de vous faire aimer, vous pourriez bien
« vous faire haïr. D'ailleurs les Corps s'intéressent fort
« peu à la découverte de la vérité. Toute opinion est
« indifférente aux ambitieux, pourvu qu'ils gou-
« vernent.

PAUL

« Que je suis infortuné ! tout me repousse. Je suis
« condamné à passer ma vie dans un travail obscur, loin
« de Virginie ! » Et il soupira profondément.

LE VIEILLARD

« Que Dieu soit votre unique patron, et le genre
« humain votre Corps ! Soyez constamment attaché à
« l'un et à l'autre. Les familles, les Corps, les peuples,
« les rois, ont leurs préjugés et leurs passions ; il faut
« souvent les servir par des vices. Dieu et le genre
« humain ne nous demandent que des vertus.
« Mais pourquoi voulez-vous être distingué du reste
« des hommes ? C'est un sentiment qui n'est pas natu-
« rel, puisque, si chacun l'avait, chacun serait en état de

« guerre avec son voisin. Contentez-vous de remplir
« votre devoir dans l'état où la Providence vous a mis ;
« bénissez votre sort, qui vous permet d'avoir une
« conscience à vous, et qui ne vous oblige pas, comme
« les grands, de mettre votre bonheur dans l'opinion
« des petits, et comme les petits de ramper sous les
« grands pour avoir de quoi vivre. Vous êtes dans un
« pays et dans une condition où, pour subsister, vous
« n'avez besoin ni de tromper, ni de flatter, ni de vous
« avilir, comme font la plupart de ceux qui cherchent la
« fortune en Europe ; où votre état ne vous interdit
« aucune vertu ; où vous pouvez être impunément bon,
« vrai, sincère, instruit, patient, tempérant, chaste,
« indulgent, pieux, sans qu'aucun ridicule vienne flé-
« trir votre sagesse, qui n'est encore qu'en fleur. Le ciel
« vous a donné de la liberté, de la santé, une bonne
« conscience, et des amis : les rois, dont vous ambition-
« nez la faveur, ne sont pas si heureux.

PAUL

« Ah ! il me manque Virginie ! Sans elle je n'ai rien ;
« avec elle j'aurais tout. Elle seule est ma naissance, ma
« gloire, et ma fortune. Mais puisque enfin sa parente
« veut lui donner pour mari un homme d'un grand
« nom, avec l'étude et des livres on devient savant et
« célèbre : je m'en vais étudier. J'acquerrai de la
« science ; je servirai utilement ma patrie par mes
« lumières, sans nuire à personne, et sans en dépendre ;
« je deviendrai fameux, et ma gloire n'appartiendra
« qu'à moi.

LE VIEILLARD

« Mon fils, les talents sont encore plus rares que la
« naissance et que les richesses ; et sans doute ils sont de
« plus grands biens, puisque rien ne peut les ôter, et
« que partout ils nous concilient l'estime publique :
« mais ils coûtent cher. On ne les acquiert que par des
« privations en tout genre, par une sensibilité exquise
« qui nous rend malheureux au-dedans, et au-dehors
« par les persécutions de nos contemporains. L'homme

« de robe n'envie point en France la gloire du militaire,
« ni le militaire celle de l'homme de mer ; mais tout le
« monde y traversera votre chemin, parce que tout le
« monde s'y pique d'avoir de l'esprit. Vous servirez les
« hommes, dites-vous ? Mais celui qui fait produire à
« un terrain une gerbe de blé de plus leur rend un plus
« grand service que celui qui leur donne un livre.

PAUL

« Oh ! celle qui a planté ce papayer a fait aux habi-
« tants de ces forêts un présent plus utile et plus doux
« que si elle leur avait donné une bibliothèque. » Et en
même temps il saisit cet arbre dans ses bras, et le baisa
avec transport.

LE VIEILLARD

« Le meilleur des livres, qui ne prêche que l'égalité,
« l'amitié, l'humanité, et la concorde, l'Evangile, a
« servi pendant des siècles de prétexte aux fureurs des
« Européens. Combien de tyrannies publiques et parti-
« culières s'exercent encore en son nom sur la terre !
« Après cela, qui se flattera d'être utile aux hommes par
« un livre ? Rappelez-vous quel a été le sort de la
« plupart des philosophes qui leur ont prêché la
« sagesse. Homère, qui l'a revêtue de vers si beaux,
« demandait l'aumône pendant sa vie. Socrate, qui en
« donna aux Athéniens de si aimables leçons par ses
« discours et par ses mœurs, fut empoisonné juridique-
« ment par eux. Son sublime disciple Platon fut livré à
« l'esclavage par l'ordre du prince même qui le proté-
« geait : et avant eux, Pythagore, qui étendait l'huma-
« nité jusqu'aux animaux, fut brûlé vif par les Croto-
« niates. Que dis-je ? la plupart même de ces noms
« illustres sont venus à nous défigurés par quelques
« traits de satire qui les caractérisent, l'ingratitude
« humaine se plaisant à les reconnaître là ; et si dans la
« foule la gloire de quelques-uns est venue nette et pure
« jusqu'à nous, c'est que ceux qui les ont portés ont
« vécu loin de la société de leurs contemporains : sem-

« blables à ces statues qu'on tire entières des champs de
« la Grèce et de l'Italie, et qui, pour avoir été ensevelies
« dans le sein de la terre, ont échappé à la fureur des
« barbares.

    « Vous voyez donc que, pour acquérir la gloire
« orageuse des lettres, il faut bien de la vertu, et être
« prêt à sacrifier sa propre vie. D'ailleurs, croyez-vous
« que cette gloire intéresse en France les gens riches ?
« Ils se soucient bien des gens de lettres, auxquels la
« science ne rapporte ni dignité dans la patrie, ni
« gouvernement, ni entrée à la cour. On persécute peu
« dans ce siècle indifférent à tout, hors à la fortune et
« aux voluptés ; mais les lumières et la vertu n'y mènent
« à rien de distingué, parce que tout est dans l'état le
« prix de l'argent. Autrefois elles trouvaient des
« récompenses assurées dans les différentes places de
« l'église, de la magistrature et de l'administration ;
« aujourd'hui elles ne servent qu'à faire des livres. Mais
« ce fruit, peu prisé des gens du monde, est toujours
« digne de son origine céleste. C'est à ces mêmes livres
« qu'il est réservé particulièrement de donner de l'éclat
« à la vertu obscure, de consoler les malheureux,
« d'éclairer les nations, et de dire la vérité même aux
« rois. C'est, sans contredit, la fonction la plus auguste
« dont le ciel puisse honorer un mortel sur la terre.
« Quel est l'homme qui ne se console de l'injustice ou
« du mépris de ceux qui disposent de la fortune,
« lorsqu'il pense que son ouvrage ira, de siècle en siècle
« et de nations en nations, servir de barrière à l'erreur et
« aux tyrans ; et que, du sein de l'obscurité où il a vécu,
« il jaillira une gloire qui effacera celle de la plupart des
« rois, dont les monuments périssent dans l'oubli,
« malgré les flatteurs qui les élèvent et qui les vantent ?

PAUL

    « Ah ! je ne voudrais cette gloire que pour la répandre
« sur Virginie, et la rendre chère à l'univers. Mais vous
« qui avez tant de connaissances, dites-moi si nous nous
« marierons ? Je voudrais être savant, au moins pour
« connaître l'avenir.

LE VIEILLARD

« Qui voudrait vivre, mon fils, s'il connaissait l'ave-
« nir ? Un seul malheur prévu nous donne tant de
« vaines inquiétudes ! la vue d'un malheur certain
« empoisonnerait tous les jours qui le précéderaient. Il
« ne faut pas même trop approfondir ce qui nous
« environne ; et le ciel, qui nous donna la réflexion pour
« prévoir nos besoins, nous a donné les besoins pour
« mettre des bornes à notre réflexion.

PAUL

« Avec de l'argent, dites-vous, on acquiert en Europe
« des dignités et des honneurs. J'irai m'enrichir au
« Bengale pour aller épouser Virginie à Paris. Je vais
« m'embarquer.

LE VIEILLARD

« Quoi ! vous quitteriez sa mère et la vôtre ?

PAUL

« Vous m'avez vous-même donné le conseil de passer
« aux Indes.

LE VIEILLARD

« Virginie était alors ici. Mais vous êtes maintenant
« l'unique soutien de votre mère et de la sienne.

PAUL

« Virginie leur fera du bien par sa riche parente.

LE VIEILLARD

« Les riches n'en font guère qu'à ceux qui leur font
« honneur dans le monde. Ils ont des parents bien plus
« à plaindre que madame de la Tour, qui, faute d'être
« secourus par eux, sacrifient leur liberté pour avoir du
« pain et passent leur vie renfermés dans des couvents.

PAUL

« Quel pays que l'Europe ! Oh ! il faut que Virginie
« revienne ici. Qu'a-t-elle besoin d'avoir une parente
« riche ? Elle était si contente sous ces cabanes, si jolie et
« si bien parée avec un mouchoir rouge ou des fleurs
« autour de sa tête. Reviens, Virginie ! quitte tes hôtels
« et tes grandeurs. Reviens dans ces rochers, à l'ombre
« de ces bois et de nos cocotiers. Hélas ! tu es peut-être
« maintenant malheureuse !… » Et il se mettait à pleurer. « Mon père, ne me cachez rien : si vous ne pouvez
« me dire si j'épouserai Virginie, au moins apprenez-
« moi si elle m'aime encore, au milieu de ces grands
« seigneurs qui parlent au roi, et qui la vont voir.

LE VIEILLARD

« Oh ! mon ami, je suis sûr qu'elle vous aime par
« plusieurs raisons, mais surtout parce qu'elle a de la
« vertu. » A ces mots il me sauta au cou, transporté de
joie.

PAUL

« Mais croyez-vous les femmes d'Europe fausses
« comme on les représente dans les comédies et dans les
« livres que vous m'avez prêtés ?

LE VIEILLARD

« Les femmes sont fausses dans les pays où les
« hommes sont tyrans. Partout la violence produit la
« ruse.

PAUL

« Comment peut-on être tyran des femmes ?

LE VIEILLARD

« En les mariant sans les consulter, une jeune fille
« avec un vieillard, une femme sensible avec un homme
« indifférent.

PAUL

« Pourquoi ne pas marier ensemble ceux qui se
« conviennent, les jeunes avec les jeunes, les amants
« avec les amantes ?

LE VIEILLARD

« C'est que la plupart des jeunes gens, en France,
« n'ont pas assez de fortune pour se marier, et qu'ils
« n'en acquièrent qu'en devenant vieux. Jeunes, ils
« corrompent les femmes de leurs voisins ; vieux, ils ne
« peuvent fixer l'affection de leurs épouses. Ils ont
« trompé, étant jeunes ; on les trompe à leur tour, étant
« vieux. C'est une des réactions de la justice universelle
« qui gouverne le monde. Un excès y balance toujours
« un autre excès. Ainsi la plupart des Européens
« passent leur vie dans ce double désordre, et ce
« désordre augmente dans une société à mesure que les
« richesses s'y accumulent sur un moindre nombre de
« têtes. L'état est semblable à un jardin, où les petits
« arbres ne peuvent venir s'il y en a de trop grands qui
« les ombragent ; mais il y a cette différence que la
« beauté d'un jardin peut résulter d'un petit nombre de
« grands arbres, et que la prospérité d'un état dépend
« toujours de la multitude et de l'égalité des sujets, et
« non pas d'un petit nombre de riches.

PAUL

« Mais qu'est-il besoin d'être riche pour se marier ?

LE VIEILLARD

« Afin de passer ses jours dans l'abondance sans rien
« faire.

PAUL

« Et pourquoi ne pas travailler ? Je travaille bien,
« moi.

LE VIEILLARD

« C'est qu'en Europe le travail des mains déshonore.
« On l'appelle travail mécanique. Celui même de labou-
« rer la terre y est le plus méprisé de tous. Un artisan y
« est bien plus estimé qu'un paysan.

PAUL

« Quoi! l'art qui nourrit les hommes est méprisé en
« Europe! Je ne vous comprends pas.

LE VIEILLARD

« Oh! il n'est pas possible à un homme élevé dans la
« nature de comprendre les dépravations de la société.
« On se fait une idée précise de l'ordre, mais non pas du
« désordre. La beauté, la vertu, le bonheur, ont des
« proportions; la laideur, le vice, et le malheur, n'en
« ont point.

PAUL

« Les gens riches sont donc bien heureux! ils ne
« trouvent d'obstacles à rien; ils peuvent combler de
« plaisirs les objets qu'ils aiment.

LE VIEILLARD

« Ils sont la plupart usés sur tous les plaisirs, par cela
« même qu'ils ne leur coûtent aucunes peines. N'avez-
« vous pas éprouvé que le plaisir du repos s'achète par
« la fatigue; celui de manger, par la faim; celui de
« boire, par la soif? Eh bien! celui d'aimer et d'être
« aimé ne s'acquiert que par une multitude de priva-
« tions et de sacrifices. Les richesses ôtent aux riches
« tous ces plaisirs-là en prévenant leurs besoins. Joi-
« gnez à l'ennui qui suit leur satiété l'orgueil qui naît de
« leur opulence, et que la moindre privation blesse lors
« même que les plus grandes jouissances ne le flattent
« plus. Le parfum de mille roses ne plaît qu'un instant;
« mais la douleur que cause une seule de leurs épines
« dure longtemps après sa piqûre. Un mal au milieu des
« plaisirs est pour les riches une épine au milieu des
« fleurs. Pour les pauvres, au contraire, un plaisir au
« milieu des maux est une fleur au milieu des épines; ils
« en goûtent vivement la jouissance. Tout effet aug-
« mente par son contraste. La nature a tout balancé.
« Quel état, à tout prendre, croyez-vous préférable,

« de n'avoir presque rien à espérer et tout à craindre, ou
« presque rien à craindre et tout à espérer ? Le premier
« état est celui des riches, et le second celui des pauvres.
« Mais ces extrêmes sont également difficiles à suppor-
« ter aux hommes dont le bonheur consiste dans la
« médiocrité et la vertu.

PAUL

« Qu'entendez-vous par la vertu ?

LE VIEILLARD

« Mon fils ! vous qui soutenez vos parents par vos
« travaux, vous n'avez pas besoin qu'on vous la défi-
« nisse. La vertu est un effort fait sur nous-mêmes pour
« le bien d'autrui dans l'intention de plaire à Dieu seul.

PAUL

« Oh ! que Virginie est vertueuse ! C'est par vertu
« qu'elle a voulu être riche, afin d'être bienfaisante.
« C'est par vertu qu'elle est partie de cette île : la vertu
« l'y ramènera. » L'idée de son retour prochain allu-
mant l'imagination de ce jeune homme, toutes ses
inquiétudes s'évanouissaient. Virginie n'avait point
écrit, parce qu'elle allait arriver. Il fallait si peu de
temps pour venir d'Europe avec un bon vent ! Il faisait
l'énumération des vaisseaux qui avaient fait ce trajet de
quatre mille cinq cents lieues en moins de trois mois. Le
vaisseau où elle s'était embarquée n'en mettrait pas plus
de deux : les constructeurs étaient aujourd'hui si
savants, et les marins si habiles ! Il parlait des arrange-
ments qu'il allait faire pour la recevoir, du nouveau
logement qu'il allait bâtir, des plaisirs et des surprises
qu'il lui ménagerait chaque jour quand elle serait sa
femme. Sa femme !... cette idée le ravissait. « Au
« moins, mon père, me disait-il, vous ne ferez plus rien
« que pour votre plaisir. Virginie étant riche, nous
« aurons beaucoup de noirs qui travailleront pour vous.
« Vous serez toujours avec nous, n'ayant d'autre souci
« que celui de vous amuser et de vous réjouir. » Et

il allait, hors de lui, porter à sa famille la joie dont il était enivré.

En peu de temps les grandes craintes succèdent aux grandes espérances. Les passions violentes jettent toujours l'âme dans les extrémités opposées. Souvent, dès le lendemain, Paul revenait me voir, accablé de tristesse. Il me disait : « Virginie ne m'écrit point. Si elle « était partie d'Europe elle m'aurait mandé son départ. « Ah! les bruits qui ont couru d'elle ne sont que trop « fondés! sa tante l'a mariée à un grand seigneur. « L'amour des richesses l'a perdue comme tant « d'autres. Dans ces livres qui peignent si bien les « femmes la vertu n'est qu'un sujet de roman. Si « Virginie avait eu de la vertu, elle n'aurait pas quitté sa « propre mère et moi. Pendant que je passe ma vie à « penser à elle, elle m'oublie. Je m'afflige, et elle se « divertit. Ah! cette pensée me désespère. Tout travail « me déplaît; toute société m'ennuie. Plût à Dieu que la « guerre fût déclarée dans l'Inde! j'irais y mourir. »

« Mon fils, lui répondis-je, le courage qui nous jette « dans la mort n'est que le courage d'un instant. Il est « souvent excité par les vains applaudissements des « hommes. Il en est un plus rare et plus nécessaire qui « nous fait supporter chaque jour, sans témoin et sans « éloge, les traverses de la vie; c'est la patience. Elle « s'appuie, non sur l'opinion d'autrui ou sur l'impul- « sion de nos passions, mais sur la volonté de Dieu. La « patience est le courage de la vertu. »

« Ah! s'écria-t-il, je n'ai donc point de vertu! Tout « m'accable et me désespère. — La vertu, repris-je, « toujours égale, constante, invariable, n'est pas le « partage de l'homme. Au milieu de tant de passions « qui nous agitent, notre raison se trouble et s'obs- « curcit; mais il est des phares où nous pouvons en « rallumer le flambeau : ce sont les lettres.

« Les lettres, mon fils, sont un secours du ciel. Ce « sont des rayons de cette sagesse qui gouverne l'uni- « vers, que l'homme, inspiré par un art céleste, a appris « à fixer sur la terre. Semblables aux rayons du soleil, « elles éclairent, elles réjouissent, elles échauffent; c'est

« un feu divin. Comme le feu, elles approprient toute la
« nature à notre usage. Par elles nous réunissons autour
« de nous les choses, les lieux, les hommes et les temps.
« Ce sont elles qui nous rappellent aux règles de la vie
« humaine. Elles calment les passions ; elles répriment
« les vices ; elles excitent les vertus par les exemples
« augustes des gens de bien qu'elles célèbrent, et dont
« elles nous présentent les images toujours honorées.
« Ce sont des filles du ciel qui descendent sur la terre
« pour charmer les maux du genre humain. Les grands
« écrivains qu'elles inspirent ont toujours paru dans les
« temps les plus difficiles à supporter à toute société, les
« temps de barbarie et ceux de dépravation. Mon fils,
« les lettres ont consolé une infinité d'hommes plus
« malheureux que vous : Xénophon, exilé de sa patrie
« après y avoir ramené dix mille Grecs ; Scipion l'Afri-
« cain, lassé des calomnies des Romains ; Lucullus, de
« leurs brigues ; Catinat, de l'ingratitude de sa cour.
« Les Grecs, si ingénieux, avaient réparti à chacune des
« Muses qui président aux lettres une partie de notre
« entendement, pour le gouverner : nous devons donc
« leur donner nos passions à régir, afin qu'elles leur
« imposent un joug et un frein. Elles doivent remplir,
« par rapport aux puissances de notre âme, les mêmes
« fonctions que les Heures qui attelaient et conduisaient
« les chevaux du Soleil.

    « Lisez donc, mon fils. Les sages qui ont écrit avant
« nous sont des voyageurs qui nous ont précédés dans
« les sentiers de l'infortune, qui nous tendent la main,
« et nous invitent à nous joindre à leur compagnie
« lorsque tout nous abandonne. Un bon livre est un bon
« ami. »

    « Ah ! s'écriait Paul, je n'avais pas besoin de savoir
« lire quand Virginie était ici. Elle n'avait pas plus
« étudié que moi ; mais quand elle me regardait en
« m'appelant son ami, il m'était impossible d'avoir du
« chagrin. »

    « Sans doute, lui disais-je, il n'y a point d'ami aussi
« agréable qu'une maîtresse qui nous aime. Il y a de
« plus dans la femme une gaieté légère qui dissipe la

« tristesse de l'homme. Ses grâces font évanouir les
« noirs fantômes de la réflexion. Sur son visage sont les
« doux attraits et la confiance. Quelle joie n'est rendue
« plus vive par sa joie ? quel front ne se déride à son
« sourire ? quelle colère résiste à ses larmes ? Virginie
« reviendra avec plus de philosophie que vous n'en
« avez. Elle sera bien surprise de ne pas retrouver le
« jardin tout à fait rétabli, elle qui ne songe qu'à
« l'embellir, malgré les persécutions de sa parente, loin
« de sa mère et de vous. »

L'idée du retour prochain de Virginie renouvelait le
courage de Paul, et le ramenait à ses occupations
champêtres. Heureux au milieu de ses peines de proposer à son travail une fin qui plaisait à sa passion !

Un matin, au point du jour (c'était le 24 décembre
1744), Paul, en se levant, aperçut un pavillon blanc
arboré sur la montagne de la Découverte. Ce pavillon
était le signalement d'un vaisseau qu'on voyait en mer.
Paul courut à la ville pour savoir s'il n'apportait pas des
nouvelles de Virginie. Il y resta jusqu'au retour du
pilote du port, qui s'était embarqué pour aller le
reconnaître, suivant l'usage. Cet homme ne revint que
le soir. Il rapporta au gouverneur que le vaisseau
signalé était le Saint-Géran, du port de 700 tonneaux,
commandé par un capitaine appelé M. Aubin ; qu'il
était à quatre lieues au large, et qu'il ne mouillerait au
Port-Louis que le lendemain dans l'après-midi, si le
vent était favorable. Il n'en faisait point du tout alors.
Le pilote remit au gouverneur les lettres que ce vaisseau
apportait de France. Il y en avait une pour madame de
la Tour, de l'écriture de Virginie. Paul s'en saisit
aussitôt, la baisa avec transport, la mit dans son sein, et
courut à l'habitation. Du plus loin qu'il aperçut la
famille, qui attendait son retour sur le rocher des
Adieux, il éleva la lettre en l'air sans pouvoir parler ; et
aussitôt tout le monde se rassembla chez madame de la
Tour pour en entendre la lecture. Virginie mandait à sa
mère qu'elle avait éprouvé beaucoup de mauvais procédés de la part de sa grand-tante, qui l'avait voulu marier
malgré elle, ensuite déshéritée, et enfin renvoyée dans

un temps qui ne lui permettait d'arriver à l'Ile-de-France que dans la saison des ouragans; qu'elle avait essayé en vain de la fléchir, en lui représentant ce qu'elle devait à sa mère et aux habitudes du premier âge; qu'elle en avait été traitée de fille insensée dont la tête était gâtée par les romans; qu'elle n'était mainte-nant sensible qu'au bonheur de revoir et d'embrasser sa chère famille, et qu'elle eût satisfait cet ardent désir dès le jour même, si le capitaine lui eût permis de s'embar-quer dans la chaloupe du pilote; mais qu'il s'était opposé à son départ à cause de l'éloignement de la terre, et d'une grosse mer qui régnait au large, malgré le calme des vents.

A peine cette lettre fut lue que toute la famille, transportée de joie, s'écria : « Virginie est arrivée! » Maîtresse et serviteurs, tous s'embrassèrent. Madame de la Tour dit à Paul : « Mon fils, allez prévenir notre voisin de l'arrivée de Virginie. » Aussitôt Domingue alluma un flambeau de bois de ronde, et Paul et lui s'acheminèrent vers mon habitation.

Il pouvait être dix heures du soir. Je venais d'éteindre ma lampe et de me coucher, lorsque j'aperçus à travers les palissades de ma cabane une lumière dans les bois. Bientôt après j'entendis la voix de Paul qui m'appelait. Je me lève; et à peine j'étais habillé que Paul, hors de lui et tout essoufflé, me saute au cou en me disant : « Allons, allons, Virginie est arrivée. Allons au port, le « vaisseau y mouillera au point du jour. »

Sur-le-champ nous nous mettons en route. Comme nous traversions les bois de la Montagne-longue, et que nous étions déjà sur le chemin qui mène des Pample-mousses au port, j'entendis quelqu'un marcher derrière nous. C'était un noir qui s'avançait à grands pas. Dès qu'il nous eut atteints je lui demandai d'où il venait, et où il allait en si grande hâte. Il me répondit : « Je viens « du quartier de l'île appelé la Poudre-d'or : on « m'envoie au port avertir le gouverneur qu'un vaisseau « de France est mouillé sous l'île d'Ambre. Il tire du « canon pour demander du secours, car la mer est bien

« mauvaise. » Cet homme ayant ainsi parlé continua sa
route sans s'arrêter davantage.

Je dis alors à Paul : « Allons vers le quartier de la
« Poudre-d'or, au-devant de Virginie ; il n'y a que trois
« lieues d'ici. » Nous nous mîmes donc en route vers le
nord de l'île. Il faisait une chaleur étouffante. La lune
était levée ; on voyait autour d'elle trois grands cercles
noirs. Le ciel était d'une obscurité affreuse. On distinguait, à la lueur fréquente des éclairs, de longues files
de nuages épais, sombres, peu élevés, qui s'entassaient
vers le milieu de l'île, et venaient de la mer avec une
grande vitesse, quoiqu'on ne sentît pas le moindre vent
à terre. Chemin faisant nous crûmes entendre rouler le
tonnerre ; mais ayant prêté l'oreille attentivement nous
reconnûmes que c'étaient des coups de canon répétés
par les échos. Ces coups de canon lointains, joints à
l'aspect d'un ciel orageux, me firent frémir. Je ne
pouvais douter qu'ils ne fussent les signaux de détresse
d'un vaisseau en perdition. Une demi-heure après nous
n'entendîmes plus tirer du tout ; et ce silence me parut
encore plus effrayant que le bruit lugubre qui l'avait
précédé.

Nous nous hâtions d'avancer sans dire un mot, et
sans oser nous communiquer nos inquiétudes. Vers
minuit nous arrivâmes tout en nage sur le bord de la
mer, au quartier de la Poudre-d'or. Les flots s'y brisaient avec un bruit épouvantable ; ils en couvraient les
rochers et les grèves d'écume d'un blanc éblouissant et
d'étincelles de feu. Malgré les ténèbres nous distin-
guâmes, à ces lueurs phosphoriques, les pirogues des
pêcheurs qu'on avait tirées bien avant sur le sable.

A quelque distance de là nous vîmes, à l'entrée du
bois, un feu autour duquel plusieurs habitants s'étaient
rassemblés. Nous fûmes nous y reposer en attendant le
jour. Pendant que nous étions assis auprès de ce feu, un
des habitants nous raconta que dans l'après-midi il avait
vu un vaisseau en pleine mer porté sur l'île par les
courants ; que la nuit l'avait dérobé à sa vue ; que deux
heures après le coucher du soleil il l'avait entendu tirer
du canon pour appeler du secours, mais que la mer était

si mauvaise qu'on n'avait pu mettre aucun bateau
dehors pour aller à lui ; que bientôt après il avait cru
apercevoir ses fanaux allumés, et que dans ce cas il
craignait que le vaisseau, venu si près du rivage, n'eût
passé entre la terre et la petite île d'Ambre, prenant
celle-ci pour le coin de Mire, près duquel passent les
vaisseaux qui arrivent au Port-Louis ; que ci cela était,
ce qu'il ne pouvait toutefois affirmer, ce vaisseau était
dans le plus grand péril. Un autre habitant prit la
parole, et nous dit qu'il avait traversé plusieurs fois le
canal qui sépare l'île d'Ambre de la côte ; qu'il l'avait
sondé, que la tenure et le mouillage en étaient très bons,
et que le vaisseau y était en parfaite sûreté comme dans
le meilleur port : « J'y mettrais toute ma fortune,
« ajouta-t-il, et j'y dormirais aussi tranquillement qu'à
« terre. » Un troisième habitant dit qu'il était impossible que ce vaisseau pût entrer dans ce canal, où à
peine les chaloupes pouvaient naviguer. Il assura qu'il
l'avait vu mouiller au-delà de l'île d'Ambre, en sorte
que si le vent venait à s'élever au matin, il serait le
maître de pousser au large, ou de gagner le port.
D'autres habitants ouvrirent d'autres opinions. Pendant qu'ils contestaient entre eux, suivant la coutume
des Créoles oisifs, Paul et moi nous gardions un profond silence. Nous restâmes là jusqu'au petit point du
jour ; mais il faisait trop peu de clarté au ciel pour qu'on
pût distinguer aucun objet sur la mer, qui d'ailleurs
était couverte de brume : nous n'entrevîmes au large
qu'un nuage sombre, qu'on nous dit être l'île d'Ambre,
située à un quart de lieue de la côte. On n'apercevait
dans ce jour ténébreux que la pointe du rivage où nous
étions, et quelques pitons des montagnes de l'intérieur
de l'île, qui apparaissaient de temps en temps au milieu
des nuages qui circulaient autour.

Vers les sept heures du matin nous entendîmes dans
les bois un bruit de tambours : c'était le gouverneur,
M. de la Bourdonnais, qui arrivait à cheval, suivi d'un
détachement de soldats armés de fusils, et d'un grand
nombre d'habitants et de noirs. Il plaça ses soldats sur
le rivage, et leur ordonna de faire feu de leurs armes

tous à la fois. A peine leur décharge fut faite que nous
aperçûmes sur la mer une lueur, suivie presque aussitôt
d'un coup de canon. Nous jugeâmes que le vaisseau
était à peu de distance de nous, et nous courûmes tous
du côté où nous avions vu son signal. Nous aperçûmes
alors, à travers le brouillard, le corps et les vergues d'un
grand vaisseau. Nous en étions si près que, malgré le
bruit des flots, nous entendîmes le sifflet du maître qui
commandait la manœuvre, et les cris des matelots, qui
crièrent trois fois VIVE LE ROI! car c'est le cri des
Français dans les dangers extrêmes, ainsi que dans les
grandes joies : comme si, dans les dangers, ils appelaient leur prince à leur secours, ou comme s'ils voulaient témoigner alors qu'ils sont prêts à périr pour lui.
    Depuis le moment où le Saint-Géran aperçut que
nous étions à portée de le secourir, il ne cessa de tirer du
canon de trois minutes en trois minutes. M. de la
Bourdonnais fit allumer de grands feux de distance en
distance sur la grève, et envoya chez tous les habitants
du voisinage chercher des vivres, des planches, des
câbles, et des tonneaux vides. On en vit arriver bientôt
une foule, accompagnés de leurs noirs chargés de
provisions et d'agrès, qui venaient des habitations de la
Poudre-d'or, du quartier de Flacque, et de la rivière du
Rempart. Un des plus anciens de ces habitants s'approcha du gouverneur, et lui dit : « Monsieur, on a
entendu toute la nuit des bruits sourds dans la montagne ; dans les bois les feuilles des arbres remuent sans
qu'il fasse de vent ; les oiseaux de marine se réfugient à
terre : certainement tous ces signes annoncent un ouragan. — Eh bien ! mes amis, répondit le gouverneur,
nous y sommes préparés, et sûrement le vaisseau l'est
aussi. »
    En effet tout présageait l'arrivée prochaine d'un
ouragan. Les nuages qu'on distinguait au zénith étaient
à leur centre d'un noir affreux, et cuivrés sur leurs
bords. L'air retentissait des cris des paille-en-cul, des
frégates, des coupeurs d'eau, et d'une multitude
d'oiseaux de marine, qui, malgré l'obscurité de l'atmosphère, venaient de tous les points de l'horizon chercher des retraites dans l'île.

Vers les neuf heures du matin on entendit du côté de la mer des bruits épouvantables, comme si des torrents d'eau, mêlés à des tonnerres, eussent roulé du haut des montagnes. Tout le monde s'écria : « Voilà l'ouragan ! » et dans l'instant un tourbillon affreux de vent enleva la brume qui couvrait l'île d'Ambre et son canal. Le Saint-Géran parut alors à découvert avec son pont chargé de monde, ses vergues et ses mâts de hune amenés sur le tillac, son pavillon en berne, quatre câbles sur son avant, et un de retenue sur son arrière. Il était mouillé entre l'île d'Ambre et la terre, en deçà de la ceinture de récifs qui entoure l'Ile-de-France, et qu'il avait franchie par un endroit où jamais vaisseau n'avait passé avant lui. Il présentait son avant aux flots qui venaient de la pleine mer, et à chaque lame d'eau qui s'engageait dans le canal, sa proue se soulevait tout entière, de sorte qu'on en voyait la carène en l'air ; mais dans ce mouvement sa poupe, venant à plonger, disparaissait à la vue jusqu'au couronnement, comme si elle eût été submergée. Dans cette position où le vent et la mer le jetaient à terre, il lui était également impossible de s'en aller par où il était venu, ou, en coupant ses câbles, d'échouer sur le rivage, dont il était séparé par de hauts fonds semés de récifs. Chaque lame qui venait briser sur la côte s'avançait en mugissant jusqu'au fond des anses, et y jetait des galets à plus de cinquante pieds dans les terres ; puis, venant à se retirer, elle découvrait une grande partie du lit du rivage, dont elle roulait les cailloux avec un bruit rauque et affreux. La mer, soulevée par le vent, grossissait à chaque instant, et tout le canal compris entre cette île et l'île d'Ambre n'était qu'une vaste nappe d'écumes blanches, creusées de vagues noires et profondes. Ces écumes s'amassaient dans le fond des anses à plus de six pieds de hauteur, et le vent, qui en balayait la surface, les portait par-dessus l'escarpement du rivage à plus d'une demi-lieue dans les terres. A leurs flocons blancs et innombrables, qui étaient chassés horizontalement jusqu'au pied des montagnes, on eût dit d'une neige qui sortait de la mer. L'horizon offrait tous les signes d'une longue tempête ;

la mer y paraissait confondue avec le ciel. Il s'en
détachait sans cesse des nuages d'une forme horrible
qui traversaient le zénith avec la vitesse des oiseaux,
tandis que d'autres y paraissaient immobiles comme de
grands rochers. On n'apercevait aucune partie azurée
du firmament; une lueur olivâtre et blafarde éclairait
seule tous les objets de la terre, de la mer, et des cieux.

Dans les balancements du vaisseau, ce qu'on craignait arriva. Les câbles de son avant rompirent; et
comme il n'était plus retenu que par une seule aussière
il fut jeté sur les rochers à une demi-encâblure du
rivage. Ce ne fut qu'un cri de douleur parmi nous. Paul
allait s'élancer à la mer, lorsque je le saisis par le bras :
« Mon fils, lui dis-je, voulez-vous périr ? — Que j'aille à
son secours, s'écria-t-il, ou que je meure ! » Comme le
désespoir lui ôtait la raison, pour prévenir sa perte,
Domingue et moi lui attachâmes à la ceinture une
longue corde dont nous saisîmes l'une des extrémités.
Paul alors s'avança vers le Saint-Géran, tantôt nageant,
tantôt marchant sur les récifs. Quelquefois il avait
l'espoir de l'aborder, car la mer, dans ses mouvements
irréguliers, laissait le vaisseau presque à sec, de manière
qu'on en eût pu faire le tour à pied ; mais bientôt après,
revenant sur ses pas avec une nouvelle furie, elle le
couvrait d'énormes voûtes d'eau qui soulevaient tout
l'avant de sa carène, et rejetaient bien loin sur le rivage
le malheureux Paul, les jambes en sang, la poitrine
meurtrie, et à demi noyé. A peine ce jeune homme
avait-il repris l'usage de ses sens qu'il se relevait et
retournait avec une nouvelle ardeur vers le vaisseau,
que la mer cependant entrouvrait par d'horribles
secousses. Tout l'équipage, désespérant alors de son
salut, se précipitait en foule à la mer, sur des vergues,
des planches, des cages à poules, des tables, et des
tonneaux. On vit alors un objet digne d'une éternelle
pitié : une jeune demoiselle parut dans la galerie de la
poupe du Saint-Géran, tendant les bras vers celui qui
faisait tant d'efforts pour la joindre. C'était Virginie.
Elle avait reconnu son amant à son intrépidité. La vue
de cette aimable personne, exposée à un si terrible

danger, nous remplit de douleur et de désespoir. Pour
Virginie, d'un port noble et assuré, elle nous faisait
signe de la main, comme nous disant un éternel adieu.
Tous les matelots s'étaient jetés à la mer. Il n'en restait
plus qu'un sur le pont, qui était tout nu et nerveux
comme Hercule. Il s'approcha de Virginie avec respect : nous le vîmes se jeter à ses genoux, et s'efforcer
même de lui ôter ses habits ; mais elle, le repoussant
avec dignité, détourna de lui sa vue. On entendit
aussitôt ces cris redoublés des spectateurs : « Sauvez-la, sauvez-la ; ne la quittez pas ! » Mais dans ce
moment une montagne d'eau d'une effroyable grandeur
s'engouffra entre l'île d'Ambre et la côte, et s'avança en
rugissant vers le vaisseau, qu'elle menaçait de ses flancs
noirs et de ses sommets écumants. A cette terrible vue
le matelot s'élança seul à la mer ; et Virginie, voyant la
mort inévitable, posa une main sur ses habits, l'autre
sur son cœur, et levant en haut des yeux sereins, parut
un ange qui prend son vol vers les cieux.

O jour affreux ! hélas ! tout fut englouti. La lame jeta
bien avant dans les terres une partie des spectateurs
qu'un mouvement d'humanité avait portés à s'avancer
vers Virginie, ainsi que le matelot qui l'avait voulu
sauver à la nage. Cet homme, échappé à une mort
presque certaine, s'agenouilla sur le sable, en disant :
« O mon Dieu ! vous m'avez sauvé la vie ; mais je
« l'aurais donnée de bon cœur pour cette digne demoi-
« selle qui n'a jamais voulu se déshabiller comme
« moi. » Domingue et moi nous retirâmes des flots le
malheureux Paul sans connaissance, rendant le sang
par la bouche et par les oreilles. Le gouverneur le fit
mettre entre les mains des chirurgiens ; et nous cher-
châmes de notre côté le long du rivage si la mer n'y
apporterait point le corps de Virginie : mais le vent
ayant tourné subitement, comme il arrive dans les
ouragans, nous eûmes le chagrin de penser que nous ne
pourrions pas même rendre à cette fille infortunée les
devoirs de la sépulture. Nous nous éloignâmes de ce
lieu, accablés de consternation, tous l'esprit frappé

d'une seule perte, dans un naufrage où un grand
nombre de personnes avaient péri, la plupart doutant,
d'après une fin aussi funeste d'une fille si vertueuse,
qu'il existât une Providence; car il y a des maux si
terribles et si peu mérités, que l'espérance même du
sage en est ébranlée.

Cependant on avait mis Paul, qui commençait à
reprendre ses sens, dans une maison voisine, jusqu'à ce
qu'il fût en état d'être transporté à son habitation. Pour
moi, je m'en revins avec Domingue, afin de préparer la
mère de Virginie et son amie à ce désastreux événement. Quand nous fûmes à l'entrée du vallon de la
rivière des Lataniers, des noirs nous dirent que la mer
jetait beaucoup de débris du vaisseau dans la baie
vis-à-vis. Nous y descendîmes; et un des premiers
objets que j'aperçus sur le rivage fut le corps de
Virginie. Elle était à moitié couverte de sable, dans
l'attitude où nous l'avions vue périr. Ses traits n'étaient
point sensiblement altérés. Ses yeux étaient fermés;
mais la sérénité était encore sur son front : seulement
les pâles violettes de la mort se confondaient sur ses
joues avec les roses de la pudeur. Une de ses mains était
sur ses habits, et l'autre, qu'elle appuyait sur son cœur,
était fortement fermée et roidie. J'en dégageai avec
peine une petite boîte : mais quelle fut ma surprise
lorsque je vis que c'était le portrait de Paul, qu'elle lui
avait promis de ne jamais abandonner tant qu'elle
vivrait! A cette dernière marque de la constance et de
l'amour de cette fille infortunée je pleurai amèrement.
Pour Domingue, il se frappait la poitrine, et perçait l'air
de ses cris douloureux. Nous portâmes le corps de
Virginie dans une cabane de pêcheurs, où nous le
donnâmes à garder à de pauvres femmes malabares, qui
prirent soin de le laver.

Pendant qu'elles s'occupaient de ce triste office, nous
montâmes en tremblant à l'habitation. Nous y trou-
vâmes madame de la Tour et Marguerite en prières, en
attendant des nouvelles du vaisseau. Dès que madame
de la Tour m'aperçut elle s'écria : « Où est ma fille, ma
« chère fille, mon enfant? » Ne pouvant douter de son

malheur à mon silence et à mes larmes, elle fut saisie
tout à coup d'étouffements et d'angoisses douloureuses ; sa voix ne faisait plus entendre que des soupirs
et des sanglots. Pour Marguerite, elle s'écria : « Où est
mon fils ? Je ne vois point mon fils » ; et elle s'évanouit.
Nous courûmes à elle ; et l'ayant fait revenir, je l'assurai
que Paul était vivant, et que le gouverneur en faisait
prendre soin. Elle ne reprit ses sens que pour s'occuper
de son amie qui tombait de temps en temps dans de
longs évanouissements. Madame de la Tour passa toute
la nuit dans ces cruelles souffrances ; et par leurs
longues périodes j'ai jugé qu'aucune douleur n'était
égale à la douleur maternelle. Quand elle recouvrait la
connaissance elle tournait des regards fixes et mornes
vers le ciel. En vain son amie et moi nous lui pressions
les mains dans les nôtres, en vain nous l'appelions par
les noms les plus tendres ; elle paraissait insensible à ces
témoignages de notre ancienne affection, et il ne sortait
de sa poitrine oppressée que de sourds gémissements.

Dès le matin on apporta Paul couché dans un palanquin. Il avait repris l'usage de ses sens ; mais il ne
pouvait proférer une parole. Son entrevue avec sa mère
et madame de la Tour, que j'avais d'abord redoutée,
produisit un meilleur effet que tous les soins que j'avais
pris jusqu'alors. Un rayon de consolation parut sur le
visage de ces deux malheureuses mères. Elles se mirent
l'une et l'autre auprès de lui, le saisirent dans leurs
bras, le baisèrent ; et leurs larmes, qui avaient été
suspendues jusqu'alors par l'excès de leur chagrin,
commencèrent à couler. Paul y mêla bientôt les siennes.
La nature s'étant ainsi soulagée dans ces trois infortunés, un long assoupissement succéda à l'état convulsif
de leur douleur, et leur procura un repos léthargique
semblable, à la vérité, à celui de la mort.

M. de la Bourdonnais m'envoya avertir secrètement
que le corps de Virginie avait été apporté à la ville par
son ordre, et que de là on allait le transférer à l'église
des Pamplemousses. Je descendis aussitôt au Port-
Louis, où je trouvai des habitants de tous les quartiers
rassemblés pour assister à ses funérailles, comme si l'île

eût perdu en elle ce qu'elle avait de plus cher. Dans le port les vaisseaux avaient leurs vergues croisées, leurs pavillons en berne et tiraient du canon par longs intervalles. Des grenadiers ouvraient la marche du convoi ; ils portaient leurs fusils baissés. Leurs tambours, couverts de longs crêpes, ne faisaient entendre que des sons lugubres, et on voyait l'abattement peint dans les traits de ces guerriers qui avaient tant de fois affronté la mort dans les combats sans changer de visage. Huit jeunes demoiselles des plus considérables de l'île, vêtues de blanc, et tenant des palmes à la main, portaient le corps de leur vertueuse compagne, couvert de fleurs. Un chœur de petits enfants le suivait en chantant des hymnes : après eux venait tout ce que l'île avait de plus distingué dans ses habitants et dans son état-major, à la suite duquel marchait le gouverneur, suivi de la foule du peuple.

Voilà ce que l'administration avait ordonné pour rendre quelques honneurs à la vertu de Virginie. Mais quand son corps fut arrivé au pied de cette montagne, à la vue de ces mêmes cabanes dont elle avait fait si longtemps le bonheur, et que sa mort remplissait maintenant de désespoir, toute la pompe funèbre fut dérangée : les hymnes et les chants cessèrent ; on n'entendit plus dans la plaine que des soupirs et des sanglots. On vit accourir alors des troupes de jeunes filles des habitations voisines pour faire toucher au cercueil de Virginie des mouchoirs, des chapelets, et des couronnes de fleurs, en l'invoquant comme une sainte. Les mères demandaient à Dieu une fille comme elle ; les garçons, des amantes aussi constantes ; les pauvres, une amie aussi tendre ; les esclaves, une maîtresse aussi bonne.

Lorsqu'elle fut arrivée au lieu de sa sépulture, des négresses de Madagascar et des Cafres de Mozambique déposèrent autour d'elle des paniers de fruits, et suspendirent des pièces d'étoffes aux arbres voisins, suivant l'usage de leur pays ; des Indiennes du Bengale et de la côte Malabare apportèrent des cages pleines d'oiseaux, auxquels elles donnèrent la liberté sur son corps : tant la perte d'un objet aimable intéresse toutes les nations, et tant est grand le pouvoir de la vertu malheureuse, puisqu'elle réunit toutes les religions autour de son tombeau.

Il fallut mettre des gardes auprès de sa fosse, et en écarter quelques filles de pauvres habitants, qui voulaient s'y jeter à toute force, disant qu'elles n'avaient plus de consolation à espérer dans le monde, et qu'il ne leur restait qu'à mourir avec celle qui était leur unique bienfaitrice.

On l'enterra près de l'église des Pamplemousses, sur son côté occidental, au pied d'une touffe de bambous, où, en venant à la messe avec sa mère et Marguerite, elle aimait à se reposer assise à côté de celui qu'elle appelait alors son frère.

Au retour de cette pompe funèbre M. de la Bourdonnais monta ici, suivi d'une partie de son nombreux cortège. Il offrit à madame de la Tour et à son amie tous les secours qui dépendaient de lui. Il s'exprima en peu de mots, mais avec indignation, contre sa tante dénaturée ; et s'approchant de Paul, il lui dit tout ce qu'il crut propre à le consoler. « Je désirais, lui dit-il, votre « bonheur et celui de votre famille ; Dieu m'en est « témoin. Mon ami, il faut aller en France ; je vous y « ferai avoir du service. Dans votre absence j'aurai soin « de votre mère comme de la mienne », et en même temps il lui présenta la main ; mais Paul retira la sienne, et détourna la tête pour ne le pas voir.

Pour moi, je restai dans l'habitation de mes amies infortunées pour leur donner, ainsi qu'à Paul, tous les secours dont j'étais capable. Au bout de trois semaines Paul fut en état de marcher ; mais son chagrin paraissait augmenter à mesure que son corps reprenait des forces. Il était insensible à tout, ses regards étaient éteints, et il ne répondait rien à toutes les questions qu'on pouvait lui faire. Madame de la Tour, qui était mourante, lui disait souvent : « Mon fils, tant que je vous verrai, je « croirai voir ma chère Virginie. » A ce nom de Virginie il tressaillait et s'éloignait d'elle, malgré les invitations de sa mère qui le rappelait auprès de son amie. Il allait

seul se retirer dans le jardin, et s'asseyait au pied du
cocotier de Virginie, les yeux fixés sur sa fontaine. Le
chirurgien du gouverneur, qui avait pris le plus grand
soin de lui et de ces dames, nous dit que pour le tirer de
sa noire mélancolie il fallait lui laisser faire tout ce qu'il
lui plairait, sans le contrarier en rien ; qu'il n'y avait que
ce seul moyen de vaincre le silence auquel il s'obstinait.

Je résolus de suivre son conseil. Dès que Paul sentit
ses forces un peu rétablies, le premier usage qu'il en fit
fut de s'éloigner de l'habitation. Comme je ne le perdais
pas de vue, je me mis en marche après lui, et je dis à
Domingue de prendre des vivres et de nous accompagner. A mesure que ce jeune homme descendait cette
montagne, sa joie et ses forces semblaient renaître. Il
prit d'abord le chemin des Pamplemousses ; et quand il
fut auprès de l'église, dans l'allée des bambous, il s'en
fut droit au lieu où il vit de la terre fraîchement remuée ;
là il s'agenouilla, et levant les yeux au ciel il fit une
longue prière. Sa démarche me parut de bon augure
pour le retour de sa raison, puisque cette marque de
confiance envers l'Etre Suprême faisait voir que son
âme commençait à reprendre ses fonctions naturelles.
Domingue et moi nous nous mîmes à genoux à son
exemple, et nous priâmes avec lui. Ensuite il se leva, et
prit sa route vers le nord de l'île, sans faire beaucoup
d'attention à nous. Comme je savais qu'il ignorait non
seulement où on avait déposé le corps de Virginie, mais
même s'il avait été retiré de la mer, je lui demandai
pourquoi il avait été prier Dieu au pied de ces bambous : il me répondit, « Nous y avons été si souvent ! »

Il continua sa route jusqu'à l'entrée de la forêt, où la
nuit nous surprit. Là, je l'engageai, par mon exemple, à
prendre quelque nourriture ; ensuite nous dormîmes
sur l'herbe au pied d'un arbre. Le lendemain je crus
qu'il se déterminerait à revenir sur ses pas. En effet il
regarda quelque temps dans la plaine l'église des Pamplemousses avec ses longues avenues de bambous, et il
fit quelques mouvements comme pour y retourner ;
mais il s'enfonça brusquement dans la forêt, en dirigeant toujours sa route vers le nord. Je pénétrai son

intention, et je m'efforçai en vain de l'en distraire. Nous arrivâmes sur le milieu du jour au quartier de la Poudre-d'or. Il descendit précipitamment au bord de la mer, vis-à-vis du lieu où avait péri le Saint-Géran. A la vue de l'île d'Ambre, et de son canal alors uni comme un miroir, il s'écria : « Virginie ! ô ma chère Virginie ! » et aussitôt il tomba en défaillance. Domingue et moi nous le portâmes dans l'intérieur de la forêt, où nous le fîmes revenir avec bien de la peine. Dès qu'il eut repris ses sens il voulut retourner sur les bords de la mer ; mais l'ayant supplié de ne pas renouveler sa douleur et la nôtre par de si cruels ressouvenirs, il prit une autre direction. Enfin pendant huit jours il se rendit dans tous les lieux où il s'était trouvé avec la compagne de son enfance. Il parcourut le sentier par où elle avait été demander la grâce de l'esclave de la Rivière-noire ; il revit ensuite les bords de la rivière des Trois-mamelles, où elle s'assit ne pouvant plus marcher, et la partie du bois où elle s'était égarée. Tous les lieux qui lui rappelaient les inquiétudes, les jeux, les repas, la bienfaisance de sa bien-aimée ; la rivière de la Montagne-longue, ma petite maison, la cascade voisine, le papayer qu'elle avait planté, les pelouses où elle aimait à courir, les carrefours de la forêt où elle se plaisait à chanter, firent tour à tour couler ses larmes ; et les mêmes échos, qui avaient retenti tant de fois de leurs cris de joie communs, ne répétaient plus maintenant que ces mots douloureux : « Virginie ! ô ma chère Virginie ! »

Dans cette vie sauvage et vagabonde ses yeux se cavèrent, son teint jaunit, et sa santé s'altéra de plus en plus. Persuadé que le sentiment de nos maux redouble par le souvenir de nos plaisirs, et que les passions s'accroissent dans la solitude, je résolus d'éloigner mon infortuné ami des lieux qui lui rappelaient le souvenir de sa perte, et de le transférer dans quelque endroit de l'île où il y eût beaucoup de dissipation. Pour cet effet je le conduisis sur les hauteurs habitées du quartier de Williams, où il n'avait jamais été. L'agriculture et le commerce répandaient dans cette partie de l'île beaucoup de mouvement et de variété. Il y avait des troupes

de charpentiers qui équarrissaient des bois, et d'autres
qui les sciaient en planches; des voitures allaient et
venaient le long de ses chemins; de grands troupeaux
de bœufs et de chevaux y paissaient dans de vastes
pâturages, et la campagne y était parsemée d'habitations. L'élévation du sol y permettait en plusieurs lieux
la culture de diverses espèces de végétaux de l'Europe.
On y voyait çà et là des moissons de blé dans la plaine,
des tapis de fraisiers dans les éclaircies des bois, et des
haies de rosiers le long des routes. La fraîcheur de l'air,
en donnant de la tension aux nerfs, y était même
favorable à la santé des blancs. De ces hauteurs, situées
vers le milieu de l'île, et entourées de grands bois, on
n'apercevait ni la mer, ni le Port-Louis, ni l'église des
Pamplemousses, ni rien qui pût rappeler à Paul le
souvenir de Virginie. Les montagnes mêmes, qui présentent différentes branches du côté du Port-Louis,
n'offrent plus du côté des plaines de Williams qu'un
long promontoire en ligne droite et perpendiculaire,
d'où s'élèvent plusieurs longues pyramides de rochers
où se rassemblent les nuages.

Ce fut donc dans ces plaines où je conduisis Paul. Je
le tenais sans cesse en action, marchant avec lui au soleil
et à la pluie, de jour et de nuit, l'égarant exprès dans les
bois, les défrichés, les champs, afin de distraire son
esprit par la fatigue de son corps, et de donner le change
à ses réflexions par l'ignorance du lieu où nous étions,
et du chemin que nous avions perdu. Mais l'âme d'un
amant retrouve partout les traces de l'objet aimé. La
nuit et le jour, le calme des solitudes et le bruit des
habitations, le temps même qui emporte tant de souvenirs, rien ne peut l'en écarter. Comme l'aiguille touchée
de l'aimant, elle a beau être agitée, dès qu'elle rentre
dans son repos, elle se tourne vers le pôle qui l'attire.
Quand je demandais à Paul, égaré au milieu des plaines
de Williams : « Où irons-nous maintenant ? il se tour-
« nait vers le nord, et me disait : Voilà nos montagnes,
« retournons-y. »

Je vis bien que tous les moyens que je tentais pour le
distraire étaient inutiles, et qu'il ne me restait d'autre

ressource que d'attaquer sa passion en elle-même, en y
employant toutes les forces de ma faible raison. Je lui
répondis donc : « Oui, voilà les montagnes où demeu-
« rait votre chère Virginie, et voilà le portrait que vous
« lui aviez donné, et qu'en mourant elle portait sur son
« cœur, dont les derniers mouvements ont encore été
« pour vous. » Je présentai alors à Paul le petit portrait
qu'il avait donné à Virginie au bord de la fontaine des
cocotiers. A cette vue une joie funeste parut dans ses
regards. Il saisit avidement ce portrait de ses faibles
mains, et le porta sur sa bouche. Alors sa poitrine
s'oppressa, et dans ses yeux à demi sanglants des larmes
s'arrêtèrent sans pouvoir couler.

    Je lui dis : « Mon fils, écoutez-moi, qui suis votre
« ami, qui ai été celui de Virginie, et qui, au milieu de
« vos espérances, ai souvent tâché de fortifier votre
« raison contre les accidents imprévus de la vie. Que
« déplorez-vous avec tant d'amertume ? Est-ce votre
« malheur ? Est-ce celui de Virginie ?

    « Votre malheur ? Oui, sans doute, il est grand. Vous
« avez perdu la plus aimable des filles, qui aurait été la
« plus digne des femmes. Elle avait sacrifié ses intérêts
« aux vôtres, et vous avait préféré à la fortune comme la
« seule récompense digne de sa vertu. Mais que savez-
« vous si l'objet de qui vous deviez attendre un bonheur
« si pur n'eût pas été pour vous la source d'une infinité
« de peines ? Elle était sans bien, et déshéritée ; vous
« n'aviez désormais à partager avec elle que votre seul
« travail. Revenue plus délicate par son éducation, et
« plus courageuse par son malheur même, vous l'auriez
« vue chaque jour succomber, en s'efforçant de parta-
« ger vos fatigues. Quand elle vous aurait donné des
« enfants, ses peines et les vôtres auraient augmenté par
« la difficulté de soutenir seule avec vous de vieux
« parents, et une famille naissante.

    «   Vous me direz : le gouverneur nous aurait aidés.
« Que savez-vous si, dans une colonie qui change si
« souvent d'administrateurs, vous aurez souvent des la
« Bourdonnais ? S'il ne viendra pas ici des chefs sans

« mœurs et sans morale ? si, pour obtenir quelque
« misérable secours, votre épouse n'eût pas été obligée
« de leur faire sa cour ? Ou elle eût été faible, et vous
« eussiez été à plaindre ; ou elle eût été sage, et vous
« fussiez resté pauvre : heureux si, à cause de sa beauté
« et de sa vertu, vous n'eussiez pas été persécuté par
« ceux mêmes de qui vous espériez de la protection !

   « Il me fût resté, me direz-vous, le bonheur, indé-
« pendant de la fortune, de protéger l'objet aimé qui
« s'attache à nous à proportion de sa faiblesse même ; de
« le consoler par mes propres inquiétudes ; de le réjouir
« de ma tristesse, et d'accroître notre amour de nos
« peines mutuelles. Sans doute la vertu et l'amour
« jouissent de ces plaisirs amers. Mais elle n'est plus, et
« il vous reste ce qu'après vous elle a le plus aimé, sa
« mère et la vôtre, que votre douleur inconsolable
« conduira au tombeau. Mettez votre bonheur à les
« aider, comme elle l'y avait mis elle-même. Mon fils, la
« bienfaisance est le bonheur de la vertu ; il n'y en a
« point de plus assuré et de plus grand sur la terre. Les
« projets de plaisirs, de repos, de délices, d'abondance,
« de gloire, ne sont point faits pour l'homme faible,
« voyageur et passager. Voyez comme un pas vers la
« fortune nous a précipités tous d'abîme en abîme.
« Vous vous y êtes opposé, il est vrai ; mais qui n'eût
« pas cru que le voyage de Virginie devait se terminer
« par son bonheur et par le vôtre ? Les invitations d'une
« parente riche et âgée, les conseils d'un sage gouver-
« neur, les applaudissements d'une colonie, les exhor-
« tations et l'autorité d'un prêtre, ont décidé du mal-
« heur de Virginie. Ainsi nous courons à notre perte,
« trompés par la prudence même de ceux qui nous
« gouvernent. Il eût mieux valu sans doute ne pas les
« croire, ni se fier à la voix et aux espérances d'un
« monde trompeur. Mais enfin, de tant d'hommes que
« nous voyons si occupés dans ces plaines, de tant
« d'autres qui vont chercher la fortune aux Indes, ou
« qui, sans sortir de chez eux, jouissent en repos en
« Europe des travaux de ceux-ci, il n'y en a aucun qui
« ne soit destiné à perdre un jour ce qu'il chérit le plus,

« grandeurs, fortune, femme, enfants, amis. La plupart
« auront à joindre à leur perte le souvenir de leur propre
« imprudence. Pour vous, en rentrant en vous-même,
« vous n'avez rien à vous reprocher. Vous avez été
« fidèle à votre foi. Vous avez eu, à la fleur de la
« jeunesse, la prudence d'un sage, en ne vous écartant
« pas du sentiment de la nature. Vos vues seules étaient
« légitimes, parce qu'elles étaient pures, simples, désin-
« téressées, et que vous aviez sur Virginie des droits
« sacrés qu'aucune fortune ne pouvait balancer. Vous
« l'avez perdue, et ce n'est ni votre imprudence, ni
« votre avarice, ni votre fausse sagesse, qui vous l'ont
« fait perdre, mais Dieu même, qui a employé les
« passions d'autrui pour vous ôter l'objet de votre
« amour ; Dieu, de qui vous tenez tout, qui voit tout ce
« qui vous convient, et dont la sagesse ne vous laisse
« aucun lieu au repentir et au désespoir qui marchent à
« la suite des maux dont nous avons été la cause.

« Voilà ce que vous pouvez vous dire dans votre
« infortune : Je ne l'ai pas méritée. Est-ce donc le
« malheur de Virginie, sa fin, son état présent, que vous
« déplorez ? Elle a subi le sort réservé à la naissance, à la
« beauté, et aux empires mêmes. La vie de l'homme,
« avec tous ses projets, s'élève comme une petite tour
« dont la mort est le couronnement. En naissant, elle
« était condamnée à mourir. Heureuse d'avoir dénoué
« les liens de la vie avant sa mère, avant la vôtre, avant
« vous, c'est-à-dire de n'être pas morte plusieurs fois
« avant la dernière !

« La mort, mon fils, est un bien pour tous les
« hommes ; elle est la nuit de ce jour inquiet qu'on
« appelle la vie. C'est dans le sommeil de la mort que
« reposent pour jamais les maladies, les douleurs, les
« chagrins, les craintes qui agitent sans cesse les mal-
« heureux vivants. Examinez les hommes qui
« paraissent les plus heureux : vous verrez qu'ils ont
« acheté leur prétendu bonheur bien chèrement ; la
« considération publique, par des maux domestiques ;
« la fortune, par la perte de la santé ; le plaisir si rare
« d'être aimé, par des sacrifices continuels : et souvent,

« à la fin d'une vie sacrifiée aux intérêts d'autrui, ils ne
« voient autour d'eux que des amis faux et des parents
« ingrats. Mais Virginie a été heureuse jusqu'au dernier
« moment. Elle l'a été avec nous par les biens de la
« nature ; loin de nous, par ceux de la vertu : et même
« dans le moment terrible où nous l'avons vue périr elle
« était encore heureuse ; car, soit qu'elle jetât les yeux
« sur une colonie entière à qui elle causait une désola-
« tion universelle, ou sur vous qui couriez avec tant
« d'intrépidité à son secours, elle a vu combien elle
« nous était chère à tous. Elle s'est fortifiée contre
« l'avenir par le souvenir de l'innocence de sa vie, et elle
« a reçu alors le prix que le ciel réserve à la vertu, un
« courage supérieur au danger. Elle a présenté à la mort
« un visage serein.

    « Mon fils, Dieu donne à la vertu tous les événements
« de la vie à supporter, pour faire voir qu'elle seule peut
« en faire usage, et y trouver du bonheur et de la gloire.
« Quand il lui réserve une réputation illustre, il l'élève
« sur un grand théâtre, et la met aux prises avec la
« mort ; alors son courage sert d'exemple, et le souvenir
« de ses malheurs reçoit à jamais un tribut de larmes de
« la postérité. Voilà le monument immortel qui lui est
« réservé sur une terre où tout passe, et où la mémoire
« même de la plupart des rois est bientôt ensevelie dans
« un éternel oubli.

    « Mais Virginie existe encore. Mon fils, voyez que
« tout change sur la terre, et que rien ne s'y perd.
« Aucun art humain ne pourrait anéantir la plus petite
« particule de matière, et ce qui fut raisonnable, sen-
« sible, aimant, vertueux, religieux, aurait péri, lorsque
« les éléments dont il était revêtu sont indestructibles ?
« Ah ! si Virginie a été heureuse avec nous, elle l'est
« maintenant bien davantage. Il y a un Dieu, mon fils :
« toute la nature l'annonce ; je n'ai pas besoin de vous le
« prouver. Il n'y a que la méchanceté des hommes qui
« leur fasse nier une justice qu'ils craignent. Son senti-
« ment est dans votre cœur, ainsi que ses ouvrages sont
« sous vos yeux. Croyez-vous donc qu'il laisse Virginie
« sans récompense ? Croyez-vous que cette même puis-

« sance qui avait revêtu cette âme si noble d'une forme
« si belle, ou vous sentiez un art divin, n'aurait pu la
« tirer des flots? que celui qui a arrangé le bonheur
« actuel des hommes par des lois que vous ne connais-
« sez pas, ne puisse en préparer un autre à Virginie par
« des lois qui vous sont également inconnues? Quand
« nous étions dans le néant, si nous eussions été
« capables de penser, aurions-nous pu nous former une
« idée de notre existence? Et maintenant que nous
« sommes dans cette existence ténébreuse et fugitive,
« pouvons-nous prévoir ce qu'il y a au-delà de la mort
« par où nous en devons sortir? Dieu a-t-il besoin,
« comme l'homme, du petit globe de notre terre pour
« servir de théâtre à son intelligence et à sa bonté, et
« n'a-t-il pu propager la vie humaine que dans les
« champs de la mort? Il n'y a pas dans l'océan une seule
« goutte d'eau qui ne soit pleine d'êtres vivants qui
« ressortissent à nous, et il n'existerait rien pour nous
« parmi tant d'astres qui roulent sur nos têtes? Quoi! il
« n'y aurait d'intelligence suprême et de bonté divine
« précisément que là où nous sommes ; et dans ces
« globes rayonnants et innombrables, dans ces champs
« infinis de lumière qui les environnent, que ni les
« orages ni les nuits n'obscurcissent jamais, il n'y aurait
« qu'un espace vain et un néant éternel? Si nous, qui ne
« nous sommes rien donné, osions assigner des bornes à
« la puissance de laquelle nous avons tout reçu, nous
« pourrions croire que nous sommes ici sur les limites
« de son empire, où la vie se débat avec la mort, et
« l'innocence avec la tyrannie?

« Sans doute il est quelque part un lieu où la vertu
« reçoit sa récompense. Virginie maintenant est heu-
« reuse. Ah! si du séjour des anges elle pouvait se
« communiquer à vous, elle vous dirait comme dans ses
« adieux : « O Paul! la vie n'est qu'une épreuve. J'ai été
« trouvée fidèle aux lois de la nature, de l'amour, et de
« la vertu. J'ai traversé les mers pour obéir à mes
« parents ; j'ai renoncé aux richesses pour conserver ma
« foi; et j'ai mieux aimé perdre la vie que de violer la
« pudeur. Le ciel a trouvé ma carrière suffisamment

« remplie. J'ai échappé pour toujours à la pauvreté, à la
« calomnie, aux tempêtes, au spectacle des douleurs
« d'autrui. Aucun des maux qui effrayent les hommes
« ne peut plus désormais m'atteindre ; et vous me
« plaignez ! Je suis pure et inaltérable comme une
« particule de lumière ; et vous me rappelez dans la nuit
« de la vie ! O Paul ! ô mon ami ! souviens-toi de ces
« jours de bonheur, où dès le matin nous goûtions la
« volupté des cieux, se levant avec le soleil sur les pitons
« de ces rochers, et se répandant avec ses rayons au sein
« de nos forêts. Nous éprouvions un ravissement dont
« nous ne pouvions comprendre la cause. Dans nos
« souhaits innocents nous désirions être tout vue, pour
« jouir des riches couleurs de l'aurore ; tout odorat,
« pour sentir les parfums de nos plantes ; tout ouïe,
« pour entendre les concerts de nos oiseaux ; tout cœur,
« pour reconnaître ces bienfaits. Maintenant à la source
« de la beauté d'où découle tout ce qui est agréable sur
« la terre, mon âme voit, goûte, entend, touche immé-
« diatement ce qu'elle ne pouvait sentir alors que par de
« faibles organes. Ah ! quelle langue pourrait décrire
« ces rivages d'un orient éternel que j'habite pour
« toujours ? Tout ce qu'une puissance infinie et une
« bonté céleste ont pu créer pour consoler un être
« malheureux ; tout ce que l'amitié d'une infinité
« d'êtres, réjouis de la même félicité, peut mettre d'har-
« monie dans des transports communs, nous l'éprou-
« vons sans mélange. Soutiens donc l'épreuve qui t'est
« donnée, afin d'accroître le bonheur de ta Virginie par
« des amours qui n'auront plus de terme, par un hymen
« dont les flambeaux ne pourront plus s'éteindre. Là
« j'apaiserai tes regrets ; là j'essuierai tes larmes. O mon
« ami ! mon jeune époux ! élève ton âme vers l'infini
« pour supporter des peines d'un moment. »

Ma propre émotion mit fin à mon discours. Pour
Paul, me regardant fixement, il s'écria : « Elle n'est
plus ! elle n'est plus ! » et une longue faiblesse succéda à
ces douloureuses paroles. Ensuite, revenant à lui, il
dit : « Puisque la mort est un bien, et que Virginie est
« heureuse, je veux aussi mourir pour me rejoindre à
« Virginie. » Ainsi mes motifs de consolation ne ser-

virent qu'à nourrir son désespoir. J'étais comme un
homme qui veut sauver son ami coulant à fond au
milieu d'un fleuve sans vouloir nager. La douleur
l'avait submergé. Hélas! les malheurs du premier âge
préparent l'homme à entrer dans la vie, et Paul n'en
avait jamais éprouvé.

Je le ramenai à son habitation. J'y trouvai sa mère et
madame de la Tour dans un état de langueur qui avait
encore augmenté. Marguerite était la plus abattue. Les
caractères vifs sur lesquels glissent les peines légères
sont ceux qui résistent le moins aux grands chagrins.

Elle me dit : « O mon bon voisin! il m'a semblé cette
« nuit voir Virginie vêtue de blanc, au milieu de
« bocages et de jardins délicieux. Elle m'a dit : Je jouis
« d'un bonheur digne d'envie. Ensuite elle s'est appro-
« chée de Paul d'un air riant, et l'a enlevé avec elle.
« Comme je m'efforçais de retenir mon fils, j'ai senti
« que je quittais moi-même la terre, et que je le suivais
« avec un plaisir inexprimable. Alors j'ai voulu dire
« adieu à mon amie; aussitôt je l'ai vue qui nous suivait
« avec Marie et Domingue. Mais ce que je trouve
« encore de plus étrange, c'est que madame de la Tour a
« fait cette même nuit un songe accompagné des mêmes
« circonstances. »

Je lui répondis : « Mon amie, je crois que rien
« n'arrive dans le monde sans la permission de Dieu.
« Les songes annoncent quelquefois la vérité. »

Madame de la Tour me fit le récit d'un songe tout à
fait semblable qu'elle avait eu cette même nuit. Je
n'avais jamais remarqué dans ces deux dames aucun
penchant à la superstition; je fus donc frappé de la
concordance de leur songe, et je ne doutai pas en
moi-même qu'il ne vînt à se réaliser. Cette opinion, que
la vérité se présente quelquefois à nous pendant le
sommeil, est répandue chez tous les peuples de la terre.
Les plus grands hommes de l'antiquité y ont ajouté foi,
entre autres Alexandre, César, les Scipions, les deux
Catons et Brutus, qui n'étaient pas des esprits faibles.
L'ancien et le nouveau Testament nous fournissent
quantité d'exemples de songes qui se sont réalisés. Pour

moi, je n'ai besoin à cet égard que de ma propre
expérience, et j'ai éprouvé plus d'une fois que les
songes sont des avertissements que nous donne quelque
intelligence qui s'intéresse à nous. Que si l'on veut
combattre ou défendre avec des raisonnements des
choses qui surpassent la lumière de la raison humaine,
c'est ce qui n'est pas possible. Cependant si la raison de
l'homme n'est qu'une image de celle de Dieu, puisque
l'homme a bien le pouvoir de faire parvenir ses intentions jusqu'au bout du monde par des moyens secrets et
cachés, pourquoi l'intelligence qui gouverne l'univers
n'en emploierait-elle pas de semblables pour la même
fin ? Un ami console son ami par une lettre qui traverse
une multitude de royaumes, circule au milieu des
haines des nations, et vient apporter de la joie et de
l'espérance à un seul homme ; pourquoi le souverain
protecteur de l'innocence ne peut-il venir, par quelque
voie secrète, au secours d'une âme vertueuse qui ne met
sa confiance qu'en lui seul ? A-t-il besoin d'employer
quelque signe extérieur pour exécuter sa volonté, lui
qui agit sans cesse dans tous ses ouvrages par un travail
intérieur ?

Pourquoi douter des songes ? La vie, remplie de tant
de projets passagers et vains, est-elle autre chose qu'un
songe ?

Quoi qu'il en soit, celui de mes amies infortunées se
réalisa bientôt. Paul mourut deux mois après la mort de
sa chère Virginie, dont il prononçait sans cesse le nom.
Marguerite vit venir sa fin huit jours après celle de son
fils avec une joie qu'il n'est donné qu'à la vertu d'éprouver. Elle fit les plus tendres adieux à madame de la
Tour, « dans l'espérance, lui dit-elle, d'une douce et
« éternelle réunion. La mort est le plus grand des biens,
« ajouta-t-elle ; on doit la désirer. Si la vie est une
« punition, on doit en souhaiter la fin ; si c'est une
« épreuve, on doit la demander courte. »

Le gouvernement prit soin de Domingue et de Marie,
qui n'étaient plus en état de servir, et qui ne survé-
curent pas longtemps à leurs maîtresses. Pour le pauvre
Fidèle, il était mort de langueur à peu près dans le
même temps que son maître.

J'amenai chez moi madame de la Tour, qui se soutenait au milieu de si grandes pertes avec une grandeur d'âme incroyable. Elle avait consolé Paul et Marguerite jusqu'au dernier instant, comme si elle n'avait eu que leur malheur à supporter. Quand elle ne les vit plus, elle m'en parlait chaque jour comme d'amis chéris qui étaient dans le voisinage. Cependant elle ne leur survécut que d'un mois. Quant à sa tante, loin de lui reprocher ses maux, elle priait Dieu de les lui pardonner, et d'apaiser les troubles affreux d'esprit où nous apprîmes qu'elle était tombée immédiatement après qu'elle eut renvoyé Virginie avec tant d'inhumanité.

Cette parente dénaturée ne porta pas loin la punition de sa dureté. J'appris, par l'arrivée successive de plusieurs vaisseaux, qu'elle était agitée de vapeurs qui lui rendaient la vie et la mort également insupportables. Tantôt elle se reprochait la fin prématurée de sa charmante petite-nièce, et la perte de sa mère qui s'en était suivie. Tantôt elle s'applaudissait d'avoir repoussé loin d'elle deux malheureuses qui, disait-elle, avaient déshonoré sa maison par la bassesse de leurs inclinations. Quelquefois, se mettant en fureur à la vue de ce grand nombre de misérables dont Paris est rempli : « Que « n'envoie-t-on, s'écriait-elle, ces fainéants périr dans « nos colonies ? » Elle ajoutait que les idées d'humanité, de vertu, de religion, adoptées par tous les peuples, n'étaient que des inventions de la politique de leurs princes. Puis, se jetant tout à coup dans une extrémité opposée, elle s'abandonnait à des terreurs superstitieuses qui la remplissaient de frayeurs mortelles. Elle courait porter d'abondantes aumônes à de riches moines qui la dirigeaient, les suppliant d'apaiser la Divinité par le sacrifice de sa fortune : comme si des biens qu'elle avait refusés aux malheureux pouvaient plaire au père des hommes ! Souvent son imagination lui représentait des campagnes de feu, des montagnes ardentes, où des spectres hideux erraient en l'appelant à grands cris. Elle se jetait aux pieds de ses directeurs, et elle imaginait contre elle-même des tortures et des supplices; car le ciel, le juste ciel, envoie aux âmes cruelles des religions effroyables.

Ainsi elle passa plusieurs années, tour à tour athée et superstitieuse, ayant également en horreur la mort et la vie. Mais ce qui acheva la fin d'une si déplorable existence fut le sujet même auquel elle avait sacrifié les sentiments de la nature. Elle eut le chagrin de voir que sa fortune passerait après elle à des parents qu'elle haïssait. Elle chercha donc à en aliéner la meilleure partie; mais ceux-ci, profitant des accès de vapeurs auxquelles elle était sujette, la firent enfermer comme folle, et mettre ses biens en direction. Ainsi ses richesses mêmes achevèrent sa perte; et comme elles avaient endurci le cœur de celle qui les possédait, elles dénaturèrent de même le cœur de ceux qui les désiraient. Elle mourut donc, et, ce qui est le comble du malheur, avec assez d'usage de sa raison pour connaître qu'elle était dépouillée et méprisée par les mêmes personnes dont l'opinion l'avait dirigée toute sa vie.

On a mis auprès de Virginie, au pied des mêmes roseaux, son ami Paul, et autour d'eux leurs tendres mères et leurs fidèles serviteurs. On n'a point élevé de marbres sur leurs humbles tertres, ni gravé d'inscriptions à leurs vertus; mais leur mémoire est restée ineffaçable dans le cœur de ceux qu'ils ont obligés. Leurs ombres n'ont pas besoin de l'éclat qu'ils ont fui pendant leur vie; mais si elles s'intéressent encore à ce qui se passe sur la terre, sans doute elles aiment à errer sous les toits de chaume qu'habite la vertu laborieuse, à consoler la pauvreté mécontente de son sort, à nourrir dans les jeunes amants une flamme durable, le goût des biens naturels, l'amour du travail, et la crainte des richesses.

La voix du peuple, qui se tait sur les monuments élevés à la gloire des rois, a donné à quelques parties de cette île des noms qui éterniseront la perte de Virginie. On voit près de l'île d'Ambre, au milieu des écueils, un lieu appelé LA PASSE DU SAINT-GÉRAN du nom de ce vaisseau qui y périt en la ramenant d'Europe. L'extrémité de cette longue pointe de terre que vous apercevez à trois lieues d'ici, à demi couverte des flots de la mer, que le Saint-Géran ne put doubler la veille de l'ouragan pour entrer dans le port, s'appelle LE CAP MALHEU-REUX; et voici devant nous, au bout de ce vallon, LA BAIE DU TOMBEAU, où Virginie fut trouvée ensevelie dans le sable; comme si la mer eût voulu rapporter son corps à sa famille, et rendre les derniers devoirs à sa pudeur sur les mêmes rivages qu'elle avait honorés de son innocence.

Jeunes gens si tendrement unis! mères infortunées! chère famille! ces bois qui vous donnaient leurs ombrages, ces fontaines qui coulaient pour vous, ces coteaux où vous reposiez ensemble, déplorent encore votre perte. Nul depuis vous n'a osé cultiver cette terre désolée, ni relever ces humbles cabanes. Vos chèvres sont devenues sauvages; vos vergers sont détruits; vos oiseaux sont enfuis, et on n'entend plus que les cris des éperviers qui volent en rond au haut de ce bassin de rochers. Pour moi, depuis que je ne vous vois plus, je suis comme un ami qui n'a plus d'amis, comme un père qui a perdu ses enfants, comme un voyageur qui erre sur la terre, où je suis resté seul.

En disant ces mots ce bon vieillard s'éloigna en versant des larmes, et les miennes avaient coulé plus d'une fois pendant ce funeste récit.

APPENDICE

AVANT-PROPOS[1]

Je me suis proposé de grands desseins dans ce petit ouvrage. J'ai tâché d'y peindre un sol et des végétaux différents de ceux de l'Europe. Nos poètes ont assez reposé leurs amants sur le bord des ruisseaux, dans les prairies et sous le feuillage des hêtres. J'en ai voulu asseoir sur le rivage de la mer, au pied des rochers, à l'ombre des cocotiers, des bananiers et des citronniers en fleurs. Il ne manque à l'autre partie du monde que des Théocrites et des Virgiles pour que nous en ayons des tableaux au moins aussi intéressants que ceux de notre pays. Je sais que des voyageurs pleins de goût nous ont donné des descriptions enchantées de plusieurs îles de la mer du Sud ; mais les mœurs de leurs habitants, et encore plus celles des Européens qui y abordent, en gâtent souvent le paysage. J'ai désiré réunir à la beauté de la nature entre les tropiques la beauté morale d'une petite société. Je me suis proposé aussi d'y mettre en évidence plusieurs grandes vérités, entre autres celle-ci : que notre bonheur consiste à vivre suivant la nature et la vertu. Cependant, il ne m'a point fallu imaginer de roman pour peindre des familles heureuses. Je puis assurer que celles dont je vais parler ont vraiment existé, et que leur histoire est vraie dans ses principaux événements. Ils m'ont été certifiés par

1. Se lit dans les éditions de 1788, 1789 et 1800.

plusieurs habitants que j'ai connus à l'île-de-France. Je n'y ai ajouté que quelques circonstances indifférentes, mais qui, m'étant personnelles, ont encore en cela même de la réalité. Lorsque j'eus formé, il y a quelques années, une esquisse fort imparfaite de cette espèce de pastorale, je priai une belle dame qui fréquentait le grand monde, et des hommes graves qui en vivaient loin, d'en entendre la lecture, afin de pressentir l'effet qu'elle produirait sur des lecteurs de caractères si différents : j'eus la satisfaction de leur voir verser à tous des larmes. Ce fut le seul jugement que j'en pus tirer, et c'était aussi tout ce que j'en voulais savoir. Mais comme souvent un grand vice marche à la suite d'un petit talent, ce succès m'inspira la vanité de donner à mon ouvrage le titre de *Tableau de la Nature*. Heureusement, je me rappelai combien la nature même du climat où je suis né m'était étrangère ; combien, dans des pays où je n'ai vu ses productions qu'en voyageur, elle est riche, variée, aimable, magnifique, mystérieuse, et combien je suis dénué de sagacité, de goût et d'expressions pour la connaître et la peindre. Je rentrai alors en moi-même. J'ai donc compris ce faible essai sous le nom et à la suite de mes *Etudes de la Nature*, que le public a accueillies avec tant de bonté, afin que ce titre, lui rappelant mon incapacité, le fît toujours ressouvenir de son indulgence.

AVIS SUR CETTE ÉDITION[1]

J'ai fait faire, sans souscription, cette édition in-18 de PAUL ET VIRGINIE en faveur des dames qui désirent mettre mes ouvrages dans leur poche ; mais je ne peux courir les risques d'une édition entière de tous mes ouvrages, aussi soignée, dans un pareil format, à cause du grand nombre de petits volumes, et des frais qu'en entraînerait l'impression. D'ailleurs le nombre des souscripteurs étant plus du double plus grand pour une édition in-8 que pour une édition in-18, je me trouve obligé, suivant la promesse que j'en ai faite dans l'*Avis* de mon quatrième volume des *Etudes de la Nature*, d'ouvrir une souscription pour l'in-8° , que j'ai réduite à une simple inscription, dont le prospectus est à la fin de ce volume.

En attendant, je n'ai rien négligé pour rendre cette édition particulière de *Paul et Virginie* digne des yeux dont ils ont fait couler les larmes.

1° M. DIDOT jeune, imprimeur de MONSIEUR, y a employé un caractère tout neuf, et des plus jolis de sa fonderie. De plus, ayant acquis la belle papeterie d'Essone, maintenant papeterie de MONSIEUR, qu'il porte à la perfection, ainsi que son imprimerie, il a imprimé cette édition sur un fort beau papier, et il en a tiré un certain nombre d'exemplaires sur un papier

1. Première édition séparée 1789.

vélin de sa composition, le premier de ce genre qui soit
sorti de sa manufacture. Il a fait même examiner feuille
à feuille les rames de ce papier, afin d'en retrancher
toutes celles qui ne se trouveraient pas de la même
nuance : attention bien rare dans les éditions les plus
recherchées. Enfin, il les a fait passer à son cylindre
pour satiner l'impression ; de sorte que j'ai trouvé chez
lui tous les arts qui peuvent rendre parfaite l'édition
d'un livre, et, ce que les arts ne donnent pas toujours,
l'affection et le zèle, qui font marcher d'accord plusieurs arts différents.

2º M. MOREAU LE JEUNE, dessinateur du
Cabinet du Roi, a dessiné les trois premières planches
de *Paul et Virginie*, et en a dirigé la gravure, ainsi que
celle de la quatrième, avec cette correction et ce goût
dont le rare assemblage est particulier à ses productions, surtout à celles qu'il affectionne. Il a donné à
chaque caractère et à chaque site son expression
propre ; et quoique le champ en soit très petit, il a
développé, à l'ordinaire, ses grands talents.

3º M. VERNET m'a voulu donner une preuve de
l'intérêt qu'il prend à la célébrité de mes ouvrages, et,
ce qui m'est plus sensible, un témoignage particulier de
son amitié, en dessinant dans la quatrième planche le
naufrage et la mort de Virginie. Je me sens aussi flatté
du suffrage des artistes en faveur de mes *Etudes* que de
celui des physiciens ; car les artistes étudient la nature
par des méthodes qui ne sont pas moins sûres que des
instruments, et dans des résultats harmoniques aussi
intéressants et aussi certains que les causes physiques
qui les produisent. Le lecteur sentira donc, comme
moi, tout le prix du dessin d'un peintre aussi fameux
que M. VERNET, qui, de tous les peintres, a le mieux
étudié les harmonies générales de la nature, et en a le
mieux rendu l'ensemble dans ses immortels tableaux.

Pour moi, j'ai corrigé dans cette édition quelques
fautes de date et de style qui m'étaient échappées dans
celle de mon quatrième volume des *Etudes de la Nature*,
et j'en ai revu les épreuves avec le plus grand soin.

C'est ici le lieu de dire quelque chose du jugement qu'ont porté quelques journaux de ce quatrième volume, et particulièrement de *Paul et Virginie*. M. le rédacteur du *Journal général de France* a loué cette pastorale avec enthousiasme. Celui de l'*Année Littéraire* lui a donné à peu près autant d'éloges; mais entraîné par son goût pour la littérature ancienne, et par le sentiment d'une utilité plus générale, il lui préfère le premier livre de mon *Arcadie*. Ni l'un ni l'autre n'ont parlé de l'*Avis* en tête de ce quatrième volume, dans lequel j'ai résumé toutes mes preuves en faveur de ma théorie des marées, si importante à l'étude de la nature. Ils se sont conformés sur ce point au silence universel des Journaux, qui regardent cependant les sciences naturelles comme la partie la plus intéressante de leurs extraits. A la vérité, le *Mercure de France* a effleuré ce sujet dans le préambule du compte qu'il a rendu de *Paul et Virginie*, le 11 Octobre 1788. Mais après avoir altéré quelques-unes de mes preuves, dissimulé les autres, il me renvoie au jugement des Académies des Sciences, que j'ai accusées d'erreur dans leur hypothèse de l'aplatissement des pôles. Ainsi il me donne mes parties pour juges. Toutefois, malgré l'appel qu'il fait de ma cause aux Académies, aucune jusqu'à présent n'a voulu la juger. Bien plus, c'est qu'un mois après cette invitation, l'Académie de Lyon, loin de rien décider contre moi, a mis en question dans ce même *Mercure* l'aplatissement des pôles, cette hypothèse incompatible avec ma théorie des marées, et que j'avais préalablement détruite, en particulier par des conséquences géométriques tirées des observations mêmes de nos astronomes. L'Académie de Lyon la met maintenant en problème, et en présente la solution pour sujet du prix de l'année 1790. C'est déjà un grand succès pour moi d'avoir mis en doute, dans une assemblée d'hommes sages et éclairés, une opinion appuyée des plus grands noms, et qui, depuis soixante-dix ans, passait pour une vérité évidente chez tous les géomètres de l'Europe.

M. le rédacteur du *Mercure*, non content d'avoir décidé que je n'avais rien prouvé dans ma théorie des

marées, où j'ai présenté des faits si curieux, si nouveaux, si multipliés, décide de plus que je suis incapable de rien voir ni rien expliquer dans l'étude de la
nature. Pour preuve, il me suppose, avec toute la
politesse imaginable, un talent extraordinaire de
peindre la nature, et il me l'oppose. Il met en principe
contre moi cet étrange paradoxe « que plus un homme
est fait pour être fortement ému par le spectacle de la
nature, moins il est dans une disposition favorable pour
en bien démêler les ressorts ». Je n'ai pas besoin de faire
observer au lecteur que, dans ce même *Journal*, on a
souvent posé un principe contraire en faveur des talents
et des systèmes de M. de Buffon. Le *Mercure* se vante
d'être une balance équitable pour tous les auteurs ; mais
il me semble qu'on y met les poids selon les fortunes.
Voici le raisonnement dont on y appuie ce paradoxe :
c'est qu'un écrivain ému du spectacle de la nature
« cherche toujours des motifs où il ne devrait chercher
que des causes, parce que son âme sensible aime à voir
partout un ordre de choses qui protège sa faiblesse ».
   Ici, M. le rédacteur ne s'est pas aperçu qu'il se
contredisait, en m'accusant de chercher toujours des
motifs, puisqu'il a rejeté lui-même les nouvelles causes
que j'ai assignées aux courants et aux marées dans la
fonte des glaces polaires, dont j'ai dérivé une nouvelle
cause du déluge, et même celle du mouvement de la
terre, qui nous donne les saisons. Il oublie de plus que
j'ai cherché, et, j'ose dire, trouvé beaucoup d'autres
causes très importantes à la physique, telles que celles
des volcans, qui doivent l'entretien de leurs feux aux
bitumes des mers et des lacs, sur les bords desquels ils
sont toujours situés ; celles du cours des rivières, qui
doivent leurs sources aux pics électriques des montagnes, qui attirent sans cesse les nuages ; celles des
aurores boréales, qui tirent leurs reflets lumineux des
glaces polaires, etc. D'ailleurs ces motifs mêmes, qu'il
m'accuse de chercher uniquement, m'ont fait découvrir
les causes de plusieurs effets et les usages des parties les
plus apparentes des plantes, qui, jusqu'à présent,
n'avaient pas même été soupçonnés des naturalistes,

tels sont les usages des pétales des fleurs pour rassembler les rayons du soleil sur les parties sexuelles des plantes, ou les diverger suivant les saisons et les latitudes; des formes des graines carénées pour les eaux, volatiles pour les airs; des feuilles des végétaux, toujours consonantes à la forme de leurs semences, façonnées dans les lieux arides en becs d'oiseaux, en langues, en pinceaux, en gouttières, pour recueillir les eaux des pluies, et d'une configuration tout opposée dans les végétaux qui croissent dans les lieux humides, etc.

Quant à cette disposition de mon âme qui la porte à rechercher dans la nature des motifs ou des causes finales, « parce qu'elle aime à voir partout un ordre de choses qui protège sa faiblesse », M. le journaliste a raison.

Le sentiment de cet ordre m'a rendu bien fort. Il m'a fait supporter les voyages, les dangers, les infirmités, les chagrins domestiques, les persécutions des Corps, l'injustice des Grands, l'inconstance des amis, les calomnies de mes ennemis : seul, sans fortune, sans prôneur, sans protecteur, sans intrigue, sans servir et sans craindre les haines des méchants, non seulement j'ai résisté seul à ceux-ci, mais j'ai osé prendre contre eux le parti des faibles et des malheureux. C'est l'unique but de mes écrits, comme c'en est la devise. Un de nos rois des plus distingués par ses malheurs et par son courage s'appuyait uniquement sur ce même ordre de choses; il disait souvent, au milieu de ses détresses : « Dieu et mon épée. » J'ai dit aussi au milieu des miennes : « Dieu et ma plume. » Heureux par les spéculations ravissantes de la nature, c'est à elle seule que ma plume doit les faibles images qui l'ont rendue recommandable. Hors d'elle, je ne sens rien et je ne vois rien. En vain des hommes accrédités et des Corps très puissants, dont j'avais bien mérité par ces mêmes études, m'en ont fait entrevoir des récompenses honorables pour prix de sollicitations particulières que j'aurais faites auprès d'eux. Je me suis éloigné des ambitieux comme je m'éloigne des méchants; j'ai refusé de rendre ma plume vénale. Cependant cet ordre qui gouverne toutes choses est venu à mon secours. M. le duc d'Orléans, de son propre mouvement, sans rien attendre de moi, m'a honoré de la seule pension dont je jouisse à ce titre ; et, quoique la chose soit déjà connue, je la publie de mon côté afin que, si un jour j'ai quelque part à la bienveillance des hommes, il en rejaillisse, pour mon compte, quelque portion sur un prince qui m'a prévenu de ses bienfaits, sans que ma plume lui ait jamais été d'aucune utilité.

Je parle sans doute trop avantageusement de ma plume ; mais j'insiste, malgré moi, sur elle, parce que c'est à elle seule que le journaliste réserve ses éloges, et qu'il attribue, sans balancer, tous les succès de mes ouvrages. Il dit, en parlant de moi : « Son suprême talent de peindre la nature doit suffire à sa gloire, et il peut mieux qu'un autre se passer du mérite de la bien expliquer. Celui qui sait communiquer ses émotions aux autres, et les leur faire partager, exerce sur eux une espèce d'empire, et les associe en quelque sorte à sa destinée. »

Peu m'importe, en vérité, cet empire qu'on me suppose sur l'opinion de mes lecteurs, puisque au fond ce n'est qu'une séduction, et que la portion de gloire dont on me gratifie n'est qu'une gloire de charlatan. Ce compliment de M. le Rédacteur semble ne vouloir prouver autre chose que ce qu'il a déjà dit, « que plus j'ai de talent pour peindre la nature, moins j'en ai pour la connaître. »

Ce jugement ne me fait pas grand tort dans mon genre de vie solitaire ; mais il en fait beaucoup aux gens de lettres, car il s'ensuit que ceux qui ont écrit le mieux sur les lois, la politique, les finances, le militaire, le clergé, sont d'autant moins propres à remplir des emplois, parce que, plus ils montrent de talent en écrivant sur ces matières, moins ils en ont eu pour les connaître. C'est servir, sans doute sans vouloir, la jalouse médiocrité des gens du monde, qui se plaisent à dire qu'un écrivain est d'autant moins propre à faire une chose qu'il réussit mieux à en écrire. Ils ne regardent le style d'un ouvrage que comme une décoration. Si quelqu'un d'eux a conçu un projet informe, ou barbouillé quelque mémoire : « Je chercherai, dit-il, quelque homme de lettres pour le mettre en beau style. » J'ai entendu même de soi-disant savants, qui écrivaient fort mal, et même des gens de lettres qui, à la vérité, n'écrivaient guère mieux, définir le style « l'habit de la pensée ».

Mais je suis bien aise de dire à ces savants et à ces gens de lettres, pour l'honneur même des sciences et des lettres, que le style n'est ni la décoration ni l'habit de la pensée, mais qu'il en est l'expression. Le style est à la pensée, non ce que l'habit, mais ce que les muscles sont au corps. L'habit voile le corps, les muscles le montrent. Les mots suivent les choses : *Rem verba sequuntur*, a si bien dit Horace ; et cela est si vrai qu'il est impossible de faire rendre par autrui ses idées telles qu'on les a conçues soi-même, et qu'un grand écrivain même ne pourra continuer l'ouvrage d'un écrivain qui lui est inférieur, avec un succès égal. Toutes les suites ajoutées aux ouvrages par une main étrangère ont toujours été avortées. La pensée d'un auteur est comme l'œuf d'un oiseau : pour en faire éclore un petit qui ait toutes ses plumes, il y faut l'aide de la mère.

Les écrivains qui ont le mieux écrit sur un sujet l'ont le mieux connu ; *et vice versa*, ceux qui l'ont le mieux connu ont été les plus capables d'en écrire. C'est ce que montre l'expérience de tous les temps, dans tous les genres. Les poètes solitaires qui ont vécu le plus près de la nature, comme Homère et Virgile, l'ont mieux peinte que les poètes courtisans, tels que l'Arioste et quelques autres qui l'ont si étrangement défigurée. Ces derniers n'ont réussi qu'à peindre des caricatures. Il y a plus, c'est qu'Homère et Virgile l'ont souvent mieux expliquée par leurs sublimes allégories que la plupart des physiciens, occupés uniquement à en analyser les éléments. Ceux-ci souvent n'ont vu que la matière pour principe et pour fin de leurs travaux ; et ceux-là, ramenant jusqu'aux éléments à un ordre de choses qui protège la faiblesse humaine, ont entrevu, par la force de leur génie, l'ensemble de l'univers. Il en est de même des autres écrivains. Les militaires qui ont le mieux écrit sur la guerre l'ont le mieux faite. César, Xénophon et le feu roi de Prusse sont bien supérieurs dans leurs tactiques à tous les tacticiens. Les grands hommes qui ont vécu le plus librement ont le mieux parlé de la liberté. L'éloquence de Brutus était bien plus énergique que celle de Cicéron et celle de Phocion plus que celle de Démosthène, qui redoutait tellement l'éloquence de Phocion que, lorsqu'il le voyait se lever pour le contredire, dans les assemblées générales de la Grèce, il disait : « Voilà la hache de mes discours qui se lève. » Ceux qui ont le mieux écrit sur la vertu ont vécu le plus vertueusement. Tels ont été, parmi nous, Fénelon et Jean-Jacques. Ceux mêmes des historiens qui ont été le plus véritablement éloquents ont été aussi les plus vertueux. Tels ont été Plutarque, Tacite, Suétone, etc. Je me rappelle à ce sujet que je disais un jour à Jean-Jacques que la vérité était la première qualité d'un historien ; il me répondit : « C'est la vertu, car, avant tout, il faut de la vertu à un historien pour sentir la vérité et pour oser la dire. » Ainsi la poésie, l'éloquence, le génie des grands hommes, les talents des historiens et la vertu elle-même, mère de tous les talents, ne s'appuient que sur un ordre de choses qui puisse soutenir la faiblesse humaine.

Il y a, à la vérité, une éloquence qui n'a pas besoin de cet ordre-là ; mais aussi elle ne peint rien au naturel : elle fait les choses petites, grandes ; et les grandes, petites, comme la définissait jadis un homme du métier, un rhéteur. Celle-là est l'habit de la pensée ; et, comme un habit, elle est tantôt étroite, tantôt bouffante, toujours voilant ce qu'elle habille ; comme un habit, elle change de mode avec les saisons. L'éloquence naturelle, au contraire, est le corps même de la pensée ; elle naît de la vérité des choses dont elle est l'expression ; elle est toujours de mode, comme le corps même de chaque objet, auquel elle ne peut rien ajouter ni retrancher, parce qu'il est dans ses proportions naturelles.

J'ose donc croire que je ne dois point le succès des

vérités physiques que j'ai démontrées à mon style, mais plutôt le succès de mon style à ces mêmes vérités. Je dois ce succès, non à mes émotions personnelles, mais au sentiment général de la nature, qui influe sur mes lecteurs comme sur moi. Qui sent bien la nature la traduit, et qui la traduit l'explique. Quoique je n'en aie rendu que des ombres légères, mes faibles esquisses ont plu, parce que je les ai rendues d'après ses ravissants modèles. Je ne suis, par rapport à elle, ni un grand peintre, ni un savant physicien, mais un petit ruisseau souvent troublé, qui, dans ses moments de calme, la réfléchit le long de ses rivages. La nature se peint partout d'elle-même ; et quand un de ses rayons tombe sur mon âme, je la reflète.

Voilà ce que j'avais à dire sur le style de mes *Etudes*, plus pour l'intérêt des gens de lettres que pour le mien. Au reste, il y a grande apparence que M. le Rédacteur ne s'est livré aux observations de son préambule que par des considérations étrangères ; car il me loue du fond du cœur au sujet de *Paul et Virginie ;* et alors son style lucide, ses idées abondantes, ses expressions senties, sont de nouveaux exemples que je peux lui opposer, pour lui prouver, contre ses principes, que plus on est pénétré d'un objet, plus on a de facilité et de grâce pour l'exprimer. Il finit son éloge, d'ailleurs excessif, par cette réflexion touchante : « Les dernières pages de cette histoire déchirent l'âme du lecteur, qui n'a pas la consolation de croire que c'est un roman. » Mais il est lui-même trop ami de la vertu pour ne pas désirer la consolation de croire que ce qui en porte l'empreinte ne soit véritable.

Plusieurs personnes m'ont questionné à ce sujet. « Ce vieillard, m'ont-elles dit, vous a-t-il en effet raconté cette histoire ? Avez-vous vu les lieux que vous avez décrits ? Virginie a-t-elle péri d'une manière aussi déplorable ? Comment une fille peut-elle se résoudre à quitter la vie plutôt que ses habits ? »

Je leur ai répondu : « L'homme ressemble à un enfant. Donnez une rose à un enfant, d'abord il en jouit, bientôt il veut la connaître. Il en examine les feuilles, puis il les détache l'une après l'autre ; et quand il en connaît l'ensemble, il n'a plus de rose. Télémaque, Clarisse, et tant d'autres sujets qui nous portent à la vertu ou qui nous font verser des larmes, sont-ils vrais ? »

Au fond, je suis persuadé que ces personnes m'ont fait ces questions plutôt par un sentiment d'humanité que de curiosité. Elles étaient fâchées que deux amants si tendres et si heureux eussent fait une fin si funeste.

Plût à Dieu qu'il m'eût été libre de tracer à la vertu une carrière parfaite de bonheur sur la terre ! Mais, je le répète, j'ai décrit des sites réels, des mœurs dont on trouverait peut-être encore aujourd'hui des modèles dans quelques parties solitaires de l'Ile-de-France ou de l'île de Bourbon qui en est voisine, et une catastrophe bien certaine, dont je peux produire, même à Paris, des témoignages irrécusables.

L'été dernier, étant au Jardin du Roi, une dame d'une figure très intéressante, accompagnée de son mari, ayant su de M. Jean Thouin, chef du Jardin du Roi, que j'étais l'auteur de *Paul et Virginie*, m'aborda pour me dire : « Monsieur, que vous m'avez fait passer une nuit terrible ! Je n'ai cessé de gémir et de fondre en larmes. La personne dont vous avez décrit la fin malheureuse avec tant de vérité, dans le naufrage du Saint-Géran, était ma parente. Je suis créole de Bourbon. » J'appris ensuite de M. Jean Thouin que cette dame était l'épouse de M. de Bonneuil, premier valet de chambre de Monsieur. Cette dame, depuis, a bien voulu me permettre de publier ici son témoignage sur la vérité de cette catastrophe, dont elle m'a rapporté des circonstances capables d'ajouter beaucoup à l'intérêt qu'inspirent la mort de cette sublime victime de la pudeur, et celle de son amant infortuné.

Cependant, un homme de lettres, connu par des succès, m'est venu trouver pour me dire qu'il comptait faire un drame de *Paul et Virginie ;* mais que, pour complaire au public, fâché de leur fin malheureuse, il terminait leurs amours par leur mariage. Je lui répondis que je ne croyais pas qu'on pût dénaturer un événement

véritable, dont l'impression d'ailleurs était faite dans
l'esprit du public, et qu'il y réussît plus qu'un auteur
qui, mécontent de la fin tragique de Didon, de Zaïre, de
Clarisse, imaginerait de les marier avec leurs amants ;
que ceux qui lui en avaient donné le conseil à l'égard de
Paul et Virginie seraient les premiers à en blâmer
l'exécution, comme il arrive presque toujours dans les
sociétés privées, qui se donnent le nom de public,
croyant par là s'en donner l'autorité ; que d'ailleurs il
retrancherait de ce sujet ce que son but moral a de plus
intéressant, parce qu'il est dangereux de n'offrir à la
vertu d'autre perspective sur la terre que le bonheur, et
qu'il faut apprendre aux hommes, non seulement à
vivre, mais encore à mourir. Comme cet auteur est
modeste, il parut frappé de mes observations, et il
m'assura qu'il allait travailler à faire un drame de *Paul
et Virginie*, sans s'écarter de ma narration. Je crois que,
malgré ses talents, il y éprouvera de grands obstacles,
par la difficulté d'y réunir l'unité de temps et de lieu.
Cependant, un homme de lettres, bien instruit des
règles de notre théâtre, m'a fait observer qu'on pouvait
y assujettir l'histoire de Paul et Virginie, en la terminant
à leur séparation. En effet, plusieurs pièces célèbres,
entre autres *Titus et Bérénice*, et je crois même *Ariadne*,
d'un intérêt si touchant, n'ont pas d'autre dénouement
qu'une séparation et des adieux.

D'un autre côté, un homme de lettres, peu au fait, à
la vérité, des lois de notre scène, a trouvé qu'on peut y
supposer le naufrage de Virginie immédiatement après
son départ ; et j'avoue que je penche beaucoup pour son
opinion. Tous les événements importants de cette pastorale se succéderaient jusqu'à la catastrophe. On pourrait les commencer un peu avant l'épisode de la
négresse marronne ; cette scène, si intéressante pour
l'humanité, plaiderait en faveur de la liberté des noirs
devant un public déjà disposé à rompre leurs fers. Cet
acte de bienfaisance de Paul et de Virginie redoublerait
leur amour mutuel, comme il arrive toujours, car la
vertu est le plus grand charme de l'amour. Bientôt
succéderaient des conversations dignes du jardin

d'Eden, puis les souffrances de Virginie, les inquiétudes de Paul, les projets de leurs mères pour les
séparer quelque temps, l'arrivée du gouverneur, suivie
des illusions de la fortune, qui bannissent déjà le repos
et la paix de ces heureuses cabanes ; les alarmes de Paul,
sa confiance envers l'habitant ami de son enfance ; la
scène des adieux ; le désespoir de Paul retournant le
matin à l'habitation, à la vue de la négresse Marie, qui
pleure en regardant vers la mer ; ses tendres reproches à
la mère de Virginie et à la sienne ; son retour le soir chez
l'habitant, et la consolation de la philosophie et de
l'amour, au pied du papayer planté par son amie,
interrompue à l'entrée de la nuit par des coups de canon
lointains ; les alarmes de Paul... La tempête, le naufrage
et la mort de ces deux amants seraient mis en récit,
jusqu'au moment où l'on verrait, au pied d'une touffe
de bambous, leur tombe commune, entourée d'esclaves
et d'infortunés, qui viendraient l'honorer de leurs hommages et de leurs larmes. Ce sujet, ce me semble, par
ses sites, ses végétaux, et ses événements naturels,
mieux disposés que je n'ai pu le faire ici, offrirait sur la
scène des effets d'un genre nouveau.

Quelque parti que des hommes plus habiles que moi
tirent de ce sujet, j'ai rempli mon but en intéressant les
cœurs sensibles au sort de ces enfants de la nature. Leur
innocence, leurs amours et leurs malheurs ont fait
verser des larmes au-delà des mers. Une demoiselle
anglaise en a fait, à Londres, le sujet d'une romance.
Une autre demoiselle du même pays, en passant à Paris
pour aller en Languedoc, m'a voulu communiquer une
traduction de leur histoire, qu'elle compte publier
incessamment ; mais j'ignore la langue anglaise, dont
j'admire d'ailleurs les grands écrivains dans nos traductions. Au moins j'ai la consolation d'éprouver que la
langue de la nature est toujours entendue, même chez
les nations rivales, et qu'elle peut encore les rapprocher
mieux que la langue des traités diplomatiques.

NOTE BIBLIOGRAPHIQUE

Les études de base concernant la vie et les œuvres de Bernardin de Saint-Pierre restent encore :

F. MAURY, *Etude sur la vie et les œuvres de Bernardin de Saint-Pierre*, Paris, Hachette, in-8°, 1892.
et
M. SOURIAU, *Bernardin de Saint-Pierre d'après ses manuscrits*, Paris, Boivin, in-8°, 1930.
Ces deux ouvrages, déjà anciens, mériteraient d'être repris.

Deux éditions de *Paul et Virginie* présentent un intérêt documentaire :

Paul et Virginie, texte établi et présenté par Maurice Souriau, Paris, F. Roche, in-8°, 1924. Réédité en 1930 dans la collection « Les Textes français » de la société les Belles-Lettres (Association Guillaume Budé).
Paul et Virginie, texte établi avec une introduction, des notes et des variantes par Pierre Trahard, Paris, Classiques Garnier, 1958.

L'art de Bernardin dans *Paul et Virginie* est éclairé par deux remarquables études :

G. LANSON, « Un manuscrit de *Paul et Virginie* : étude sur l'invention de Bernardin de Saint-Pierre », *Revue du mois*, 10 avril 1908. Reproduit dans *Etudes d'histoire littéraire*, Paris, Champion, in-8°, 1930.
J. FABRE, « *Paul et Virginie*, pastorale », dans *Lumières et Romantisme*, Paris, Librairie C. Klincksieck, 1963.

Cette étude, parue d'abord dans les *Annales publiées par la Faculté des Lettres de Toulouse*, en novembre 1953, contient peut-être les meilleures pages jamais écrites sur *Paul et Virginie* et constitue en tout cas une généreuse réhabilitation d'une œuvre à la fois trop populaire et injustement méprisée.

R. M.

On peut également lire :

P. TOINET, « *Paul et Virginie* ». *Répertoire bibliographique et iconographique*, Paris, Maisonneuve et Larose, 1963.
J. HORRENT, « le réalisme descriptif dans la tempête de *Paul et Virginie* », *Cahiers d'Analyse textuelle*, 11, 1969, p. 7-26.
J. ROSSARD, « La mort mystérieuse de Virginie » (1968), dans *Une clé du romantisme, la pudeur*, Paris, Nizet, 1974, p. 123-138.
J. DUNKLEY, « *Paul et Virginie*. Aesthetic appeal and archetypal structures », *Trivium*, XIII, 1978, p. 95-112.
G. GUÉRIN, « L'île de France vue par Bernardin de Saint-Pierre. Du *Voyage à l'île de France* à *Paul et Virginie* », mémoire de diplôme d'études supérieures, Clermont-Ferrand, 1967.
G. BENREKASSA, « L'univers culturel de *Paul et Virginie*. Texte, intertexte, contexte », in *Histoire et Lumières*, T. II, p. 101-182, Université de Montpellier, 1981 (thèse dactylographiée). Version abrégée de ce chapitre, en polonais : « Swiat Kultury w *Pawle i Wirginii* : tekst a intertekst » in *Pamietnik Literacki*, Polska Akademia Nauk, Varsovie, 1981.
M.-T. VEYRENC, *Edition critique du manuscrit de* Paul et Virginie *de Bernardin de Saint-Pierre intitulé :* « *Histoire de Mlle Virginie de la Tour* », Paris, Nizet, 1975 (voir aussi le compte rendu de cet ouvrage essentiel, par G. Buisson, dans la *Revue d'histoire littéraire de la France*, septembre-octobre 1977, p. 857-861).

CHRONOLOGIE

1737 (19 janvier) : Naissance au Havre de Jacques-Henri Bernardin de Saint-Pierre. Bourgeoise, sa famille prétend descendre d'Eustache de Saint-Pierre, bourgeois de Calais. — Enfant, Bernardin, qui lit la *Vie des Saints* et *Robinson Crusoé*, oscille entre les exaltations mystiques et les rêveries romanesques.

1749 : A douze ans, Bernardin s'embarque pour la Martinique sur un navire commandé par son oncle Godebout. Il en revient dégoûté des voyages et de la mer : « Je déteste la mer... je pensais mourir du mal du pays. »
— A son retour en France, il poursuit ses études chez les jésuites de Caen et de Rouen. Il y prend en horreur les prêtres, la discipline et la vie collective. Toujours exalté, il rêve de devenir missionnaire et martyr.

1757 : Termine ses études au collège de Rouen, obtient un prix de mathématiques et entre à l'Ecole des ponts-et-chaussées.

1758 : L'Ecole étant licenciée, se retrouve demi-ingénieur sans diplôme.

1759 : Se fait attribuer, à Versailles, un brevet d'ingénieur militaire, à la suite d'un quiproquo selon la légende, ou sous un faux nom si l'on en croit Maury.

1760 : Au cours de la guerre de Sept Ans, envoyé en Allemagne, dans le pays de Hesse, sous les ordres du comte de Saint-Germain. Assiste à la victoire de Corbach. Indiscipliné, insociable et susceptible, il est suspendu de ses fonctions et renvoyé en France, où il se retrouve sans argent (il gagne heureusement à la loterie).

1761 : Envoyé en qualité d'ingénieur géographe à Malte, où l'on craint, contre l'Ordre, une attaque des Turcs. Mais il oublie d'emporter son brevet. Personne ne veut le reconnaître et ses collègues lui infligent des brimades.

— Retour en France. Période de sombre misère. Donne des leçons de mathématiques. Décidant de s'expatrier, il se fabrique une généalogie de pure fantaisie et s'intitule chevalier.

1762 : Départ pour la Hollande. A Amsterdam, collabore à un journal dirigé par un réfugié français, Mustel. Selon Maury, Mustel lui offre la main de sa belle-sœur, mais il s'évade aussitôt de cette famille « où l'on complote de le rendre heureux ».

— Part pour la Russie. Arrivé à Saint-Pétersbourg, il n'a que 13 ducats en poche. Mais il obtient par hasard la protection du maréchal de Munich, gouverneur de la ville, et se lie d'amitié avec le Genevois Duval.

— A Moscou, devient sous-lieutenant dans le corps du génie, commandé par le Français Du Bosquet, se fait connaître du grand-maître de l'artillerie, Villebois, et gagne la protection du baron de Breteuil, ambassadeur de France. Il est présenté à Catherine II. On a prétendu (Maury) que Villebois voulait faire de lui l'amant de l'impératrice, à la place du favori en titre, le comte Orlov, mais Souriau ne voit là qu'une fable.

1763 : Rêve d'un « projet de compagnie pour la découverte d'un passage aux Indes par la Russie ». Veut établir une république modèle sur les bords du lac Aral. Comme toujours, des difficultés et des chamailleries. Catherine lui accorde une gratification de 1 500 livres avec le brevet de capitaine. Du Bosquet l'emmène en Finlande pour travailler à l'installation d'un système de défense.

— De retour à Saint-Pétersbourg, trouve son protecteur, Villebois, disgracié. Le comte Orlov, favori tout-puissant, veut se l'attacher. Il refuse. Il refuse aussi, selon Maury, la main de la nièce de Du Bosquet. Il quitte la Russie, comme il avait quitté la Hollande, au moment précis où on lui propose le mariage ! Mais, pour Souriau, tout cela n'est qu'invention et légende.

1764 : Séjour à Varsovie. Auréolé par son refus de servir une cour despotique, il y fait figure de héros. Affilié au parti Radziwil (soutenu par la France et l'Autriche et en lutte contre le parti Poniatowski, soutenu par les Russes), il prend part à des complots — ce qui lui vaut d'être arrêté — et joue le rôle d'agent secret.

— S'éprend passionnément d'une princesse polonaise, Marie Mesnik. Les biographes se demandent si elle fut sa maîtresse, le grand amour de sa vie, ou les deux à la fois. Ce qui semble sûr, c'est que Marie Mesnik avait hâte de se débarrasser de lui. Mais lui, par la suite, ne l'oubliera pas.

1765 Janvier-février : Séjour à Vienne. Offre ses services à l'ambassadeur de France, qui les refuse sèchement. Retour à Varsovie.

— Avril : Quitte Varsovie pour Dresde, où il est l'heureuse victime d'un romanesque enlèvement.

— Juin : Quitte Dresde pour Berlin. Loge chez M. Tauben-heim, conseiller du roi et régisseur de la ferme des tabacs. Maury veut qu'il ait refusé la main de la fille aînée de Taubenheim, Virginie. Souriau en doute, à juste titre, semble-t-il, puisque Taubenheim n'était pas marié. Mais il remarque que Bernardin eut constamment l'heur de trouver, en tous lieux, à défaut de fiancées virtuelles, des protecteurs et des amis. Il se demande pourquoi et propose une réponse : parce qu'il était *franc-maçon*.

— Refuse un brevet de capitaine offert par Frédéric II, à moins qu'il n'ait pu, au contraire, obtenir l'emploi militaire sollicité.

— Novembre : Retour en France. Mort de son père. Visite au Havre. L'héritage ne lui rapporte rien, car il est dépouillé par sa belle-mère.

1766 : S'installe à Paris, où il vit en garni, et traverse des temps difficiles. Vaine recherche d'emplois.

1767 : A la fin de l'année, il est nommé capitaine ingénieur du Roi à l'île de France, soit sur l'intervention du baron de Breteuil (Maury), soit grâce à Choiseul, qui se serait souvenu d'un *Mémoire sur la désertion* composé par Bernardin (Souriau). Mais sa destination secrète est en réalité Madagascar et sa mission de contribuer au rétablissement du fort Dauphin.

1768 : S'embarque le 18 février. Se brouille avec le chef de la mission de Madagascar et refuse de débarquer. Il poursuit son voyage jusqu'à l'île de France, où il sera officier hors cadre, non inscrit sur le registre. Doté d'un simple emploi surnuméraire, il est réduit au rôle de « maître maçon » et répare les bâtiments civils.

— L'île de France, où s'affrontent scandaleusement le luxe et la misère, est un foyer d'agiotage, et les cabales, les luttes de clans y font rage. Bernardin trafique, se brouille avec beaucoup de monde, et tout particulièrement avec M. Poivre, intendant de l'île, dont il a tenté de séduire l'épouse, parfaite honnête femme. Son séjour se solde par un complet désenchantement. Il quitte l'île en décembre 1770.

1771 : Retour en France, au mois de juin. Loge d'abord aux Tuileries chez le baron de Breteuil, avec qui il ne tarde pas à se brouiller. Embarras d'argent. Il a à peine de quoi vivre et il doit quémander.
— Commence à fréquenter le salon de Mlle de Lespinasse et la société des Philosophes, dont il se séparera bientôt. — Début des relations avec J.-J. Rousseau, dont il demeurera fidèlement l'ami et le disciple.

1773 : Publication du *Voyage à l'île de France*. Médiocre succès. Procès avec l'éditeur Merlin.
— Manuscrit *De la Royauté et des Rois*, riposte à Helvétius. « Mysticisme monarchiste », selon Souriau.

1775 : Début des querelles avec les Philosophes. — Visite et court séjour à la Trappe.

1776 : Recherche d'emplois. — Sollicite des gratifications. Entre dans des années de misère, de retraite et de travail.

1779 : Part courageusement en guerre pour défendre son frère Dutailli, accusé de trahison et enfermé à la Bastille. Dutailli sombrera peu à peu dans la folie et mourra en 1791. Un des plus pathétiques et des plus beaux épisodes de la vie de Bernardin.
— La rupture avec les Philosophes est à peu près consommée.

1781 : S'installe dans un grenier, faubourg Saint-Victor.

1783 (décembre) : Achèvement des *Etudes de la Nature*.

1784 (décembre) : Publication des *Etudes de la Nature*. Alors commence enfin la réussite de Bernardin — et sa gloire.

1788 : 3ᵉ édition des *Etudes de la Nature*. Dans le quatrième tome, *Paul et Virginie*. Bernardin est maintenant à son aise.

1789 : *Vœux d'un solitaire*. Bernardin révolutionnaire. Membre de l'assemblée populaire de son district.

1790 : *La Chaumière indienne.*

— Disputes scientifiques. Bernardin se ridiculise en s'acharnant à soutenir ses théories relatives à l'influence de la fonte des glaces polaires sur les marées et à l'allongement de la Terre aux pôles.

— Mais il n'en a pas moins des disciples nombreux et de ferventes admiratrices (Mlle Baude de Talhouet, Mlle Lucette Chapell, Mlle de Kéralio, Mlle Rosalie de Constant, etc.).

1792 (14 juillet) : *Invitation à la Concorde pour la fête de la Confédération.* Bernardin juste milieu.

— Juillet : Nommé intendant du Jardin des plantes et du Cabinet d'histoire naturelle, avec un traitement de 10 800 livres. C'est lui qui installera au Jardin des plantes la ménagerie.

— Septembre : Il est élu à la Convention, mais il refuse toute fonction élective.

1793 : Le poste de Bernardin est supprimé en *juin*, mais en *septembre*, la Convention lui attribue une indemnité de 3 000 livres.

— 27 octobre : Mariage avec Félicité Didot, la fille de l'imprimeur des *Etudes de la Nature*. S'installe avec sa femme à Essonnes.

1794 : Naissance du premier enfant, Virginie. Nommé professeur de morale républicaine, avec une mensualité de 1 000 livres, à l'Ecole normale supérieure, qui vient d'être créée. On lui donne en outre des bons de subsistance ou d'achat.

1795 : L'Ecole normale supérieure, qui a été un échec, est supprimée. Bernardin sauve son traitement et obtient la fourniture gratuite de denrées alimentaires.

— Nommé à l'Institut, il cumule les deux traitements. Aux séances de l'Institut, il se pose en déiste convaincu et prend violemment à partie les athées.

1798 : Naissance d'un fils, Paul. Un premier fils, déjà prénommé Paul, était mort en bas âge.

1799 : Mort de Félicité.

1800 : Bernardin épouse Désirée de Pelleporc, une très remarquable jeune fille de vingt ans. A la différence du premier, ce second mariage est une parfaite réussite. Bernardin est heureux.

1802 : Naissance d'un troisième enfant, Bernardin, qui meurt à deux ans.

— Ralliement à Bonaparte. Souriau écrit : « Bernardin, qui avait été fervent royaliste jusqu'en 1791, patriote jusqu'en 1802, était devenu, par la grâce des circonstances, un ardent bonapartiste ». Souriau écrit encore : « Personnellement, il n'aimait pas la Révolution : il l'avait trouvée plus avare que l'Ancien Régime... » L'Empire, en revanche, le pensionnera largement et se montrera beaucoup plus généreux que l'Ancien Régime et la Révolution.

1803 : Souscription pour une nouvelle et somptueuse édition de *Paul et Virginie*.

1806 : Bernardin loue quatre places à l'église d'Eragny-sur-Oise pour sa femme, ses enfants et lui-même. Il est redevenu catholique pratiquant.

— Il reçoit la Légion d'honneur.

1807 : Ayant quitté, en 1803, la section de morale de l'Institut pour entrer à l'Académie française, il en devient le président et prononce l'éloge de Napoléon.

1812 : Ne parvient pas à se faire nommer sénateur en raison de l'opposition de ses collègues de l'Institut. Dernier remaniement des *Harmonies de la Nature*, commencées en 1790 et souvent reprises et retouchées.

1814 : Meurt, le 21 janvier, à Eragny-sur-Oise.

TABLE DES MATIÈRES

Cet ouvrage a été composé par EUROCOMPOSITION
à 92310 Sèvres, France

GF – TEXTE INTÉGRAL – GF

92/02/M0403-1992 – Impr MAURY Eurolivres SA, 45300 Manchecourt.
Nº d'édition 13642. – Mars 1966. – Printed in France.